還らざる夏

二つの村の戦争と戦後　信州阿智村・平塚

原　安治

幻戯書房

プロローグ

「ゲリラ」に追われ、父たちはもうこんな所しか逃げるところが無かったのでしょう。

六十八年まえ、この谷の底で数千人もの飢えた日本兵が遠い故郷の妻子を思い、涙を流しながら死んだのです。昭和二十年七月十二日、父はそれまで共に生きのびてきた五人の戦友と別れ、ひとりこのジャングルの奥に消えて行ったそうです。

延々と続く山と深い谷を眺めながら、私は繰り返し読んだ父の戦友小林軍三さんの手記を思い出していました。


敵中を突破してこんどは西へ行くことになりました。

その頃からマラリアに罹り高熱で倒れる戦友が三人、五人と出始めた。また自刃者も多くなった。食べるもの一切無く、ひと嘗めの塩もない。

敵の攻撃は手を緩めず、われわれは前後と戦い、負傷者をタンカで運びながら西へ、西へ。

だが横幅の狭いセブ島では行く道が一本で後から行くものには食べられる草も無い。

六月のある夜、雨が降るおぼろ月、バナナ林の中で、誰が吹くのか尺八の〝追分〟、これがこの世の別れかと心に決めて聞いた。

昼はジャングルに、夜は西に、西に。四月半ばより食べるもの一切ない。

毎日、自刃者、倒れるもの無数となる。それでも敵は迫りくる。

そして、セブ島で一番高い山、八百メートルに近づき、夜静かにしていると、谷間の水音が。のどがカラカラ、降りても、降りても谷間に行けず、数時間でやっと谷間に着く。

朝になる。その場所に、数日間で我が軍、邦人、数千人と集まる。だが食べ物が無い。

そのジャングルには無数のヒルがいて、夜、木の根で寝ることが出来ない。

近くに、食べられる草一本無くなった。

毎日、倒れるもの、自刃者、数百人となる。あまり死んだので地獄谷と名がついた。

それから六十八年。

いまそこに死者を弔う一本の墓標もなく、われわれは「地獄谷」だろう、と見当をつけた深い谷を望む崖の上で手を合わせるしかないのです。

一帯は深い谷と山が連なり、野生のバナナが生え、谷の斜面にへばりつくように人家が点在しています。土砂崩れの跡か、所どころ斜めの大地が赤くむき出しになり、一歩足を踏みはずしたら、二度と上がって来れそうにない、深く急な谷です。そして、その谷底に沿って鬱蒼としたジャングルが続いています。

ふたりの姉と私、それに同行してくれた妻と義兄。

一行五人がフィリピンのセブ島中西部の「地獄谷」と思われるジャングルの深い谷を望む崖の淵に立ったのは平成二十五年九月二日正午過ぎのことでした。

成田空港から四時間半。一泊したセブ市内のホテルを八時まえに出て、赤茶けた山の峰の道無き道を小型ワゴンに揺られて四時間、ようやくセブ最高峰、標高八〇〇メートルのマンガホンの頂きにたどり着いたのです。

八十三歳になり、横顔が亡き母にそっくりになってきた宏子姉は背負ってきたリュックサックから高齢のため同行をあきらめた夫と子や孫の写真を取り出し、崖の先端の草の上に並べ始めました。

小学校を卒業した春、平塚駅から母と、母に抱かれた私に見送られ、父と妹と三人で東京見物に出発する朝も、姉はリュックサックを背負っていました。中には母の作ってくれた海苔で巻いたおにぎりと玉子焼きと水筒が入っていました。

幸せが一杯に詰まっていたのです。

姉にとってそれが、幸せの絶頂でした。

それから一年後、同じ平塚駅頭でこのフィリピンの戦場に向かう軍用列車に手を振ったのが父との永遠の別れでした。その日から、「父さんが生きていてくれさえしたら」と思わない日は一日もなかったのです。

黙々と写真を置く後ろ姿を見ながら私は、十五歳で女学校を中退させられ、来る日も、来る日も田や畑に出て、登校する友達の姿をさびしく見送った姉の日々を思いました。

七十九歳の徳子姉は、出発の数日前から眠れない夜が続きました。そして、幾日もかけて父への長い手紙を書きました。

手紙には、恐ろしかった空襲の晩のこと、焼夷弾の直撃で大怪我をしてからの戦後の辛い哀しい日々、そして義兄にめぐり会い結婚し、子を育て、孫を抱いた今日までのがんばりが書かれているに違いないのです。小学五年生の子供にかえって、そのがんばりをほめて貰いたいと訴えているのです。

姉は「父上様へ」と表書きしたその白い角封筒を草むらに置き、上に小石をのせました。

私は父の好物だった餅を五枚持ってきました。

かつて、父が正月の餅をついたのと同じ臼と杵で息子と二人でつき、嫁と四歳の孫が延した餅です。父がこのセブの戦場に来たとき、私はこの孫娘と同じ四歳でした。

飢えて死んだ、と知ったときから、私は父の元に行く日がきたら、好物だったと云う餅をついて持ってゆこうと決めていました。お祭りが大好きだった父のために村の日枝神社の「神輿保存会」の名入りのタオルも持って来ました。

その上に、孫たちに囲まれた母の笑顔いっぱいの写真をおき、傍らにわが田から抜いてきた青い稲穂を一本差しました。

線香の束に火をつけようと、私がライターに点火した瞬間、まるでそれを待ってでもいたかのように、遠雷が鳴り、青く晴れていた空がにわかに曇り、谷底から風が吹き上げ、大粒の雨が降り始めました。天候が急変したのです。

草の上にお供えした写真も手紙も餅もたちまちずぶぬれになり、われわれは激しい雨に打たれながら「地獄谷」だと思われる谷底に向かって手を合せました。

「父さんの涙雨だ、父さんが喜んでいるのだ……」

姉たちは顔を見合わせながら何度も呟きました。

その時私の耳に、土砂降りの雨の中から父の涙の声が聞こえてきたのです。


どうしてもっと早く来なかったのだ。なぜ母さんが丈夫なうちにここにつれて来なかったのだ。もう六十八年だぞ……

お前は、俺の代わりに母に孝養を尽くしたか。姉たちを大事にしたか。村のために尽くしたか。

田地に草は生やさなかったか……

目次

装幀　坂本陽一

還らざる夏

二つの村の戦争と戦後——信州阿智村・平塚

第一章　人間魚雷「回天」からの手紙

一昨年秋、私は今から七十年前、フィリピンのレイテで戦い、セブ島で戦死した父の慰霊の旅をしてきました。

「セブで戦死した」と知った時から私はセブに行きたい、慰霊に行かなければならないと思ってきました。その願いがようやく叶ったのです。

今年の正月、子供や孫たちが年始に集まった折「戦後七〇年」が話題になり、私はセブ島への慰霊の旅と自分の体験した戦争のことを少し話しました。

それから九カ月近く経ったこの八月二十七日、私の元に突然、大型の角封筒が届きました。開けてみると「回天」という大きな文字が目に飛び込んできました。横浜に住む娘夫婦の長男、高校二年生の孫、真吾からのもので、「人間魚雷回天」の記録写真集でした。

便箋二枚に鉛筆で書いた次のような手紙が添えられていました。

私は八月二十四日、二十五日、山口県大津島の回天記念館と広島の平和記念館に行ってきました。一人で行った初めての旅行なので乗り換えなどにものすごく苦労して、中々気の抜けない場面の連続でしたが、自分にはとても良い経験になりました。

八月二十四日には大津島に船で行きました。

そこでは回天の訓練場、回天を運んだトンネル、隊員の寮などを見ました。

ところで、今回の旅のテーマは「戦後七〇年」となった日本が安保法案で揺れている今、自分で現地に足を運び、何を思うか、ということです。

しかし大津島で説明を聞いていると、回天で生き残った隊員は〝思いのほか楽しかった〟とか〝すがすがしい気持ちであった〟というようなプラスの言葉を発していたので少し戸惑ってしまいました。「戦争はいけないことだ」というのは頭でわかっているはずなのに、実際に足を運んだ大津島ではあまりそういったようなことは感じませんでした。そしてモヤモヤした気持ちで初日を終えました。

八月二十五日は広島の平和記念館に路面電車で行きました。

そこで目にしたものは自分の想像をはるかに超えていました。原爆の放射能により皮膚がただれた写真、小頭症に苦しむ人々、佐々木禎子さんのように後障害による白血病で死んでしまった人々。八月六日AM八時一五分まで当たり前の生活をしていた人々がたった一つの爆弾によってその後の生活をムチャクチャにされたのです。

そこで昨日から続いていたモヤモヤは核心へと変わりました。

「戦争はどんな理由であれ、起こしてはいけない」

当たり前のことですが自分で実感したのは初めてでした。

今回の旅は回天特攻隊のように日本の為に突撃していった側と、平和記念館の展示にある、その当時広島にいた人々のように、被害を受けた側の、二つの側面を見て本当に有意義な旅となりました。これを私の平和学習の始めの一歩として、これからもたくさんのことを調べていきます。本当にありがとうございました。

僕は、でなく「私は」という書き出しや「AM八時一五分」と「平和学習の始めの一歩」には思わず苦笑し、また「核心」は確信の間違いではないかと思いましたが、つい最近まで部活の野球に明け暮れていて、ほんの子供だと思っていた孫が、こんな手紙を呉れるとは、私は心底驚きました。最後の「ありがとうございました」はお盆に来たとき渡した小遣いのお礼で、その金を使って行ってきた、という意味のようでした。

見るべきものを見、感じるべきものを感じ、それを手紙できちんと表現している、十七歳にしては良く書けていると感心しましたが、それにしても、数ある戦争関連の施設の中から広島の平和記念館と共に、彼はなぜ回天の記念館を選んだのだろうか。

人間魚雷「回天」は大量の爆薬を搭載した魚雷に人間が乗り込み操縦し、敵艦に体当たりする必死の特攻兵器で、脱出装置も通信装置もなく、ひとたび母艦を離れれば、事の成否にかかわらず生きては還れない、戦争末期に日本海軍が生んだ身の毛もよだつ「兵器」でした。

「全国回天会監修、周南市回天記念館、靖国神社遊就館協力による総力編集」のB四判一〇三ページ、定価一八〇〇円のこの写真集には、回天の誕生から、大津島をはじめ五つの基地、菊水隊から白竜隊まで十一の特攻隊の部隊名、戦没搭乗員八十九人全員の遺影と略歴、そして十一通の遺書が数百枚の写真と共に収められています。

冒頭、《「回天」――天を回らし戦局を逆転させる兵器として開発された人間魚雷》として次のような説明が書かれていました。

戦局は悪化し、日本にとって遺された道は「特攻」ただ一つであった。

必死必殺の兵器として生まれた「回天」は、最高速力三〇ノット（時速約五五キロ）一・五五トンの爆薬を積み、たった一基で空母を瞬時に轟沈するほどの威力を持つ。

搭乗を志願した者のうち、最も多かったのは予科練出身者たちで、最年少はわずか十七歳の少年であった。彼らの多くは極秘の秘密兵器「回天」で征くことを心に秘めたまま、家族や愛する人に最後の別れを告げた。

戦死した搭乗員は八九名、殉職者一五名、自決者二名。回天搭載潜水艦と共に散った出撃整備員は三五名、潜水艦乗組員は八一二名に上る。

八十九名の戦没搭乗員のうち硫黄島で戦死された磯部武雄さんと熊田幸一さん、大津島の基地内で被弾して亡くなられた夏堀昭さん、沖縄で戦死された斎藤達雄さんと岩崎静也さんと川尻勉さんの六名は十七歳。孫と同年齢でした。

隊員の大半が二十歳前後で、自分と同じ十七歳の方が六人もいたことを知り、にも係らず、〝思いのほか楽しかった〟〝すがすがしい気持ちだった〟と語る生き残った隊員の方の言葉に真吾は違和感を覚えたのでしょう。

驚かされたのは「戦死した八十九名の搭乗員」の中に本井文哉さんの遺影があったことです。

本井文哉。出身地・新潟。海軍機関学校五四期、大尉。
基地　大津島／所属隊　金剛、搭載艦　伊三六。戦没海域　ウルシー。
出撃Ｓ一九・一二・三〇、戦没Ｓ二〇・一・一二　戦没年齢　十九歳。

とあります。

私の学生時代の同じ科の親友に、本井文昭という人がいました。新潟高校出身、柔道三段、早大柔道部の猛者でした。卒業後ブリジストンに就職しましたが、二年足らずで辞めアメリカに留学、いまニューヨークで税理士をしています。

彼は特攻で死んだ兄が、最後に新潟に帰省した時一緒に写した小さな写真を肌身離さず持っていました。ある時その写真を見せられ、私は初めて人間魚雷「回天」の存在を知って衝撃を受けたのですが、本井文哉さんの遺影は五十七年前、早稲田で初めて出会った当時の文昭君にそっくりでした。

文哉さんこそ、文昭君の兄上に違いないのです。

私は長い間NHKで「農業や食料問題」「昭和史と戦争」などをテーマにテレビのドキュメンタリー番組を制作してきました。

カメラとマイクを持って日本各地の村に元兵士や遺族や元満州開拓団員を訪ね、重い口から搾り出される戦場の恐怖や、死や、餓えや逃避行の体験を記録し、戦争が鬼になった人間同士の殺し合いであることを、そして、遺された親兄弟や妻子にとって戦争がいかに大きな苦しみ、悲しみをもたらすかを、繰り返し放送してきました。

戦争の悲惨さと愚かさを、後の世代に伝えることの大切さを説いてきたのです。

元兵士や元満州開拓団員にマイクを向け、妻や子の頬に伝わる涙を撮りながら、私の手は震えていました。

しかし、他人の重い口を開かせながら、不遜にも私は自らの戦争体験は封印したまま、スタッフにも、わが子にさえ一切話してはきませんでした。

だが、いまそれでいいのか……。

夏の終わりに、思いもかけず孫から送られてきた回天の八十九人の遺影と遺書を繰り返し読むうちに、私は沈黙してきた自分を許せない気持ちになってきました。

この本は、戦没された方々を悼み、讃える美しい言葉で飾られてはいるが、彼らを地獄の底に追い込んだものの正体については一切触れていない……。

戦争で父を亡くし、空襲で火の海を逃げ回った体験が私の番組づくりの「原点」でした。そして、戦争に関わる私の番組づくりの「拠点」は信州のある山村でした。

私はその村の「満州開拓団」の記録に、自らが体験した戦争を重ねて、昭和がどういう時代であったかを、そして、日本の村と農民にとって戦争がどういう現実であったかを、いま明らかにしなければならない、と考えたのです。

人生は偶然の出会いの面白さと不思議さに満ちています。その信州の村と私の出会いも、正にそれでした。

すべり落ちた絵はがき

昭和四十年秋。

毎朝六時三〇分から二十五分間、ＮＨＫ総合の「明るい農村」は放送開始三年目を迎え、私は担当ディレクター十二人中の末席。まだ丸々一本は担当させてもらえず全国各局にいる同期が、農村に取材して送ってくる五分の話題を五本つなぎ二十五分にして放送する「村を結ぶ」という枠の東京五分ぶんの担当でした。

毎週毎週、カメラマンと二人で一泊二日の旅に出て、「フィルモ」と呼ばれるゼンマイ仕掛けのカメラを回し、「デンスケ」で録音。局に帰って、徹夜で編集、コメントを書き、アナウンサーに読んでもらい放送。そして翌日また汽車に乗りロケ、というまさに悪戦苦闘の日々を過ごしていました。

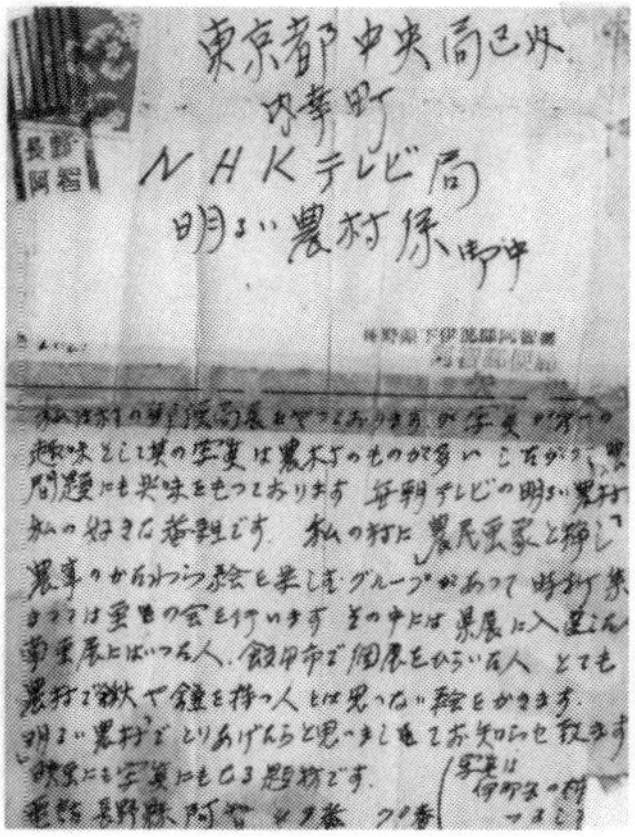
東京都中央局区内
内幸町
NHKテレビ局
明るい農村係　御中

入局三年。東京内幸町のNHK本館四階の部室に座る私の隣は定時制高校に通う給仕の女の子。その子が総務から持ってきた山のような投書や書類を、ドンと置いた瞬間、絵はがきが一枚するっと私の机の上にすべり落ちたのです。

それがすべての始まりでした。

〝軒先に干し柿をつるす老農夫〟を写したモノクロ写真の絵はがき。〔写真〕

いまも私が大切にしているそのはがきには、昭和四十年十一月十一日、「長野阿智局」の消印が読めます。

あて先は「東京都内幸町　NHKテレビ局　明るい農村係」、差出人は「長野県下伊那《しもいな》郡　阿智《あち》村《むら》　矢沢昇」という人でした。

> 私は村の郵便局長をやっておりますが、「明るい農村」は私の好きな番組です。
>
> 私の村に〝農民画家〟と称して農業の傍ら絵を描くグループがあります。県展で入選した人や飯田市で個展を開いた人もいて、とても普段鍬や鎌を持つ人と思えない良い絵を書きます。明るい農村で取り上げたらと思いお知らせします。

その一枚のはがきに誘われて私は初めて伊那谷に行き、「農民画家」を取材したのですが、撮影が終わった夕方、はがきをくれた郵便局長の矢沢昇さんが私を、後に私の番組と人生に深く関わる二人の人物に引き合わせてくれたのです。

ひとりは熊谷元一さん。当時、阿智村立伍和《ごか》小学校の先生でした。

教員室で初対面の挨拶のあと、いきなり先生は「私は第一回毎日写真賞をもらった」といわれました。まさか……こんな田舎のイガグリ頭の先生が毎日新聞の写真賞を貰う筈が、と疑わしい顔をしたのでしょう。

「嘘だと思うならワシの家に来い」と先生は私を自宅に連れて行きました。驚いた事に、床の間には「第一回毎日写真賞」の七〇センチ四方もある大きな盾がデンと飾られていたのです。受賞作は自分の受け持った一年生の一年間を記録した『一年生——ある小学校教師の記録』〔写真〕でした。

「一等がワシで二等が誰だかわかりますか？」

一等も知らないのに二等を知る訳がありません。

「二等は土門拳さんでした」

土門拳。戦後の日本を代表する〝鬼〟と呼ばれたカメラマンです。

そして、続けて見せられたのが『農村の婦人――南信濃の』と『かいこの村』の岩波写真文庫。

しかし、本当に驚かされたのはそのあとの、『会地村――一農村の写真記録』でした。

会地村とは町村合併前の阿智村の前身ですが、なんと昭和十三年（一九三八年）に二十九歳の熊谷さんは朝日新聞からハードカバーA四判一七五ページの堂々たる写真集まで出しておられたのです。いま競馬界にその名を残す、時の近衛内閣の農林大臣、伯爵有馬頼寧が巻頭に序文を寄せています。

この熊谷氏との出会いで二十五歳の生意気盛りの若造は、世の中にはものすごい人がいるのだ、ということを初めて知ったのです。ロケの面倒をみてくれた郵便局長矢沢昇さんがその日一日の私の取材振りを見て、そのことを教えたかったのだ、と後で思いました。

昭和十一年、二・二六事件の年から撮り始めて平成二十二年、一〇一歳で亡くなるまでの七十五年間に、熊谷元一さんが撮った写真は一〇万枚を超えるだろうと言われています。

すごいのは、自分が生まれ育った阿智村と、そこで暮らす人だけを撮り続けたことです。

歩くか、自転車で行ける範囲しか撮らない、タバコは吸わない、その金をフィルム代にまわす。

昭和の農村恐慌下で、まだ道楽のように見られていた写真を撮り始めた代用教員はそう誓いを立て、それを生涯守りました。自分が生きた村と村人だけを七十五年間、一〇万枚の写真に撮り続けた男は恐らく世界に二人といないでしょう。

このとき私は阿智村で、矢沢局長にもうひとりの傑物を紹介されました。

いま「中国残留孤児の父」と呼ばれる山本慈昭さんです。〔写真〕

「武田信玄終焉の寺」として知られる長岳寺の住職でした。

夕食の後、矢沢局長に連れられて訪ねた長岳寺の庫裏《くり》で初めてお会いしたとき、抹茶を一服勧めたあと山本さんは半紙を綴じた分厚い白表紙の冊子を渡しながら言われました。

「この村は日本最後の満州開拓団を出しました。これは、この村から満州に開拓に行き死んでしまった『阿智村・満州死没者名簿』です。一七二人行って一三八人死にました。私も小学校の教師として満州に渡り、ソ連に抑留され、満州で妻と子を失った生き残りのひとりなのです」

この信州の山奥の村から一七二人も大陸に渡り、その八〇％が死んだとは……。

寺からの帰り、暗い田んぼのあぜ道を歩きながら、案内してくれた矢沢さんがポツリと言いました。

「開拓だけではないのです。この村から一五〇〇人も戦争に行き、三四二人が戦死しました。わたしの兄の義人も満州で……」

戸数一六〇〇、人口六〇〇〇人のこの村から、男の半数に近い一五〇〇人が戦争に行き、戦争で三四二人、開拓で一三八人、あわせて四八〇人も死んだ、というのです。

私はその時の衝撃をいまも覚えています。「自分は何も知らない」と思いました。

昭和四十年（一九六五年）秋、信州の山奥の村で戦争はまだ終わっていなかったのです。

その晩私は「昭和の戦争と農民」を生涯のテーマに番組を作っていこうと決めたのです。


いま一見、村のどこにも「満州の悲劇」を伝えるものはありません。

しかし「長岳寺」の朝夕の鐘は、今日も聞こえるものには聞こえる声で、遠い記憶を語りかけています。

鐘には次のように刻まれています。

想い出はかくも悲しきものかな
祈りをこめて精一杯つけ
大陸に命をかけた同胞に
この鐘の音を送る、疾く瞑せよ
日中友好の手をつなぎ
共に誓って悔を踏まじ
大陸に命をかけた同胞に

夢美しく
望郷の鐘
　昭和五十年
廣極山長岳寺二十七世　山本慈昭謹書

この信州の山村から絞り出された人々の生と死を通して映し出される「昭和」とはいかなる時代であったのか。彼らを悲惨な「運命」に駆り立てたものは何だったのか、それへと導いた「国家の仕組み」はどうなっていたのか。

そして戦後、日本人はこの問題にどう決着をつけたのか、あるいはつけ得なかったのか。

第二章　運命の序曲

赤い夕日の満州、懐かしい第二の故郷。

思い出は遠く昭和十三年、春未だ浅き信濃路を後にして大きな夢や希望を胸に新天地を求めて私たちは日本海を渡りました。

果てしなく続くキビ畑、何でもよくとれるところでした。


二十年八月九日の夜、ソ連参戦！　ただ恐ろしくて無我夢中で逃げた。

土砂降りの雨の中、突然銃を突きつけながらソ連兵が飛び出してきてわれわれを囲んだ。満人たちも大勢集まってきて其の内の一人がベラベラとロスケと話し始めた。満人は教育もなく、教養は低いものだと思いこんでいた私達は唖然となった。

『オンナコドモ、コロサナイ、マンジンツマニナレ』と云う。日本女性は教養もあり、よく働く、満人にとって高嶺の花であった。

『誰が今さら満人のところへなんか！』

『満人の妾になるくらいなら目の前で死んでやる!』
座らされた一五〇名の一団の何処からともなく最後の国歌の斉唱が起こった。
君が代は　千代に　八千代に　さざれ石の……
すすり泣きの声であった。突然銃声が鳴った。悲鳴が起こった。
「集団自決」が始まったのであった。
(『惨!ムーリンの大湿原――第五次黒台信濃村開拓団の記録』から)

満州開拓団員とその家族が敗戦直後にたどった悲惨な「運命」については戦後、数多くの記録が刊行されています。

それらの多くは自らの悲痛な体験を留めておきたい、という強い信念の所産です。

いずれも戦争が生んだ記録として貴重なものですが、体験が強烈なせいか、内容は逃避行をめぐる悲劇に限定される傾向が強い。

日本が中国東北部に君臨したとき、日本から送り込まれたひとりひとりの農民もまた侵略者の一員でした。それが後に悲劇を一層悲惨なものにしたが、支配者の側にある間、現地の中国人の目に映る自らの姿に思い至る者はほとんどいなかったのです。

今に残る「満州」への郷愁、「差別用語」に現れる蔑視。

「満州開拓」はいま尚われわれに「逃避行の悲劇」の向こうにある重い問いを発しつづけています。

斜めの大地

「満州分村・阿智郷」の母村、長野県下伊那郡阿智村は中央アルプスと天龍川の間の斜めの大地にへばりつく様に伸びている。

戸数二三四〇戸、人口六六六三人（二〇一五年五月現在）、かつて柿と蚕と段々畑で知られた信州の典型的な山村でした。

現在の阿智村は昭和三十一年九月、旧「会地村《オオチ》」「伍和村《ゴカ》」「智里村」の三つの村が合併して出来たが「分村・阿智郷」はそれに先立つこと十二年の、昭和十九年五月、中国東北部に生まれました。「分村」が先に出来「母村」は戦後それが縁で町村合併法に基づいて生まれた村です。

太平洋側では浜松市、日本海側では親不知トンネルが同経度にあり、横浜市、岐阜市が同緯度に並んでいます。

長野市から一路南へ二〇〇キロ。県庁へ行くには国道一五三号線を走る信南バスとＪＲ飯田線、中央本線、篠ノ井線、信越本線を経由しなければならない。村役場を出て県庁まで四時間半、往復九時間の位置にあります。

一九八三年、村の西端にある恵那山《えなさん》山腹をぶち抜いて全長九・二キロの「恵那山トンネル」が出来て、中央自動車道が開通したのに伴い、村の中央にある「駒場バス停」から特急バスで新宿まで四時間、名古屋まで二時間の距離です。恵那山の向こうは藤村の『夜明け前』の舞台、馬籠《まごめ》です。

最高点は恵那山の二一八九メートル、最低点は阿知川が南東方向に深い峡谷をつくる伍和地区の

標高四四〇メートル。総面積は二一四平方キロ。

総面積のうち八九%が山林原野、耕地はわずか四・五%。村人の主な生活の舞台は標高五〇〇メートルから八〇〇メートルの間にあり、そこに六〇もの集落が点在しています。

阿智村の前身、旧会地村の「駒場」は三州街道の宿場町として発達した町で古くから附近の村々の中心でした。

「長岳寺」は弘仁年間、京に通じるこの東山道の難所に伝教大師が旅人のために小さな寺を開いたのが始まりで、阿知川を眼下に見下ろす高台にあります。〔写真〕

寺の境内に立つと阿知川の向こうに地理の教科書から抜け出てきたような河岸段丘が連なり、村内至るところに樹齢二百年から三百年もの「市田柿」の大木がみえる。それは斜めの大地を支える土止めであり飢僅の年の備えでもありました。


いま村は昭和四十八年(一九七三年)旧国鉄中津川線のボーリング調査の際、突然吹き出た温泉により、長野県南部唯ひとつの「昼神温泉郷」として栄えています。

ホテル、旅館は二〇軒。一日二五〇〇人の宿泊客の収容が可能で、年間七〇万人の観光客がここを訪れます。八〇人の村人がここで働いています。

平成十八年、阿智村は環境省が実施している「全国星空継続観察」で「星が最も輝いている場所」の第一位に認定され〝肉眼で天の川がみえる〟温泉付きの「日本一の星空の里」としても知られ、全国からツアー客が訪れるようになりました。

一方、五年前最後まで残っていた養蚕農家がカイコを飼うのを止め、かつて「日本三大桑園」の一角を占めた阿智村からついに養蚕農家が姿を消しました。

七十年前、この村から一七二人の村人が、「満州」と呼ばれた中国東北部に渡り、その八〇％が死んだのです。（阿智村遺族会編『平和の礎・殉国の誌　第二部満州開拓』）

繭の値の暴落

長野県は全国一の「満州開拓者」の送出県でした。

有名な「教育県」で県民の意識水準が高く、国策の宣伝に直ちに呼応するような県民性を持っていたことがよく指摘されますが、何よりも大きな理由は世界恐慌の余波がこの山村に強く押し寄せた、ということです。

長野県の中心作物は米と繭でした。繭は国際商品であり、世界恐慌の影響がモロに来たのです。昭和初期、長野県の養蚕農家数は一六万戸。これは総農家戸数の七八％を占める圧倒的な数でした。阿智村の前身「会地村」の斜めの大地でも最も有利な作物は養蚕でした。

人々は土地さえあれば桑を植え、凡そ二五〇戸の農家で蚕を飼わない家は一軒もなかったのです。

桑の出来不出来、繭の値の良し悪しが人々の暮らしを左右し、一度の不作が三年はひびきました。熊谷元一氏は昭和十三年朝日新聞から出版された写真集『会地村――一農村の写真記録』の中で当時の会地村の養蚕農家の苦境を次の様に書いています。

好景気の大正七、八年には繭が一貫目一二、三円から最高は一六円にもなった。大正十四年にもまだ一〇円した。一蚕飼上げれば五百や千の金は直ちに手にはいった。今まで一時にこんな大金を手にした事のない多くの百姓は俄かに気が大きくなり、収入だけでは足りず勧業銀行や信用組合から金を借りて高価な土地を買ったり、費用の高い時家を直したりした。一方分家や嫁のやり取りにも身分不相応な多くの金を使った。

どの商店でも医者でも、蚕上がりの勘定で貸してくれた。借金等はいくらしても一蚕か二蚕上げればすぐ払えると思った。したがって養蚕家の経済は放漫になり、桑園には競争で高い肥料を施した。今から見ればこの当時の養蚕家は正気の沙汰ではなかった。

しかし糸景気は何時までも続かなかった。昭和二年ころから繭の値は下落する一方で、五年にははるか生産費を割る二円という惨めな安値に暴落した。今まではどうにかやっていた農家もここに至って動きがとれなくなった。借金をしたくても今度は貸してくれる処がなくなった。それくらいだから今までの借金の取り立てが厳しくなった。けれど繭が一〇円もした時の利子が利子を生んで倍にもなった借金を二円の繭の時払えるわけがない。自分が食うのがやっとで、借金や税金や無尽の返金に廻る金など一銭もなかった。従って税金は滞納勝ちになるし無尽は次々に潰れるし、惨々なものであった。

農家は蚕を飼えば損をする、と知りながらも桑畑の一部を田や疏菜畑にする以外大きな転向も出来ず、それでも今年は繭の値が出るだろうと淡い希望を繋いで桑のあるだけ蚕を掃きつづけた……

昭和初期、村は貧しさのどん底にあったのです。

会地村報

昭和九年、〝昭和恐慌〟の不況が深刻化するさ中、長野県下伊那郡下で時ならぬ『村報』発刊のブームが起きていました。

『村報』はいま私の手元に集めることが出来ただけでも、市田村報、河野時報、鼎（かなえ）時報、川路村報、生田村報、上片桐村報、山吹村報、そして阿智村の前身、会地村の会地村報と八村八紙を数えます。

いずれもB五版裏表にキチンと印刷され、発行人は村長です。

記事の内容は各紙とも「農村更生運動」に係わるものが中心で、その他、堆肥増産法、多産鶏の鑑別法、木炭市況、村会だより、など様々で、短歌や俳句の投稿欄まであり、厳しい暮らしの中にも昭和九年、十年の記事は多少のゆとりを感じさせるものです。

前阿智郵便局長・矢沢昇氏の調査によれば昭和九年当時、戸数六八〇戸の会地村で『信濃毎日』

『東京日々』など日刊紙を定期購読している家は一四五軒、また大正十四年の放送開始から十年目を迎えたラジオの受信契約は一二件です。

新聞は四軒に一紙、ラジオは五〇軒に一台の普及ということになります。

会地村は下伊那郡三十三ヵ村の中で比較的豊かな村だ、といわれていました。このことから考えれば他村の新聞、ラジオの普及率は会地村を大きく上回っていたとは考えられない。

従って、この時代毎月一回必ず村内全戸に配られる村紙の影響力はかなり強かったことが想像されるのです。

『村紙』は下伊那郡下で昭和九年一斉に創刊されましたが、一斉に創刊されたところに、国、あるいは県の何らかの意図を感じさせるものがあります。

会地村で『会地村報』の創刊号が発行されたのは昭和九年五月二十六日でした。

当時の村長・原竹治郎氏は「発刊の辞」の中で次の様に述べています。

我が帝国は今や正に非常の難局に直面している。非常時とは何であるか。それは諸々の国家的難事の累積に対して期せずして発せられた国民的叫びである。就中最も重大なものとしては内には中正を逸したる過激思想の伝播、公私経済の窮迫があり、之に加えて外には外交上の困難を招来している。而して之等より派生する諸々の問題は集積して非常時の内容を構成し、その打開と解消の責はかかって現代国民の双肩にある。

吾等会地村民もこの重大時難克服の責任を負える日本国家の構成員たることの認識をもち、

共に協力して村を、国を更生する為に強力な活発な運動を展開せねばならない。

『会地村報』発行の意義ここにあり、斯る全村民協力の大運動の研究機関足り、又時に指導機関ともならム。全村民諸君！奮起されたことを希う次第である。


昭和八年の「豊作飢饉」のあと翌九年は大凶作となり、昭和恐慌下の日本の農村はどん底の状態に苦しんでいました。軍需産業偏重の国家予算は急速にふくれ上がり、インフレに拍車をかけていました。昭和九年三月、溥儀が即位して「満州帝国」が成立したばかりの頃で、中国内の抗日運動はエスカレートし、日中関係がますます泥沼の深みにはまりこんでいく時代でもありました。

『会地村報』は昭和九年五月の創刊号から昭和十四年十二月の五五号まで五年半つづき、用紙不足を理由に廃刊されることになりますが、当時の村の動きを今に伝える貴重な資料です。この『会地村報』の記事を軸に伊那谷の山村と国策「満州開拓」の関わりを追ってゆくことにします。

笛吹けど踊らず

「移民」についての記事がはじめて『会地村報』に載るのは、昭和十年六月一日付、第一〇号からです。

「移民奨励について」と題するトップ記事は一面五段全部を使って耕地のせまい会地村は繭の値の暴落で、もうどこかへ移民を出さなければ村人が皆、共倒れになることを必死で訴えています。

しかし移民の第一の候補地は「ブラジル」で第二候補地が「満州」、第三候補地が「北海道」で、移民先を満州に限定はしていません。

すでに昭和七年同じ県内の「大日向村」は鳴りもの入りで「満州」に分村し、大評判になっていましたが、伊那谷の人々に〝大日向に続け〟といった気運が盛り上がっていた訳ではないことを物語っています。

結局この年、南米にも、満州にも、北海道にも、会地村から移住したものはひとりも出なかったのです。

次に『会地村報』に「移民」関係の記事が出るのは一年一月後の、昭和十一年七月一日付二二号です。

〝満州の広野は招く　満州信濃村建設移民――希望者は即刻申し込みを〟

の記事で移民の重要性を、残留農家の規模拡大、自立農家育成の観点から説き、県社会課主催の映画会と講演会を会地小学校裁縫教室で行うことを伝えています。

これがはじめて「満州移民」をうたった記事で、記事は入植予定地、資金計画、応募資格、営農法などを詳細に伝えています。

三たび村報に「満州移民」が登場するのは同十一年十二月一日付二七号においてです。〔写真左〕

〝振って聖業に参加せよ〟

と題するこの記事には、はじめて「国策」「王道楽土」「廿町歩《にじゅう》の地主」など、後の「満州開拓」のキーワードが現れています。

昭和十一年十二月一日發行　會地村報　第廿七號　1

第二十七號

滿洲農業移民募集に就て
―振つて聖業に參加せよ―

滿洲と云へば戰塲となる所だ、匪賊の横行する所だと頭へピンと來る時代は既に過ぎて戰塲はシベリヤへ移され、十二万の匪賊は二万に減少され關東軍に屬する兵力も〇万に達する現況となり、滿洲國建國以來漸次其秩序治安は維持されて所謂王道樂土の建設は逐次健全なる運びを進めてゐる。農業移民も昭和七年以來實施せられ洋を越へて第二の日本!! 大和民族の大陸移動の運動は開始せられ狹苦るしい本土の外に聖業は伸展されつゝある現況である本村よりは其の天與の聖業に就く第一歩として御牧ケ原訓練所に於て東谷文治君、原田喜六君、原喜一君、原睦穗君の四名は日夜日本精神の鍛錬陶冶に專念され、やがて入植さるべく意氣昂天の勢でゐます。

移民計画に就いては拓務省軍部協定の上廿ケ年に百万戸とされてゐます。其の理由は神代乍らの民族的精神がさうさせるのであつて延いては農村更生の第一歩となる譯けです。

本村の耕地面積一戸當(農林省)六反歩では迚もやつて行けないことはお互の財政が毎年敎へて呉れてゐます。六十年來凶作を知らない無肥で農作物の豐稔を見る土!! 然かも廿町歩の自作農となり、經營に於ても新組織の下に(總べて完備された)餘裕のある生活ができることは內地では想像することもできません。然も最初の二、三年でさうした設備と農耕地が得らるゝとは何んと驚くではありませんか、既に第一次、第二次移民地に於ては一戸當り二百圓から五百圓の純益を擧げてゐるといふ、それは皆一戸當約千圓の補助さ各人の努力でさうなつたものでその個人の投ずる資本は要らない、只一ケ年間の小遣錢があれば良いのです。

一戸當千圓の補助までして何故移民させるかといふと、それは大和民族の伸

昭和十一年三月、二・二六事件直後成立した広田弘毅内閣は八月二十六日「二〇年間一〇〇万戸、五〇〇万人」の「第一次満州開拓計画」を「国策」として決定しています。

しかし『村報』のどこを探しても二・二六事件はおろか、広田内閣の成立も国政の大きな動きも一切載っていません。「満州農業移民募集」の結論だけが伝えられているのです。

昭和十二年七月七日「盧溝橋事件」を契機に全面的な日中戦争が始まりました。

戦火は華北から上海に飛び、戦線は急速に拡大していきます。

十三年四月「国家総動員法」が制定され人的、物的資源の全面的な戦時統制経済へ向けての第一歩が踏み出された時期でもありました。

「盧溝橋事件」の勃発をまだ対岸の火事のように考えた会地村の人たちも、十二年七月十六日深夜、三名に初の赤紙が来るに及んで俄然緊張

しました。
日をおかず二十六名に赤紙がきました。（阿智村遺族会編『平和の礎・殉国の誌』
大陸の戦火は次第に伊那谷のこの山村にも忍び寄りつつあったのです。
そして「満州国阿智郷建設計画大綱」が『会地村報』に大々的に報じられたのは、昭和十三年五月一日、第四四号紙上においてです。

会地村報　昭和十三年五月一日第四四号

満州国阿智郷建設大綱

満蒙開拓国策ニ順応シ本大綱ニ拠リ五ヶ年以内ニ一一〇〇戸ヲ満州国ニ移住セシメ日本民族大陸移動ニ参加シテ、満州国阿智郷ヲ建設スルト共ニ日本国阿智郷ノ経済更生振興ヲ計ラムトス

（一）基本方針
一　各村内平均一戸当耕地ヲ少ナクモ、一町一反以上ニ引上グルヲ目標トス
二　各村毎ニ満蒙開拓協会ヲ設立シ各村別ニ分村計画ヲ樹立ス
三　区域内戸数約二一〇〇戸ヨリ二戸ニ付一名ノ割合ニテ開拓者ヲ送出ス
四　毎年度高等小学校卒業総数約一一〇名中ヨリ二〇名ヲ、青年学校其他ヨリ一〇名計三〇名ヲ、五年間ニ一五〇名ヲ、青少年義勇軍として送出ス
五　其他縁故者移民並ニ第二次計量ノ樹立実行ヲ図ル

（二）年次別送出目標
外ニ青少年義勇軍三〇名宛《ずつ》ヲ昭和十三年度ヨリ十七年度迄年々送出ス

「区域内」とは当時「阿智郷」に参加することを表明していた会地、伍和、智里の現阿智村と隣村、清内路村の四つの村域のことです。

約二一〇〇戸から凡そ半分の九五〇戸プラス義勇軍一五〇名を「満州」に送出しようという壮大な計画でした。

しかし皮肉なことにこの「阿智郷計画」が呼びかけられる頃になると伊那谷の農村の経済は一変していました。

第一に徴兵や軍需産業の隆盛による雇用機会の増大によって農村の過剰人口は吸収され、むしろ労働力不足が顕在化しはじめてきたこと、第二に日中戦争の拡大に伴う戦争景気によって昭和十四年頃から景気は急速に好転し、農産物価格が高騰したのです。

恐慌下に貫当り三円を割った繭価は昭和十二年六円台を回復し、十二月、大正十五年以来の高値に達しました。（長野県編『長野県政史・第二巻』）

こうして経済環境の好転によって村民の移民熱は急速に冷えはじめていました。

いざ移民を断行する段になると、誰も先祖代々住み馴れた土地を去るに忍びないと考え、殊に中年の人や老人達は少しくらい貧乏暮しでも、この土地で死にたいと願ったのです。

結局昭和十二年から十八年までの七年間に戸数六三〇戸の会地村から「満州開拓」に参加したも

のは二〇戸、義勇軍に参加した若者二十二名でした。

これが鳴りもの入りで募集したこの時の「満州開拓計画」の結末でした。

〝笛吹けど踊らず〟の感が深い。こうして「第一次満州国阿智郷建設計画」は開店休業の状態となりいつしか姿を消したのです。

これまでの経緯を見て分かることは、当時伊那谷の農民はいかに耕地が狭く、いかに繭価が安く、いかに村報で呼びかけても、決して進んでは「満州開拓」などに行こうとはしなかった、ということです。

しかし、このいわば「第一次阿智郷開拓団送出」の構想から四年後の昭和十八年、「会地村」「伍和村」と「山本村」（現飯田市山本地区）の三村で結成された「阿智郷建設組合」による「満州分村、阿智郷」には一挙に四二家族一七二人の農民が参加したのです。

しかも結成後わずか半年で渡満して行きました。

極めて強い力が働いていたことを想像させるものです。

一三八名の村民を死に追いやった計画の背景に何があったのか。

第三章　銃後の村

昭和十六年大晦日の閣議決定

昭和十六年十二月八日朝六時、ラジオは軍艦マーチについで大本営発表の「臨時ニュース」を放送しました。

「帝国陸海軍は本八日未明、西太平洋において米英軍と戦争状態に入れり」

日本はついに太平洋戦争に突入したのです。

そして十二月三十一日の大晦日、政府は閣議をひらき「満州開拓第二次五カ年計画」を決定しました。「一〇〇万戸計画」に基づく第一次計画は昭和十六年で終り、翌十七年から「第二次計画」に入ることが決定されたのです。

十七年以降五カ年間に開拓民二二万戸、義勇隊一二万人の送出を内容とするものでした。

のち阿智村全体で三四二人の戦死者を出すことになる太平洋戦争の勃発と、同じく近郷の他開拓団への参加者や義勇隊員を含めると二三五人の開拓者を死に至らしめた「満州開拓第二次五カ年計画」が時を同じくしてスタートしました。

これ以降、「満州開拓」は常に太平洋戦争に影のように寄り添い、一枚のコインの裏表で展開されてゆくことになるのです。

しかも、この「第二次計画」を待つまでもなく長野県はすでに昭和十六年四月「開拓民一万戸、大陸帰農者三五〇〇戸、義勇隊六〇〇〇人」という「長野県第二次五カ年計画」を決定していました。

長野県下から太平洋戦争の勃発と共に若い働き手が、鍬をもつ手を銃にかえ次々に戦場に引っ張られていきました。軍需産業への労務需用も飛躍的にふえていきました。その上食糧不足の中で増産へのかけ声はいよいよ高まり、必然的に開拓民送出の困難さは増したのです。「満州開拓」どころではない人手不足の中で計画が進められていきました。

しかし「第二次計画」の実施に際してこんどは県も手を緩めなかった。

単なる不況を背景とする満州開拓ではない。のるかそるかの「戦争を背景としての開拓」なのです。

満州開拓特別指導部

長野県は十七年八月十八日、開拓に熱意があり、送出の実績もある下伊那郡を「満州開拓特別指導部」に指定しました。(長野県自興会満州開拓史刊行会編集『長野県満州開拓史』)

下伊那郡はこれを、「積極的ニ開拓運動ヲ展開シ全国ニソノ範例ヲシメスベキ重要ナ立場ニ置カレ」たと受けとめ、「郡内各村共々、単村、若クハ連合シテ分村ニ着手スルヲ目途ニ」、「満州開拓第二次五カ年計画、下伊那郡送出計画基準案」を立てたのです。（『満州阿智郷建設組合関係綴り』）

各村々はこれ以降「分村建設委員会」を設置し、この基準案に基づく送出戸数、着手年度、完了年度などの編成案をまとめてゆくことになります。

まず感ずるのは下伊那地方の農業経営規模の悲しいまでの零細さです。

一戸当りの平均耕作面積は最も広い山吹村で九反、最も狭い和田村で三反、全二十八カ村平均で六反七畝です。これで平均六〜七人もの家族を養っていました。

「二〇町歩の地主になれる！」というスローガンが下伊那郡の農民にとっていかに現実離れしたものであったかが分るのです。平均七反歩足らずの農家にとって、一挙に三〇倍もの田畑を与えられても耕作出来るなどとは考える筈もない。

当時の会地村にも七人の地主がいましたが、その中で最大の小笠原家が三町四反、伍和村で最大の平野家が三町二反でした。

大金持もいない代わりにその日の食いものにも事欠く程の貧乏人もいない。

それなりに平和で豊かな村だったのです。

また、これらの送出計画をみて感じることは長野県民の余りの真面目さ、律気さということです。国や県からの、お上の指示にはまっすぐそのまま従う〝教育県長野〟のき真面目さがこのあとも開拓計画遂行の課程で示されてゆくことになります。

県はこのあと「知事名」によって次々に各町村長あて細かい指示を出し続けていきます。「送出基準案」に続いて出された指示は昭和十七年の冬季農閑期に「準備」「実行」「整備」の三段階を設け地方事務所を中心に「開拓団編成完遂強化運動ヲ展開セヨ」というものでした。

特に戦時食糧確保のため「敵国ノ企図スル長期抗戦に対処シ速ニ大東亜建設の拠点タル満蒙ヲ確保」するには「満蒙開拓事業ガ重要」でその為には「興亜精神ノ昂揚ヲ計ルヨウ各関係機関ノ総力ヲ集中」して運動を推進させようとするものでした。(『長野県満州開拓史』)

この趣旨からもうかがえる様に満州開拓事業は「民族協和ノ確立」「東亜防衛ニ施ルノ北方拠点ノ強化」「食糧確保ノ要請ニ基ク農業増産」に重点がおかれていました。

部落常会

この運動の実施にあたって県が協力を要請した「関係機関」とは次の七機関でした。

(一) 部落常会
(二) 農会
(三) 商工組合
(四) 産業組合
(五) 在郷軍人分会
(六) 翼賛壮年団

（七）学校

これら七機関は村役場を中心に村内にクモの巣のように張りめぐらされた末端の政治組織でした。村内の家々は一軒残らずこれらの何れか複数の組織に所属していました。

その中でも特に重要な役割を果たしたのが「部落常会」でした。

市町村は行政の末端である「常会」を通して住民に「満州開拓事業の主旨を啓蒙、理解させ各団体の有機的な関連」のもとに、計画的に事業の推進を実施させていたのです。

農会は適正規模の自作農家創設を図り「余剰農家の開拓事業への参加を進めること」、商工組合は「企業整備に伴い出てくる転廃業者に大陸帰農開拓団の編成を指導すること」、産業組合は「渡満決意者」に後顧の憂いのないよう「資産整理に積極的に加担すること」、また在郷軍人分会は日清・日露戦役や満州・支那両事変に参加した将兵の「忠血に報いる、国民の責務を訴えること」、翼賛壮年団は団員が挙って「開拓運動の推進隊となること」、さらに学校は「義勇軍の編成運動」の中核となり、婦女子が「国策協力をするよう啓蒙運動」を荷されました。（『長野県満州開拓史』）

戦前、日本各地の村々には戸数三〇～四〇戸を一単位とした「部落常会」が置かれ、村は一〇～二〇個の「部落常会の集合体」でもありました。

それは戦時、大政翼賛会の支配下にあり、長野県下では「大政翼賛会信州支部」の末端の政治組織でもありました。

『翼賛信州』が機関紙の役割をはたして、いわば上意下達の最終機関だったのです。

「国策」は国から県知事に、県知事から市町村長に、市町村長から部落常会長に、常会長から各人、各家族に指示される仕組でした。

昭和十八年当時、「会地村」は戸数六三〇戸でしたがここに一八もの「部落常会」があり、それぞれに常会長、同代理がおかれました。

彼らは農会幹部、在郷軍人会会地支部、翼賛壮年団幹部、地主、住職あるいは旧制飯田中学、下伊那農林の卒業生などの有力者で構成されていました。

昭和十八年初頭、会地村全常会は常会長、同代理のメンバーを一新しました。

信州の山奥の村も決戦体制に入ったのです。

昭和十八年度会地村部落常会会長並代理者一覧表

上中関第一	常会長	倉田橘二郎	常会長代理	林蔵市
上中関第二	〃	新井久太郎	〃	増井藤四郎
上中関第三	〃	福岡佐太郎	〃	坂本龍助
中関上ノ平	〃	内田博史	〃	折山仙太郎
中関下ノ平	〃	増田信夫	〃	岡庭勘吾
大六桜原砂田	〃	塚田道蔵	〃	山田重喜
五反田馬場	〃	岡庭伝一	〃	原卯平

木戸脇	〃	田原八十一	〃	田原傳一
伝馬町	〃	折山幾弥	〃	片桐美和三
下町二丁目	〃	遠山英夫	〃	佐藤清七
下町一丁目	〃	佐々木高一	〃	佐々木信一
新富町	〃	佐々木磯太郎	〃	小池掃部
栄町二丁目	〃	渥美慎二	〃	林果一
栄町一丁目	〃	岡庭　實	〃	虎岩壽平
上町第一	〃	山田節	〃	萩原茂
上町第二	〃	黒柳清重	〃	山本慈昭
西上町一ノ澤	〃	山田傳治	〃	原秀穂
曽　山	〃	石原治平	〃	下原準三

（昭和十八年度会地村常会資料より作製）


「常会長」は村内各部落で最もにらみのきく存在でもあったのです。

のち、この常会長、同代理の中から村長がひとり、村会議員が五人出ています。

この頃から「満州開拓民」の送出は「国策」の名の下での強制的色彩を濃くしていきました。

即ち満州開拓は日満を包む戦時動員体制の一環として位置づけられ「国防と食糧増産」が主要目的としてクローズアップされるに至るのです。

大政翼賛会信州支部が発行する十八年一月号の『翼賛信州』は〝常会特集〟で次の様に書いています。

激裂なる決戦下、一億の憤激を米英追撃の一点に集中して些かの手ぬかりもあってはならない。常会は正に銃後第一線の戦闘部隊の面目にかけて国民地域組織の機能を遺憾なく発揮せねばならない。

常会こそあらゆる活動の原動力である。言葉をかえていえば銃後第一線の指揮官常会長を中心に作戦を練り、行動を起す会合にすることである。

其処でこの一月常会を期し文字通り決戦常会に切り替えてゆかねばならない。常会は不平や不満の発散所であってはならない。いま大戦争を闘い、しかも皇国存亡の決戦である。あらゆる面に無理はつきものである。国家の苦難を皆で分けあって困苦欠乏に耐えてゆく建設的意見を盛り上げてゆかねばならない。

戦局

マニラ、ラバウル、シンガポール、ジャワ島、ラングーン。

日本軍は昭和十七年三月までに、これらの要衝を次々に占領、開戦わずか四カ月で、東南アジアから西南太平洋に及ぶ広大な資源地帯の大部分を手中にしました。

しかし、補給線の長大化に伴い、次第に作戦上の無理が顕在化し、六月五日に始まったミッドウェー海戦は、空母四、飛行機三二〇、兵員三五〇〇人を失う大惨敗に終わり、広がりすぎていた戦線にとって致命的な打撃となってゆきました。

八月以降のガダルカナル島争奪戦では、彼我の物量の差が響いて同島を失う結果となり、攻守の立場は逆転していました。この間、東条英機内閣は衆院選候補者を政府直結機関が推薦するという「翼賛選挙」を行い、独裁体制は強化されていました。政府は戦力増強に狂奔しましたが、豊富な資源と巨大な生産力に支えられた米国との戦力差は拡大する一方だったのです。

十八年二月「ガダルカナル島から転進」が発表になりましたが「転進」は、実は飢えた将兵一万八〇〇〇人の「撤退」でした。

このように戦況悪化に比例して、戦果は誇大に、敗戦はごまかして発表する傾向が目立つようになっていったのです。

四月、山本五十六連合艦隊司令長官戦死。

五月、アッツ島の山崎保代部隊玉砕。

敗色深まる戦局が信州の山村にどう押し寄せ、人々の暮らしにどう響いてきたか。

格好の資料がありました。「会地村部落常会資料」です。

敗戦直後、県の厳しい焼却命令が下った中で、当時の会地村長・原弘平氏はいくつかの重要書類を役場から自宅に持ち帰り秘匿しました。

「資料」は、弘平氏の三男原好文氏が土蔵の修理をした際、土蔵二階の茶箱の中から出てきたものです。

昭和十八年一月十三日から二十年八月二日分まで、毎月一回開かれた「部落常会」の資料は透き通るように薄い和紙と茶色に変色したワラ半紙の部厚いつづりでした。

戦局下の村のくらしはこの資料の「常会徹底事項」の項目をみるだけでよく分かります。息のつまりそうな戦時下の銃後の村の暮らしがみえます。

毎月毎月の会合はおぞましいばかりの金と物の供出要請でした。

米英撃滅建鑑（飛行機献納）寄付

新しい年、新しい常会長の元で、各部落一斉に聞かれた昭和十八年一月十三日の常会の「常会徹底事項」は次の通りです。

一　米英撃滅建鑑（飛行機献納）寄付ニ関スル件
二　衣料切符交付ニ付戸口調査ノ件
三　軍人慰問ニ関スル件
四　非アルミ貨幣の回収ニ関スル件
五　ボヤ炭点検申請ノ件

六　玄米食晋及並自家保存米搗精ニ関スル件
七　正月行事刷新ニ関スル件
第一項目の「米英撃滅建鑑寄付ニ関スル件」は長野県知事から村長に要請され、村長から常会に諮られたものでした。〔写真次頁〕

会地村長殿
趣旨　米英撃滅建艦（飛行機献納）寄付金割当ニ関スル件
大東亜戦争ハ御稜威ノ下皇軍将兵ノ勇戦敢闘ニヨリ陸海空ニ赫々タル戦果ヲ収メ得タルハ銃後国民ノ等シク感謝感激ニ堪ヘナイ所デアル、然シ乍ラコノ戦果ノ蔭ニアル幾多ノ犠牲ヲ忘レテハナラナイ
今次ノ大戦ハ相手ガ倒レテ息ヲ引取ル迄、戦ヒ抜カネバナラヌ、無傷ノ勝利ハ勿論ナイ、ソロモン海戦ヲ思イ出シタトキ、ドウシテモ銃後ノ我々ハジットシテ居ラレナイノデアル。今コソ愛国ノ至情ヲ、コノ失ヘル軍艦、飛行機ノ建造ニ傾ケヤウデハナイカ。ソシテ米英ニ対スル徹底的決戦体制ヲ築クノダ
ココニ米英撃滅建艦（飛行機献納）運動ヲ展開シ県民各位ノ御協力ヲ願フ次第デアル
昭和十八年一月　長野県知事

各部落常会長殿

昭和十八年一月十三日　会地村長

右ノ趣旨ニヨリ寄付金トシテ各戸平均一円以上ノ拠出基準ニテ割当通知ニ接シ候条左記要領ニヨリ寄付金拠出方御配意相煩度此段及御依頼候也

貴常会割当額左記ノ通リニ候間左記割当額ヲ最低限度トシテ出来得ル限リ拠出方御願申上候

記

割当基準　昭和十七年度村民税ヲ標準トシテ割当ス

別紙へ氏名金額記入ノ上現金ヲ添へ来ル一月二十迄ニ会地村助役迄御提出被下度候

以上

寄付要請の文書には必ず「皇軍将兵の勇戦敢闘感謝」の文字がつけられました。

しかし、その勇戦敢闘する兵士を出しているのも他ならぬ村なのです。

満州事変以来阿智村（当時の会地村、伍和村、智里村の三村）から出征した兵士のうち戦死した者は昭和七・八年各一人、九・十・十一年ゼロ、でしたが支那事変勃発後の十二年四人、十三年一二人、十四年四人、十五年八人、十六年二人と続き、太平洋戦争開戦と共に戦死者の数は激増していきました。

十七年一四人、十八年一六人。(『阿智村殉国誌』)
結局、一ヵ月後の二月の常会席上六二一戸で八五〇円五八銭、一戸当り一円二二銭の結果が報告されました。
第四項目の「非アルミ貨幣ノ回収ニ関スル件」では村中の家々のタンスの引出しがかき回され古銭の回収が行われました。

各部落常会長殿

昭和十八年一月十日　会地村長

現行通貨ニ非ザル貨幣引換ニ関スル件
今般左記種類ノ貨幣ニ付テモ「アルミ」貨幣以外ノ補助貨引換ノ例ニ倣ヒ引換フル事ト相成候旨上司ヨリ伝達ニ接シ候間常会内へ可然御取計賜リ度候

以上

回収を命ぜられた古銭には「寛永通宝四文」「永楽銭」「天保通宝」の他は「旧韓国葉銭」「韓国五分赤銅貨」「光緒元宝」など、なぜか朝鮮の古銭が数多く指定されています。

なぜそんな朝鮮の古銭がこの山間の村にあったのか、結局どれ程の古銭が集まったかの記録はないが、いかに資源が枯渇していたかはよく分かるのです。

正気の沙汰とは思えない事態が進行しはじめていました。

貯蓄

兵隊を出し、農耕馬を軍馬と名を変えて取られ、米やいもを供出し、金属回収や古銭の供出まで行い、女と子供と年寄りの残った村で「貯蓄」「寄附」という名の強制的な「金刈り」が行われていました。その中で中心的役割をはたしたのも「常会」でした。

常会という最末端の政治組織が村民の戦争参加意識をくすぐりながら厳しい相互監視下で極めて有効に作用をしていたようです。

昭和十八年二月の「常会」最大のテーマは「二三〇億円貯蓄必成強調運動実施ニ関スル件」でした。席上下記のプリントが配られました。

二三〇億貯蓄必成強調運動実施ニ関スル件

長野県

一、趣旨

昨年十二月二三〇億貯蓄完遂強調運動ヲ展開シ従来動モスレバ鈍化ノ傾向ヲ辿リタル国民貯蓄不振ヲ一挙ニ挽回セントシ専ラ其ノ達成ヲ企画シ来タルニ其ノ実績ハ国ニ於テハ去ル第三四半期迄ニ略一八〇億円ニ達シ目標額ノ約七八％ニ達シタルモ尚五〇億円ヲ残シ居リ之ガ達成ニ関シテハ楽観ヲ許サザル現況ナリ而シテ本県ニ於ケル第三四半期迄ノ実績ノ先般来ノ積極且真剣ナル運動ヲ展開セルモ不拘未ダ一億三八九六万二〇九三円ニシテ本年度増加目標額ノ七〇・七

五％ニ過ギズ之ヲ第三四半期末目標額七四・九九％ニ比スレバ尚一〇五三万円四・二二％ノ増加不足ニシテ之ガ全国的ノ成績ニ徴スルモ本年度上半期ニ対スル本年度上半期ニ於ケル目標額達成状況ニ於テ第二六位一六年度上半期ニ対スル本年度上半期増加率ニ於テハ第三六位ニシテ極メテ不良ナル実情ナリ若シ此ママニ推移セムカ本県二億六〇〇〇万円ノ目標額ノ達成至難ナルノミナラズ二三〇億達成ニ寄与シ得ザル結果トナリ之ガ戦争完遂ニ及ボス影響ノ極メテ大ナリ茲ニ八〇万県民一丸トナリ愈前線将兵ノ死闘ヲ偲ビ特ニ下記運動ヲ展開シ本年度末尾ノ全努力ヲ傾注シ戦争生活ノ実践ニ努メ如何ナル難関ニ逢着スルモ断ジテ目標額ノ必成ヲ期スベク邁進スルモノナリ

二、運動ノ名

「二三〇億貯蓄必成強調運動」

三、運動ノ期間

自二月十一日　至三月三十一日

四、運動実施方策

市町村ニ於テ実施スベキ事項

市町村ニ於テ貯蓄奨励委員会ニ諮リ大政翼賛会市町村支部ニ緊密ナル連絡ノ下ニ関係各種団体ノ積極的協力ヲ求メ十二月中展開セル二三〇億貯蓄完遂強調ノ実績ニ鑑ミ貯蓄増強ニ関スル各般ノ組織ノ整備之ガ活動ノ促進ヲ計ルト共ニ特ニ左記事項ノ実績ニ依リ目標額ノ必成ヲ期スルコト尚之ガ推進ニ当リテハ市町村常会ニ対シ緊急常会ヲ開キ充分ナル指導ヲナシ其ノ趣旨ノ

徹底ニ努ムルコト（市町村常会開催ノ際ハ極力所員派遣ノ見込ムタメ日時報告ノコト）
（一）部落会、町内会、各種団体職域等ニ於ケル貯蓄実績ヲ検討シ全目標額必成ニ関スル具体方策ヲ樹立シ之ガ実践ニ努シムルコト
（二）各地域、各職域、各種団体等々貯蓄組合ノ必ズ目標額ノ達成ヲ期スルコト
（三）特ニ本期間中翼賛壮年団ノ協力ヲ求メ各戸住民税ノ三倍ヲ基準トスル「二三〇億必成特別貯蓄」ヲ行ハシムルコト
（四）二、三月中特ニ生活必需物資ノ配給品以外ノモノノ購入ヲ見合セ徹底的ニ「間ニ合セ運動」ヲ実施シ貯蓄源泉ノ培養ニ努ムルコト之ガ為特ニ婦人常会ノ開催ヲナサシメ其ノ趣旨ノ徹底ニ努ムルコト
（五）大詔奉戴日、シンガポール陥落記念日、陸軍記念日ノ三日間、平常収入ノ一日分ヲ感謝貯蓄スルコト
（六）鋼、鉄供出ニ依ル代金ハ必ズ貯蓄ニ振向ケルコト
（七）各種農産物ハ勿論各期間ノ副業主産品売却代金、木材ノ供出代金等ハ其ノ全額ヲ貯蓄ニ振向ケルコト
（八）本期間中特ニ郵便貯金就中定額貯金、積立貯金、貯金切手、簡易保険及年金ノ勧奨ヲ始メ産業組合、銀行等ニ於ケル各種預金生命徴兵保険等全面的ニ其ノ増額勧奨ヲナスコト但シ此ノ場合各機関ニ関シテハ特ニ各市町村ノ方針ニ基キ統制アル運動ヲ展開セシムルコト
（九）特殊工事等ヲ行ウ場合ハ其ノ労働賃金ノ振替払いノ方法ヲ講ジ尚其ノ他自由労働者等ノ

収入ニ関シテハ極力貯蓄振向シムル様指導スルコト
（十）本運動ノ実施概況ヲ四月十日（期限厳守）迄ニ報告セラレ度シ

県の命令が村へ伝えられると、村は次の様に目標を細分化し「常会」に示しました。
村長の常会説明用の紙には次のような鉛筆書きのメモがみえます。

〝大東亜戦争に勝ち抜くためには、銃後の兵器廠たる貯蓄はどうしても必要〟

昭和十八年貯蓄目標は、帝国全体で二三〇億円、長野県で一億八〇〇〇万円。
会地村は三三万三〇〇円で、内訳は、
①国民貯蓄組合貯金　六万六〇六〇円（総額の二割）
②国債消化額　四万六四四二円（一割四分）
③国民貯蓄計画外貯金目標額　二二万七七五八円（六割六分）
と決定した。

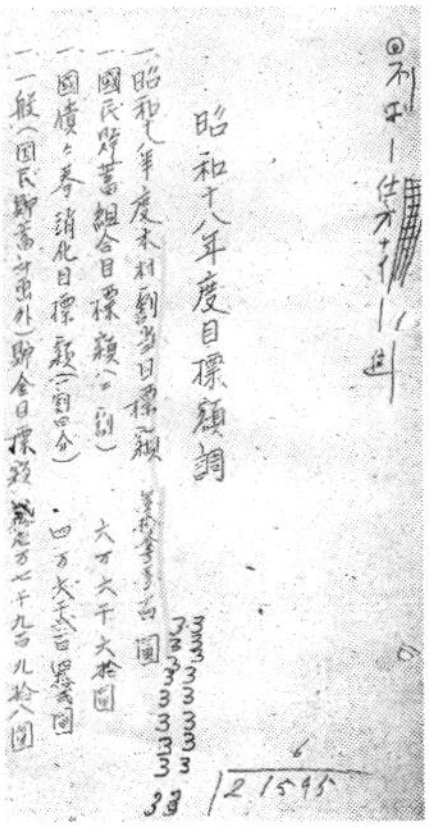

県は一編の「通達」を発すれば済むが、受けとった村長や常会幹部の果たさなければならない責任は容易なことではない。
〝不平〟〝仕方ナイ〟〝進メ〟など「常会」でのメモに残る村長の苦悩。〔写真〕

結局、会地村に割当てられた三三万三〇〇円の貯蓄目標額は、次の様に細分化され進められることになりましたが、三、四半期現在の年度末達成率は六割五分に止まっていた様です。これが総戸数六三〇戸、うち農家三五八戸、非農家五〇戸、商工業八四戸、農家の平均耕作面積五反八畝、年間予算三万三五〇〇円の長野県下伊那郡会地村に課せられた〝貯蓄〟という名の厳しい金の取り立てでした。

昭和十八年度第三四期貯蓄達成調

一、国民貯蓄組合貯蓄額　金四万七九一四円九三銭

二、国債々券消化額　金一万九八九〇円

内訳

一　国債債券消化額　一万七九一〇円

二　銀行預金　三万八六四八円九九銭

三　郵便貯金　二万四五八六円三〇銭

四　簡易保険　七八〇〇円

五　民間保険　二万二〇〇〇円（推定）（全部一万二二〇円一八銭）

六　其　他　一万八一八七円一八銭

（イ）九、一四四円四一銭……金属回収

（ロ）六八一円四銭……七月七日一日戦死貯金

(ハ) 九六八円八銭……つもり筒
(ニ) 一一一二円六〇銭……盆節約貯金
(ホ) 二四三円三〇銭……翼壮感謝貯金
(ヘ) 八六五円二九銭……第二回つもり筒
(ト) 五一〇四円六銭……高額貯蓄組合
(チ) 七五円……商報地区常会
合計 二二万五九五四円二三銭也
六割五分

(昭和十八年会地村常会資料中〝村長メモ〟から作製)

「お上」の取立ての厳しさは、まるで江戸時代の悪代官です。

〝帝国国民として、県民として、村民として「撃ちてし止まん」の心と心を組んで目標達成の総進軍を開始しよう〟村長のメモはそう締めくくられています。

蓖麻献納

二月「常会の徹底事項」は「蓖麻《ひま》生産献納ニ関スル件」です。

それに先立つ大政翼賛会長野県支部発行の『翼賛信州』十八年二月号の記事。

「蓖麻の増産について」

飛行機の命は、サツマイモとヒマである。誓って大増産を果さう。

ヒマの栽培報国は年々好成績を挙げてゐますが、今年はより以上の立派な成績を挙げなければなりません。

本年は県の責任生産で昨年の五倍余の大増産で成し遂げねばなりません。

飛行機はガソリンやアルコール丈では飛べません。ヒマの油がなければ縦横に活躍することが出来ません。そのためにヒ麻の油の不足を菜種油で補つてゐます。ヒマの油は本県の農家の生産割当て五升四合から約五五〇匁の油で飛行機をどんどん飛ばし米機を叩き落さねばなりません。各自の割当ては責任を以て大増産を致しませう。

敵機をやっつけるために、一時間でも二時間でもそれ以上の航行時間を飛びまはるヒマの油を一人の責任に於て作りませう。昭和十七年度の個人の成績では、飯田市の吉川さんは五斗五升、下伊那上郷村の竹内さんは四斗の記録を作つて居ります。御二人とも戦闘機を二時間から三時間飛ばせたことになります。何においても、割当以上の生産に頑張りぬきませう。ヒマがなければ、飛行機は飛べません。

昭和十八年二月六日　会地村長

各部落常会長殿

＊

蓖麻生産献納ニ関スル件

航空機戦車艦艇ハ勿論国内重要産業並運輸機関ニ喫緊ナル高級潤滑油給源タル蓖麻重要性緊迫ノ現況ニ鑑ミ国策トシテ之レガ増産ニ封スル一層ノ熱意ヲ喚起シ栽培献納運動ヲ全国的ニ推進致スコトト相成本県ニ於テハ新ニ県ノ綜合生産計画ノ一環トシテ之ガ目標数量ノ確保ヲ期スベク企図セラレ之レニ基ク本村ノ生産目標トシテ割当有之候間各事情ニ応ジ常会別ニ割当致シ貴常会分左記ノ通リ割当致シ候間別記事項ニヨリ婦人班壮年団班ト協調ノモトニ割当ノ達成ヲ期セラル様格別ノ御配意相願度此致及御通候也

記

生産割当基準　農家一戸当一〇本　非農家一戸当四本（何レモ最低限度）

(一)　斉播種日　二月八日一斉播種

(二)　割当　集団割当　個人割当

イ、集団栽培　河川敷、空地ノ利用ニ主眼ヲ置キ万止ムヲ得ザル場合ニ限リ既耕地ヲ充当スルコト（共同作業ヲ以テ栽培スルコト）

ロ、個人栽培　敷地、宅地等利用スルコト

(三)　栽培ニ就テ

農会ニ於テ指導ニ当ル　特ニ下ノ点ニ留意

イ、発芽後降霜ニ注意スルコト

ロ、播種密度ハ土地ノ肥度ニヨリ異ナレドモ畦巾四尺株間三尺反当九〇〇株トシ一株二〜三粒

播下シ発芽後一本トスルコト
ハ、蓖麻ハ生育旺盛ニシテ地力消耗シ易キヲ以テ堆肥反当三〇〇〆以上　人糞尿二〇〇〆以上ヲ必ラズ施与スルコト
ニ、蓖麻ノ下部ノ花房ヨク順次成熟シ脱落シ易キヲ以テ成熟ノ度採収シ乾燥スルコト
ホ、蓖麻茎棹外皮ハ強靱ナル繊維ナルヲ以テ之ヲ採収利用（麻代用）スルコト

以上

「百姓とゴマの油は……」を地でゆく様な厳しさです。

村人の寄付金で軍艦や飛行機を作り、それを女、子供の栽培した蓖麻で飛ばし、鉄砲の玉は回収した古銭で作って闘う戦争です。

食糧増産

日本中が極度の食糧不足にあえぎはじめていました。

同じ頃、県下全村から代表が長野市に集められ食糧の「決死的供出」の大号令が発せられました。

決議
我等県民ハ協力一致極力食糧ノ消費規正ニ努ムルト共ニ食糧割当ノ決死的供出ニ努メ、更ニ一

層ノ創意ト責任ニ依リ主要食糧ノ生産目標ヲ達成シ以ツテ食糧戦必勝態勢ヲ確立シ国内決戦体制ヲ盤石安キニ置カンコトヲ期ス。

右決議ス

昭和十八年二月十九日

長野県食糧必勝態勢確立協議会

宣言

我等謹ミテ

大御心ヲ奉戴シ協心食糧ノ生産、供出並ニ消費規正ニ挺身シ、以テ聖戦完遂ニ邁進センコトヲ誓フ

昭和十八年二月十九日

大号令に基づく十八年六月の「会地村常会徹底事項」の第一は「国民皆働で見事に食糧の大増産をやり遂げよう」です。

各部落常会長殿

昭和十八年六月十日　会地村長

緊急食糧増産対策要領

現下ノ食糧事情ニ鑑ミ国民生活確保ノ絶対的要請ニ応ヘ此ノ際食糧確保ニ寄与シ得ベキ凡ユル

方途ヲ講ズルノ要極メテ切ナルモノアルヲ以テ国及県ノ施策ニ呼応シ米麦ヲ初メ雑穀等ニ至ル主要食糧ノ既定増産計画ノ完遂ヲ期スルハ勿論更ニ緊急対策トシテ左記ノ方策ヲ実行セントス

「大豆畑の間作に玉ねぎを植え、逆に玉ねぎ畑の間作に大豆を植える」食糧増産計画でした。信州の高冷地のこの村で、大豆もソバも玉ねぎも南瓜も、梅雨がぼつぼつ始まろうとするこの時期は既に播種《はしゅ》期、植えつけ時期を逸しています。

結局「机上の空論、頭の隅の空畑」を確保し、上に報告しているだけなのです。

一家の大黒柱は兵隊にとられ、あるいは軍需工場に徴用され、村の田や畑で労働の質と量は減退の一途をたどっていました。

たびたびの大号令にもかかわらず、食糧の生産量は会地村で低下しつづけていました。

桑園の畑作転用が進んでいることは想像されますが、イモ類は伊那谷で大麦、小麦の間作に植えつけられ（霜害の防除）、麦畑がイモ作に転用される訳ではない。また水田裏作としても大・小麦は出来るがイモ類を作ることは出来ない。

肥料は下肥と推肥だけで、稲ワラや落葉を牛馬に踏ませ堆肥の増産が盛んに行われましたが、地力は低下する一方でした。

また、馬も急速に村から姿を消していきました。「軍馬」として徴用された村の農耕馬は一〇〇頭を超え、村道を延々とつづく徴用馬の行進の写真が残されています。

伊那谷の田畑の多くは棚田です。出征した夫に代わって牛で田畑を起こす作業は女、子供にとって生易しい作業ではありません。結局、女、子供に出来るのは、〝備中〟と呼ばれるクワ一本をもって昼も夜も田を打つことでした。

〝夜田打ち〟という言葉が残っています。

田にタイマツを一本たてて夜九時、十時まで〝田起こし〟をする苦行です。

金属回収

十八年七月の部落常会の徹底事項は、「戦争生活の徹底的実践」「食糧の非常増産」「金属の回収」の三つです。

昭和十八年七月一日　会地村役場

部落常会長殿　壮年団役員殿

金属類民間整理回収実施ニ関スル件

去ル五月二十七日ノ海軍記念日ヲ中心トシテ実施致スベキ標記回収ニ付キ本村ハ時恰モ農繁期ニ直面致シ居リ候ヘバ一時延期致シ候処時局ハ愈々決戦段階ニ入リツヽアル時偶々来ル七月七日ハ支那事変勃発記念日ニ相当スルヲ以テ此ノ意義深キ記念日ヲ回想スルト共ニ目下南ニ北ニ転戦シツヽ鉄壁ノ護ヲ固メツヽアル帝国陸海軍ノ辛労ニ対シ心カラナル感謝ノ誠ヲ捧グル意味

ニ於テ昭和十七年度実施シタル一般家庭回収ノ残存物並ニ新タニ追加セラレタル左記鉛類ノ整理回収ヲナシ多少ナリ共戦車建鑑資材ノ補給ヲ計リ戦力増強ニ貢献セラレ度ク左記条項御熟覧ノ上常会内ヲ御指導相成度御繁忙中恐縮乍ラ右御依頼申上候也

記

一、回収日　七月七日　　自午前八時　春日区全部伝馬町常会以東
　　　　　　七月八日　毎日　至午后四時　駒場区下町二丁目常会以西

一、回収場所　　会地村役場

一、回収物件

1. 鉄類銅類

イ．昭和十七年度回収ノ対象トナリタル残存物件全部

ロ．指定施設ニ対シテハ強制命令ノ如何ニ拘ラズ回収令第二条ノ回収物件全部トシ更ニ残存セル火鉢薬缶等全部

ハ　特ニ重点ヲ置ク物件類

火鉢　置物　花器類日除用金物（商品ヲ保護スルモノ）

窓格子　街路灯　看板及広告板全部

2. 鉛物件

イ．鉛管及鉛板類

ロ．文鎮及敷物押ヘ類

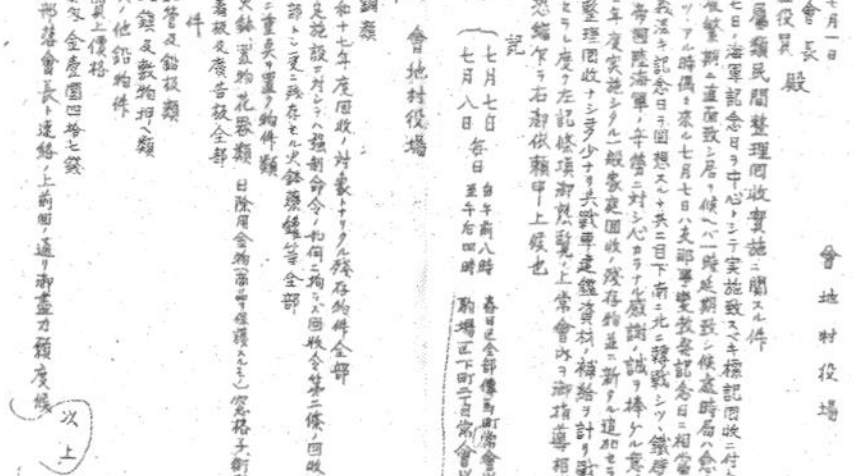
昭和十八年七月一日
會地村役場
部落會長
壮年團役員　殿
金屬類民間整理回收實施ニ關スル件
去ル五月二十七日ノ海軍記念日ヲ中心トシテ実施致スベキ標記回收ニ付テハ本村ハ時恰モ農繁期ニ直面致シ居リ候ヘバ一時延期致シ候處時局ハ愈々決戦段階ニ入リツヽアル時偶々来ル七月七日ハ支那事變勃発記念日ニ相當スルヲ以テ此ノ意義深キ記念日ヲ回想スルト共ニ日下南ニ北ニ轉戦シツヽ鐵壁ノ護リヲ固メツヽアル帝國陸海軍ノ辛勞ニ対シ心カラナル感謝ノ誠ヲ捧ゲル意味ニ於テ昭和十七年度実施シタル一般家庭回收ノ残存物並ニ新タニ追加セラレタル左記鉛類ノ整理回收ナシ多少ナリ共戦車建鑑資材ノ補給ヲ計リ戦力増強ニ貢献セラレ度ク左記條項御熟覧ノ上常會内ヲ御指導相成度御繁忙中恐縮乍ラ右御依頼申上候也
記
一、回收日　七月七日　自午前八時　春日区全部傳馬町常會以東
　　　　　七月八日　毎日　至午后四時　駒場区下町二丁目常會以西
一、回收場所　會地村役場
一、回收物件
1 鐵類銅類
イ、昭和十七年度回收ノ対象トナリタル残存物件全部
ロ、指定施設ニ対シテハ強制命令ノ如何ニ拘ラズ回收令第二條ノ回收物件全部トシ更ニ残存セル火鉢薬罐等全部
ハ、特ニ重点ヲ置ク物件類
火鉢　置物　花器類　日除用金物（商品ヲ保護スルモノ）窓格子　街路燈
看板及廣告板全部
2 鉛物件
イ、鉛管及鉛板類
ロ、文鎮及敷物押ヘ類
ハ、其ノ他鉛物件
3 鉛類ノ買上價格
壱貫匁　金壱圓四拾七銭
壮年團員ハ部落會長ト連絡ノ上前記ノ通リ御盡力願度候
以上

ハ．其ノ他鉛物件

3．鉛類ノ買上価格

一貫匁一円四七銭

一、壮年団員ハ部落会長ト連絡ノ上前回ノ通リ御尽力願度候　　以上

火鉢、ヤカン、置物、花器、街路灯、看板までもが回収の対象でした。鉛物については鉛管、文鎮までひとつ残らず回収せずにはおかない構えです。

海軍記念日や支那事変勃発記念日など記念の日の因みものが多い。因みもの献金の典型が「山本元帥国葬記念日献金」です。

八月常会で六月に募集したこの献金を報告しています。もう、各戸一円平均の献金も難しくなってきていることが分ります。

「山本元帥国葬記念日一日戦死建鑑献金集金表」

常会名	常会長名	拠出戸数	金額
上中関第一	倉田橋三郎	二七	二二円四〇銭
上中関第二	新井久太郎	四七	三九円三〇銭
上中関第三	福岡佐太郎	三四	二九円八〇銭

中関上ノ平	内田博史	三六	三九円九五銭
中関下ノ平	増田信夫	四四	三六円三〇銭
駒場砂田	塚田通蔵	三四	一六円七〇銭
駒場馬場五反田	岡庭傅一	一三	二五円三五銭
駒場木戸脇	田原八十一	四〇	二九円三〇銭
駒場伝馬町	折山幾弥	三三	一七円七一銭
駒場下町一丁目	遠山英夫	三〇	一九円六八銭
駒場下町三丁目	佐々木高一	四三	三六円七二銭
駒場新富町	佐々木幾太郎	二〇	二四円四五銭
駒場栄町一丁目	岡庭　実	二八	二一円三〇銭
駒場栄町二丁目	渥美慎二	二四	二八円五〇銭
駒場上町第一	山田　節	三二	四二円〇五銭
駒場上町第二	黒柳清重	五一	三八円三〇銭
駒場一ノ沢	山田傳治	三六	一六円二〇銭
駒場大橋通り	伊藤恭一	一八	一七円二〇銭
駒場曽山	石原治平	二〇	一六円〇五銭

なお、この時期常会の聞かれる時間は「朝五時」でした。

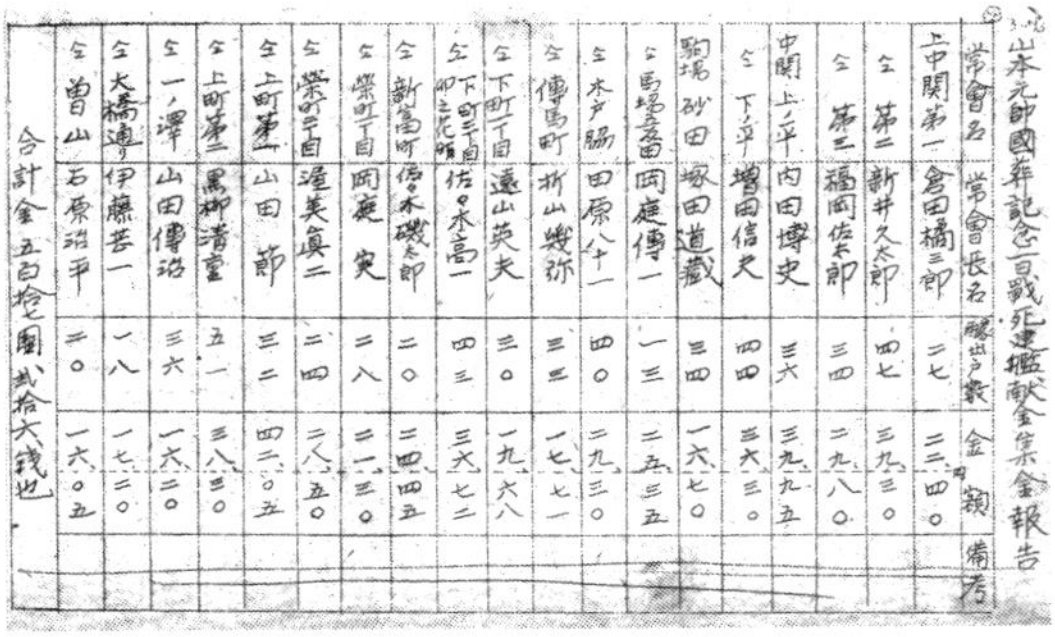

山本元帥國葬記念日戦死建艦献金集金報告

常會名	常會長名	醵出戸数	金額	備考
上中関第一	倉田橋三郎	二七	二二、四〇	
仝　第二	新井久太郎	四七	三九、三〇	
仝　第三	福岡佐太郎	三四	二九、八〇	
中関上ノ平	内田博史	三六	三九、九五	
仝　下ノ平	増田信夫	四四	三六、三〇	
駒場砂田	塚田道蔵	三四	一六、七〇	
仝　馬場五反田	岡庭傳一	一三	二五、三五	
仝　木戸脇	田原八十一	四〇	二九、三〇	
仝　傳馬町	折山幾弥	三三	一七、七一	
仝　下町一丁目	遠山英夫	三〇	一九、六八	
仝　下町三丁目	佐々木高一	四三	三六、七二	
仝　新富町	佐々木磯太郎	二〇	二四、四五	
仝　栄町一丁目	岡庭実	二八	二一、三〇	
仝　栄町二丁目	渥美眞二	二四	二八、五〇	
仝　上町第一	山田節	三二	四二、〇五	
仝　上町第二	黒柳清重	五一	三八、三〇	
仝　一ノ澤	山田傳治	三六	一六、二〇	
仝　大橋通り	伊藤恭一	一八	一七、二〇	
仝　曽山	石原治平	二〇	一六、〇五	

合計金五百拾七圓弐拾六銭也

聖旨

そんな中、昭和十八年四月東京で全国地方長官会議が開かれ、その冒頭、のち長野県の「満州開拓」に関わるひとつの重大な出来事がありました。

即ち会議第一日目の四月十二日、天皇は各地方長官に対し拝謁陪食を賜ったが、その席上長野県が満州開拓送出全国府県別第一位を収めたことに関して特に「長野県民の満州開拓移民の状況はどうか」のご下問がありました。

郡山義夫知事は「目下満州にある県民は開拓に懸命の努力を致しておりますが、県におきましてもその後続部隊の養成錬成に万全を期しておる次第であります」と答えた、というのです。

四月十九日帰庁した郡山知事は全庁員に対し訓示し、必勝信念の確立、生産力の増加、食糧増産の拡充、米英的生活の払拭などにつき具体的施行内容を指示すると共に、聖旨を奉戴し県内市町村長あて筆字による「告諭」を通達したのです。(『長野県満州開拓史』長野県知事郡山義夫の上奏)

告諭

今回地方長官トシテ御召ノ光栄ニ浴シ宮中ニ於テ拝謁仰付ケラレ天顔ヲ拝シ恐懼感激ニ堪ヘズ謹ミテ本県ノ地方事情ヲ奏上申シ上ゲタル処畏クモ天皇陛下ニ於カセラレテハ特ニ本県ノ満州開拓民ノ上ニ深ク御念ヲ垂レサセ給ヒ有難キ御下問ヲ賜ハリ叡慮ノ程恐懼感激ニ堪ヘズ謹シミテ目下、満州ニ在ル県民ハ開拓ニ懸命ノ努力ヲ致シ居リ尚本県ニ於テモ其ノ後続部隊ノ錬成送出ニ万全ヲ期シ居ル旨奉答申シ上ゲタリ大戦下万機殊ノ外御多端ニ渉ラセ給フ御折柄遠ク満州ノ地ニ在ル我県民ニ迄有難キ御仁慈ノ程ヲ拝シ只々恐懼感激ノ外ナキナリ惟《おも》フニ大東亜共栄圏建設ノ拠点タル満蒙開拓ハ皇国百年ノ大計ヲ確立セントスル大事業ニシテ然モ刻下ノ急務タリ北辺ノ防備ヲ強化シテ産業ノ確保ヲ計リ民族協和ノ実ヲ挙ゲ東亜十億ノ民ニ其ノ喬フ処ヲ啓示セントスル我満州開拓民ノ使命愈々重大ナル秋《とき》畏クモ今回ノ御下問ヲ拝シタルハ程寔《まこと》ニ恐懼措ク能ハザルトコロナリ

各位ハ宜シク聖旨ヲ奉載シテ開拓事業ノ進展ニ一層ノ奮働努力ヲ致シ以テ大御心ニ応ヘ奉ランコトヲ期スベシ

昭和十八年四月　長野県知事　郡山義夫

この天皇のひと言によって、長野県下各地の市町村において「満州開拓」の送出に一層の拍車がかかることになりました。

第四章「満州阿智郷開拓団建設組合」設立

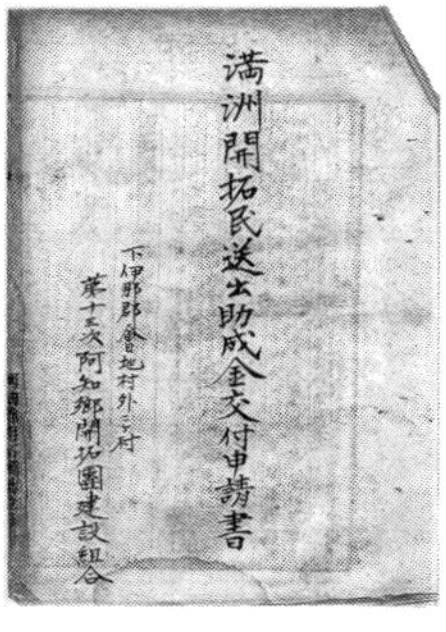
満洲開拓民送出助成金交付申請書
下伊那郡會地村外二ヶ村
第十三次阿知郷開拓團建設組合

残された道

こうして、にっちもさっちもいかなくなり、十八年十二月、建設組合管理者会地村長原弘平氏は左記の様な「満州阿智郷開拓団建設組合設立理由書」を長野県知事郡山義夫あてに提出するに至ったのです。

兵士を出し、軍馬を出し、金属を回収し、米や藷《イモ》など食糧を供出し尽し、あるだけの金を貯金し、寄附し、〝朝星から夜星〟まで働き、尚、努力が足りないといわれた村に残っているものは女と子供と年寄りだけでした。

会地、山本、伍和の三ヵ村の指導者は最後に彼等までお国に捧げる満州開拓国の編成にふみ切ったのです。

（阿智開第二号）長野県知事郡山義夫殿

昭和十八年十二月四日　阿智郷開拓団建設組合
管理者　原弘平

第十三次満州阿智郷開拓団建設組合設立理由書
満州開拓事業ハ日満両国一体的重要国策ニシテ大東亜新秩序建設ノ為日満一体不可分ナル関係ヲ一層強化シ国防問題、食糧問題、人口問題、大和民族培養拠点等ノ諸問題ニ併セテ農村ノ更生発展ニ資スル目的ヲモッテ其ノ重要性ハ必然的ニ加ハリ国民ハ挙ゲテ積極的ニ協力邁進スベカラザルヲ認識スルニ至レリ
阿智郷ヲ中心トセル会地村、山本村、伍和村、三ケ村ハ各事情ハ異ニスルトモ耕地ト人口トノ関係ハ勿論、其ノ他ノ事由ヲ検討スル時、分郷計画ハ最モ妥当適切ナルヲ認メ加フルニ下伊那郡ガ特別指定郡ニ編入セラレタルヲ契機トシテ敢然町村組合ヲ設立シテ国策ニ応エントスル次第ナリ

当時、会地村役場書記であった熊谷善弘氏は次の様に証言しています。

「原、熊谷両村長は十八年八月盆の頃、会地村役場で二人で会った。二人は春以来大東亜戦争の暗い戦況の中で、次々に出される戦時行政の〝特例法や緊急対策〟に心を痛め食糧増産のためにとるべき措置について話しあい、最早、残された道は『満州行くしかない』との結論に達した」のです。

「いいかげんなことでは、戦地の兵隊さんに申し訳ない。村人の誰しもがそう思って夜も寝ないで

頑張り、耕せる土地の限界まで耕しながら供出を達成出来ない。残された道は思い切って一か八か満州開拓に行くしかない……」

「万策尽きた」と原弘平、熊谷重敬、二人の村長は考えたのです。

全てをしぼり出した三つの村にとって、最後に残った女と子供と老人を、お国に捧げたものが「満州開拓」だったのです。

彼らにとって「満州行」は「開拓」でも「移民」でもなく、金属や「蓖麻献納」に次ぐ「献民」というべきものだったのです。

〝人間供出〟というのが一番ふさわしい言い方かも知れません。

最後のしわ寄せが最も弱い者の背に負わされることになりました。

こうして昭和十八年八月、会地村の原弘平、伍和村の熊谷重敬の両村長は隣村山本村の浜島潮三村長にも呼びかけ三村で「満州阿智郷建設組合」を設立するに至りました。

三つの村を通じて流れる天龍川の支流、阿知川が「村名」の由来となりました。

現在の「阿智村」はこの三村の中から山本村が抜け（飯田市に入り）代りに西側の隣村智里村が加わり、三村が合流して昭和三十一年に発足したものです。

「分村・阿智郷」は母村「阿智村」より十二年も前に大陸に生まれることになりました。会地村役場内に「満州阿智郷建設本部」がつくられ、原弘平会地村長が「組合管理者」となりました。

組合議員は以下の人々でした。

会地村長　原弘平、同村会議員　坂本竜助、小笠原正賢、池田林、安川勢興

伍和村長　熊谷重敬、同村会議員　熊谷省五、千葉直視、玉置喜吉、原茂
山本村長　浜島潮三、同村会議員　熊谷健二郎、尾次正一、山内徳蔵、林清男

三村長と各村会議員四名ずつ十五氏。十五氏ともそれぞれの村の地主、肥料商、繭仲買などの有力者でした。

尚「十三次」とは昭和七年度の大日向村開拓団の送出を「第一次」として昭和十九年度送出分は「十三次」とされたのです。

編成計画

そして逐に昭和十八年の暮もおし迫った十二月二十日、阿智郷開拓団建設組合は管理者原弘平会地村長名をもって、下伊那地方事務所経由、長野県知事郡山義夫氏あて次の五書類を一括提出することになったのです。(『阿智郷開拓団建設組合関係綴り』より作成)

長野県知事　郡山義夫殿

昭和十八年十二月二十日　阿智郷開拓団建設組合管理者　原弘平

(一) 第十三次阿智郷開拓団「編成計画承認申請書」

（二）第十三次阿智郷開拓団「建設組合設立理由書」
（三）第十三次阿智郷開拓団「建設組合関係村負担見込ニ関スル件」
（四）第十三次阿智郷開拓団「建設組合収支予算ニ関スル件」
（五）第十三次阿智郷開拓団「建設組合関係村現在ニ於ケル開拓民送出状況報告」
表記ノ書類一括同封ニテ及送附候也

うち最も重要なものは（一）の「編成計画承認申請書」です。これにより「分村阿智郷」計画の全体像が分かります。

（阿智開第一号）大東亜大臣青木一男殿

昭和十八年十二月四日　阿智郷開拓団建設組合

今般別紙ノ通り第十三次集団開拓団編成計画樹立候付御承認相成度関係書類相添へ此段申請候也

第十三次集団開拓団編成書

一　計画樹立ノ趣旨

時局ノ進展ニ伴ヒ満州開拓事業ノ重要性ハ必然的ニ加リ国民ハ挙ゲテ積極的ニ協力推進スベカラザルヲ認識スルニ至レリ、阿智郷ヲ中心トセル会地村、伍和村、山本村、三ヶ村ハ各事情ハ異ニスルモ耕地ト人口トノ関係ハ勿論、其ノ他事由ヲ検討スル時、分郷計画ガ最モ妥当適切ナルヲ認メ加フルニ今日、本郡ガ特別指定部ニ編入セラレタルヲ契機トシ敢然町村組合ヲ結成シテ国策ニ応エントスル次第ナリ

二　分村分郷名

阿智郷開拓団

三　編成主体

会地村、山本村、伍和村開拓団建設組合

五　送出計画戸数

町村名	総戸数	農家戸数	送出計画戸数
会地村	六三〇	三六二	八〇
山本村	七六七	六八四	六〇
伍和村	四三八	三七七	六〇

六　先遣隊、本隊及家族送出計画

	昭和十八年度	昭和十九年度	昭和二十年度	昭和二十一年度
先遣隊	二割			
本　隊		四割	四割	
家　族		二割	四割	四割

七　指導員候補者

団長　熊谷重敬　四十二歳　伍和村長
農業指導員　坂井昇造　三十六歳　山本村
警備指導員　林　考一　四十二歳　会地村
経理指導員　金沢　晟　三十四歳　山本村（壮年団長役場書記）
畜産指導員　今村　勇　三十二歳　竜丘村（獣医師）

八　団編成の中心人物
会地村　村長　原弘平　壮年団長　内田博史
山本村　村長　浜島潮三　壮年団長　金沢晟
伍和村　村長　熊谷重敬　壮年団長　原富士雄

九　計画促進ノ具体的方針
翼賛壮年団中心トナリ各種部落会ニ働キカケ全村開拓熱ヲ挙ゲ壮年団幹部、編成推進員トシテ計画ノ促進ヲ図リタイ

十　残留家族援護方法並ニ負債及財産ノ処分方法
残留家族ニ対シテハ其経済力ニ応ジ援護スルモノニシテ要援護家族中最モ困窮者ト雖モ食糧並ニ学童ノ学用品購入程度ニ留メ可成就労ノ道ヲ講ヅルモノトス別ニ援護規約ヲ制定スル予定ナルモ最高一カ月妻二〇円父母ニ各二円宛十五歳未満ノ子供ニ各二円宛トシ合計二〇円ヲ越ヘザル範囲内ニ於テ総合的ニ使用セシムル様指導スルモノトス負債整理ハ各村ニ委員ヲ設ケ其ノ状況ヲ詳細ニ調査シ緩和ニ万全ヲ期ス財産整理ニ就テハ産業組合ニ管理方

依頼シ処分スルモノニ就テハ負債整理委員会ト緊密ナル連絡ヲトリ公正ヲ厳守処分スルモノトス

以上

そして、これに関して各村が負担すべき村費は以下の通りでした。

各村が四カ年で負担する額はそれぞれの村の年間予算の凡そ半額。

阿智開第一三号　長野県知事　郡山義夫殿

昭和十八年十二月四日　阿智郷開拓団建設組合管理者　原弘平

第十三次阿智郷開拓団建設組合関係村負担見込ニ関スル件

標記ノ件ニ関シ関係村負担見込左記ノ通及報告候也

	昭和十八年度	昭和十九年度	昭和二十年度	昭和二十一年度	合計
会地村	二二〇〇円	五九〇〇円	七二〇〇円	三〇〇〇円	一八三〇〇円
山本村	二〇〇〇円	五〇〇〇円	六〇〇〇円	二三〇〇円	一五三〇〇円
伍和村	一七〇〇円	四六〇〇円	五〇〇〇円	二〇〇〇円	一三九〇〇円

関係村負担金を示したうえで編成計画（四）の第十三次阿智郷開拓団「建設組合収支予算ニ関スル件」として申請されました。

昭和十八年十二月二十二日　阿智郷開拓団建設組合　管理者　原弘平

開拓団編成計画補助金下付申請書

第十三次阿智郷開拓団編成ニ関シ別紙ノ通リ事業計画書及予算書通実施致度候条補助金下附相成度此段及申請候也

昭和十八年度事業計画書

（一）開拓団編成促進ノ具体的組織

（イ）中心トナル組織下伊那郡会地村、山本村、伍和村ノ三ケ村ヲ以テ阿智郷開拓団建設組合ヲ結成シ各村長及各村々会議員中ヨリ四名宛ヲ以テ組合会議員トナシ以テ開拓団建設ノ核心トナス本組合ニ専任職員一名ヲ置キ一切ノ事務及連絡ニ当ラシム

（ロ）後援団体ノ活動各村ノ翼賛壮年団、婦人会、男女青年団、農会、産業組合ヲシテ啓蒙及実践機関トシテ活動セシメ就中翼賛壮年団ハソノ中心トシテ積極的活躍セシム

開拓団編成促進ノ一般的啓蒙宣伝計画

（二）講習会ノ開催

中心村ニ於テ年数回開拓講習会ヲ開催スルモノトス

右ハ三泊四日又ハ五泊六日、宿泊錬成講習トシ翼賛壮年団員ヲ中心トシ一般村民ヲモ聴講セシム

別ニ婦人ヲ主トシタル講習ヲ各村毎ニ行ハシメ啓蒙ニ努ム

（三） 講演会ノ開催

各村毎ニ重点的ニ講演会ヲ開催ス

（四） 部落常会ニ対スル働キ

各村共ニ常会取上ゲ事項タラシメ且講演ノ際ハ講師ヲシテ各部落常会ヘ出席願フ等常会ヲナサシム

（五）幻灯ニ依ル啓蒙

部落常会ニ対シ幻灯及紙芝居等ヲモッテ啓蒙ス

（六） 協議会ノ開催

随時組合会議員各村拓務主任翼賛壮年団長ヲシテ協議会ヲ開催ス

（七）開拓民確保ノ具体的計画　開拓民候補者ト懇談会ヲ開催ナスト共ニ各村開拓事業関係者ヲシテ積極的ニ活動セシム

（八）開拓民送出ニ伴フ斡旋事業

（イ）残留家族援護規程ヲ設定シ満州開拓民未招致家族ニシテ団員渡満ニ因リソノ生計困難ナル家庭ニ対シ援護費ヲ支給ス

援護額ハ一戸ニ付キ概ネ二〇円以内トス

援護ハ月額ヲ以テ開拓民渡満ノ月ヨリ家族招致ニ到ルマデノ間支給ス

右ニ封シ不足ノ分ハ各村ニ於テ現金或ハ出征軍人ニ準ズル勤労奉仕等ニ依リ援護セシム

（ロ）負債及財産処分ノ具体的計画
負債整理ニ付テハ各村毎ニ整理委員会ヲ設ケ開拓民ノ負債ヲ申告セシメ又ハ調査ヲ遂ゲ、ソノ返済条件緩和に万全ヲ期シ、其ノ小額ノ者ハ財産処分等ニ依リ皆済セシメ他ニ在リテハ建設完了後ニ於テ長期年賦償還等ニ依ラシムベク要ハ開拓民ヲシテ安ジテ開拓団建設ニ専念出来得ル如ク活動セシム
（ハ）壮行会ノ開催記念品ノ贈呈
配偶者斡旋其ノ他斡旋事業壮行会ノ開催ハ団幹部ニ在リテハ組合役場ニ於テ各村代表者参集シテ行ヒ、基幹先遣隊ニ在リテハ各村ニ於テ村民全員参集セシメ開催セシム
餞別以下ノ如クナス
幹部（指導員）一人五〇円宛マデトス
先遣隊員　一人一〇〇円宛仕度料トス
阿智郷開拓団ニ対シテハ日満両国旗及農業種子若干ヲ贈ル
未婚者ノ開拓民ニ対シテ結婚希望ノ申出ニ依リ結婚斡旋ヲナス、之ノ取扱者ノ各村毎ニ方面委員ヲ中心トシテ設立サレタル結婚斡旋委員会ヲシテアタラシム
（九）母村分村ノ連携計画
（イ）氏神様ノ分嗣ヲナシ信仰ノ中心トナス
（ロ）応援作業班及勤労奉仕隊ヲ組織シ此レヲ随時派遣ス
（ハ）小冊子ヲ刊行母村ト入植地トノ状況ノ連絡ヲナス

（二）母村ト入植地トノ吏員ノ交流ヲ行ヒ絶ヘズ連絡ヲナス

（十）開拓団編成後ノ母村整備ノ概略

皇国農村ヲ作リ適正規模農家ヲ形成スルコトヲ目標トシ殊ニ其ノ中心タル耕地ノ問題ニ付イテハ各村毎ニ農地委員ヲ核心トシテ耕地整理委員会ヲ設ケ開拓民ノ残シタル耕地ノ耕作及其ノ処理ヲモ含ム耕地ノ交換分合等ヲ行ハシム

且開拓民送出計画ヲ各村各部落毎ニ浸透セシメ以テソノ随行ニ万全ヲ期シ大東亜戦争下農村ニ負荷サレタル任務ノ達成ヲ完成スルモノトス

目　的

「二〇年間一〇〇万戸送出計画」即ち「満州開拓」の目的は結局次の五つに集約される様です。

まず第一は「満州国の治安維持」のための移民。従ってまず移民の入植地は抗日勢力の遊撃区や満鉄沿線を中心に設定されました。（浅田喬二『日本帝国主義下の民族革命運動』）

第二は「対ソ防衛」作戦上の開拓、とでも云うべき移民です。この点についてある関東軍参謀は次の様に明言しています。

「移民ニ対シテハ辺境地帯ノ防備ニツキ重大ナル価値ヲ期待シテキル。其ノ間接的価値トシテハ戦時ニ於テ国境地帯ニ日本人ノ家ト人トガ有ルコトガ絶対ニ必要デアリ、又、平時ニ於テ日本開拓村ハ辺境防備ノ日系軍警ノ重大ナル慰籍トナル。其ノ直接的価値トシテハ国境地帯及ビ同地帯軍事施設ノ防衛、交通路ノ確保、軍用食糧供給等ニ重大ナル意義ヲ有ッ……」（喜多一雄『満州開拓論』昭和十四年三月、臨時満州開拓民審議会準備会における三品隆以参謀の演述）

第三は「五族協和」の中核としての移民、第四は満州における「重工業地帯防備」のための移民。（満州国興農部開拓総局関係資料）

そして第五は「食糧供給」のための移民。「在満日本人の主要食糧として、又北辺鎮護の方面の需要」を自給自足することを期待されていました。さらに将来は対日供給まで位置づけられ大東亜食糧対策の一環をなすものとされていたのです。

『満州開拓史』によれば「開拓民総数の五〇％が北満国境付近の省県に入植し、残り四〇％が匪民分離地区へ、残り一〇％が交通産業の要路都市へ入植した」とされています。即ち開拓民の圧倒的多数が国防、治安の考慮、に基づいて配置されたのでした。

そして渡満の時期が後になればなるほど、指定される入植地は関東軍の配置よりソ連との国境近くになってゆきました。

開拓団は「関東軍を守る」ために配置されていったのです。

そしてその昭和十八年十二月の「常会徹底事項」は、「六十億円貯蓄達成ニ関スル件」で、十二月八日の「一日戦死貯金」を始め「年始年末貯金」まで各戸二円以上を一月十日までに常会長が集めることが指示され、「長袖ヲ断チ切ル件」は「筒袖ヲ本体トシモンペ着用ヲ礼装トシ」一月一日よりの実施が決められ、米穀供出については「正月モチ米ハ家族一人ニツキ一升以内ニトドムルコト」が命ぜられています。

また玄米食が奨励され、小学校生徒の弁当調査が、そのチェックの意味もあって近く行われることを予告。最後に常会は葬式のやり方について指示を出し、「葬儀ハ約四〇分トシ、直後の告別式トデ一時間以内トス」と申し合わせました。

葬式の時間まで惜しんで働け、と云わんばかりです。

この年一年間に会地村で十八人が戦死しています。

これより先十八年十月「満州」では第二方面軍司令部と第二軍司令部、それに機甲軍司令部が関東軍から抽出され他方面に転用されていました。これがはじまりで、このあと急ピッチで、関東軍からの大量の「兵力転用」が始まるのです。（伊藤正徳『帝国陸軍の最後』終末編）

いまや満州は日本帝国の対米英戦争遂行に必要な〝兵力、兵器、弾薬の補給基地〟となったのです。「無敵の関東軍」は対ソ戦闘集団というより南の戦場を背後から支援する後方支援部隊となりました。その後方支援部隊の食糧生産の担い手が開拓団でした。

そしてのち「根こそぎ動員」によって、開拓団は兵隊の生産基地となり、最後は捨て石になってゆくのです。

昭和十八年十二月、そんな状況になっているとはツユ知らず「満州・阿智郷開拓団編成計画」が成ったのです。

幹部、先遣隊の選任

こうして、昭和十九年（一九四四年）が明けました。
太平洋戦争は開戦後、丸二年を経過して、日本の勝機は完全に失われていました。米軍のおびただしい数の航空機による空襲や戦艦からの艦砲射撃など、はるかに優勢な火力による米軍の島づたい作戦の前に、南の島での日本軍の玉砕戦がくり返されていました。
この時陸軍中央から下命されている関東軍の任務は「対ソ静謐の確保」でした。「ソ連を刺激して参戦にふみ切らせないよう、じっとしておれ」というものです。（半藤一利『ソ連が満州に侵攻した夏』）
この方針のもとに関東軍の精鋭部隊の南方転用はどしどし実行され、関東軍作戦課は「転用企図秘匿要領」を麾下の各兵団に命令しました。
情報が敵にもれれば輸送中の兵団はそれだけ海上で撃沈される危険性が増大する。一個師団一万七〜八〇〇〇人の将兵の命と、転用した虎の子の兵器、軍需物資の運命がかかっていました。（児島譲『満州帝国・Ⅱ』）
そのため輸送をいかに秘密裡に行うか、軍隊の近くに居留する日本人開拓団にも知られない様、最大の注意が払われたのです。こうして、関東軍が抜けたあと開拓団は〝かかし〟の役割まではたすことになったのです。

三つの村で開拓団員の募集が始められました。

しかしいざとなると予想に反して申し出るものはなく、年内に基幹先置隊は内地訓練を終える予定でしたが十九年二月になっても基幹先置隊として八ヵ岳修練農場に入ったものは一二名だけでした。

先遣隊員の一人、野中忠一氏の三男で、九歳で「阿智郷開拓団国民学校」の三年生として大陸に渡り、敗戦の翌二十一年六月命からがら村に帰った野中章氏は一九九六年八月十五日に自費出版した『茨の道――私の戦後五十年』でその時の様子を次の様に書いています。


私の父は炭焼きでした。炭焼といっても里山で焼くのではなく県有林に入って焼くので大変です。親子七人家族、父母は十一月ともなると野良仕事を仕上げ入山しました。

そんな毎日を送っていた十八年、村は農村の口べらしの為に満州移民を強制し、満州で食糧を生産して日本に送る目的で移民募集が行われました。募集というより強制です。

私たちの家にも役場から毎日の様に移民をすすめにきました。後で分ったことですが村ごとに人数が割当てられていたそうです。父も役場の職員のすすめに負け決意したのです。母も親族のものも反対したのです。親族はどうしてもゆくなら兄弟の縁を切って行け、といい、母がどうしてもゆくのがやだ、というと俺はお前と別れてでもゆく、といって父は聞こうとしませんでした。

問題は団長の選任でした。

誰が「団長」で行くかが、村人の安心につながってゆきます。〝団長も決まらないで〟と二の足を踏む候補者を踏み切らせる為にも先ず団長を決めなければならない。

三村長と議員の協議がくり返されました。県に提出した編成計画書で団長予定者とされた伍和村長・熊谷重敬氏が先ず降りました。

次に白羽の矢がたつたのは、同じく「阿智郷建設組合」議員で、また会地農会長、いずれ村長にと目されていた会地村会議員小笠原正賢氏でした。

小笠原家は会地村随一の地主で、神主でもありました。年々減少する食糧生産、供出要靖に応ずることの出来ない責任を問われ、連日強談判がくり返され、遂に小笠原氏は折れました。次に団幹部の候補に上がったのは伍和村会議員で「阿智郷建設組合」の議員の一人でもあった千葉直視氏。伍和村有数の地主で報徳社の幹部で人望がありました。

本人もやむを得ない、引き受けるか、となったとき、親戚中が引きずり落としにかかりました。兄弟姉妹とそのつれあいが連日千葉家に密かに集まり、直視氏を止めにかかった。ここに至って千葉直視氏は辞退。

しかし団長が決ると会地村出身の役場職員で中上関ノ平部落常会長であった内田博史氏が「副団長兼経理指導員」に、また伍和村の石原康平氏が「警備指導員」を引きうけ、三人は十九年五月茨城県鯉淵の幹部訓練所に入所し、月末には渡満しました。

結局、県への編成計画書にあった者は団長予定の熊谷重敬氏をはじめ農事指導員予定坂井昇造氏、警備指導員予定の林考一氏、経理指導員予定の金沢最氏、竜丘村壮年団長畜産指導員予定の今村勇氏のうち誰一人として参加しなかったのです。

こうして、野中忠一氏をはじめとする基幹先遣隊十二人が五月二十九日伊那谷を立って新潟経由、大陸に向って行きました。先遣隊に名を連ねたのは野中氏のほか、荒井博次、原岩雄、上田今朝雄、原庄二、塚田義一、荒井茂、鈴木正次、塩沢家乃、倉田義光、田中与一、渥美真二の十一氏でした。

「国策」と云う響き

団長が決り、先遣隊が出発した後、十九年の暮れから二十年三月にかけて「団員の募集」という名の強制刈出し、人間供出ともいうべき勧誘が猛烈な勢いで行われました。

「村長ヲ始メ吏員一同、建設組合議員、常会長、一斉責任区域ニ総出動シ毎日役場吏員ガ深夜各方面ノ情報ヲ持寄リ、翌日ノ説得ノ計画ヲタテ」といった懸命の努力が行われたのです。「開拓行」は国難に対する村人の忠誠心の現れとして喧伝されました。

具体的にどのように勧誘が行われたかは文書として残るものは少ないが、関係者の証言では、各常会毎に二、三戸の送出が割り当てられ、それぞれの常会長、農会幹部、翼賛壮年団幹部、建設組合議員である村会議員がリストに載った村人の家を訪ね、波状攻撃をかけ説得していった様です。特に「壮年」が活躍し「壮士年団幹部ニヨル〝送出挺身隊〟ヲ組織シ各村緊密ナル連絡ヲモッテ開拓民確保ニ積極的ニ挺身シツツアリ」と県への報告書の一節にあります。（阿智郷開拓団建設組合

資料）

「分村・阿智郷」の訓導として、妻千ひろ（三十一歳）長女啓江（四歳）次女純代（一歳）と共に渡満することになった長岳寺住職で、智里小学校教諭の山本慈昭さん（四十四歳）は予定されていた人が急に招集され、その代役として白羽の矢を立てられました。

三つの村の村長が代わる代わる寺に来て〃一年〃の約束で無理やり引き受けさせられたのです。阿智郷の小学校生徒予定者は五〇名をこえていました。

この説得に負けたことが山本さん一家の運命を決めました。半年の後、敗戦後の逃避行の中で妻千ひろさんと一歳の次女純代さんは病死し、長女啓江さんは残留孤児となり、山本慈昭さんはシベリア抑留の身となるのです。

無理に無理を重ねた上での選考でした。

土地に対する強い執着、出征による人手不足の中で、部落常会ごとの半ば強制割当てが行われ、部落共同体の心理的圧力が小作人などにかかってきました。各部落常会毎に二、三家族ずつ平均して選ばれていきました。

部落常会が末端の政治機構としての役割をしっかりと果たしていました。

「国策」という抗し難い響きに泣く泣く承知した人が多かったのです。

こうして、村内各部落から「しぼり出された人々」による開拓団の編成が進められていきました。

開拓団員募集が盛んに行なわれているさ中の昭和十九年七月一日、建設組合管理者原弘平氏は「阿智開三二号」をもって長野県知事郡山義夫氏に対して総額五万三二〇四円の「第十三次阿智郷開拓団編成に関する県補助金下付申請書」を提出しました。

これに対し十月末、県は左の通り通知しました。しかしこの間、八月一日付で郡山知事は「依願免本官」となり知事として大阪府警察局長大坪氏が就任していました。

阿智郷開拓団建設組合殿

長野県知事　大坪保男

昭和十九年七月一日附申請ニ係ル第十三次阿智郷開拓団編成計画補助ノ件聞届ク

但シ左記ノ通リ心得ベシ

一、渡航費補助金　一九六〇〇円

二、専任職員設置補助　九〇〇〇円

三、編成事業費補助金　一二〇〇〇円

四、未招致家族援護費補助金　五三〇〇円

昭和十九年十月二十六日

記

一　渡航費補助金ニ付テハ之ヲ概算補助トス

二　本補助金ノ使途ニ付テハ満州開拓団編成計画補助金交付要領ヲ導守スベシ、以上昭和十八年度、十九年度二カ年の先遣隊、本隊及びその家族、合せて一五〇人の「分村・阿智郷」送出の必要経費は十八年度分一万五六五四円、十九年度分三万七五五〇円、合計五万三二〇四円、一人当り三六〇円弱でした。うち凡そ三分の二が県の補助金でした。

その県の補助金も、もとを質せば「寄付」や「貯金」や「献金」の名目で村民から絞り上げた金でした。

長野県知事から「阿智郷建設組合」に総額二七〇〇〇円の編成計画補助金が「聞届」けられた一九年十月二十六日の一週間前から南の島レイテではマッカーサーを相手に死闘がくりひろげられていました。

「マレーの虎」として国民的英雄となった山下泰文大将は第一方面軍司令官として牡丹江にありましたが、この時既に満州を出てフィリピン第一四方面軍司令官としてレイテ線の指揮を執りつつありました。

〝特攻〟がはじめて登場し四〇〇人の若者が散華し、連合艦隊が実質的に最後をとげ、同胞八四〇〇〇人の血を流した「レイテ戦」が始まっていたのです。

そして「満州」から関東軍の精鋭はぞくぞく引き抜かれ、南方や太平洋の島々の第一線に転用されていました。（児島譲『史説・山下奉文』）

特にこの年、十九年にはなんと一二師団二十五万人の兵隊が「満州」から引きぬかれ、フィリピン、台湾、沖縄、中部太平洋の島々へ運ばれていったのです。

満州の広大な原野と長い国境線を守る戦力は全くなく、〝泣く子も黙る〟関東軍はもう、その面影すらとどめていませんでした。しかし、これから「満州」に渡ろうとする「阿智郷」の誰ひとり、その実態を知らない。

第五章　出　征

召集令状

満州に向け野中忠一さんたち十二名の先遣隊が村を後にし、村内で盛んに開拓団員の勧誘が行われていたちょうどその時、阿智村から富士山をはさんで東南に一五〇キロ離れた、神奈川県平塚市近郊のわが家の奥座敷で祖父と父が沈痛な面持ちで向きあっていました。

昭和十九年（一九四四年）六月十日、父に「赤紙」が来たのです。

その時の異常な雰囲気を、二人の姉は覚えています。何か容易ならざることが起きた事は子供心にも判ったそうです。

父は農家の長男、二人の弟は兵隊にとられているうえ既に三十七歳、兵隊にとられる心配はないと自分も周りの人も考えていたのです。

召集令状が来てわずか五日後、昭和十九年六月十五日、父が出征しました。

家の庭に近所や親戚の人が大勢見送りに集まりましたが、出征もこの頃になるとよく映画やテレビで見るような盛大なものではなかったようです。そして何より〝三ヵ月の教育召集〟ということなので父も家族も九月には帰ってくる、と思っていたのです。

庭で〝万歳〟のあと、父は日枝神社の忠魂碑にお参りをし、そこで村の在郷軍人会や国防婦人会の激励を受け、日の丸の小旗が打ち振られる中再び家の前の道を歩き、小学校の前の角を曲がって平塚駅に向かいました。それが父にとってわが家の見納めとなったのです。私は母に手を引かれ大勢の人と歩いていたこと、その時の母の割烹着姿が白くまぶしかったことは覚えています。しかしどこまで送っていったのか、記憶はありません。宏子姉の話では旧平塚市と村境の「六本」まで行って、そこで見送ったのだそうです。

わが父、原準一は明治四十一年六月二十五日、伊三郎、母ヨネの次男として「中原御殿」（徳川家の別荘）と道ひとつ隔てた平塚市御殿二丁目に生まれました。

祖父伊三郎は明治十一年生まれ、明治三十七年〜三十八年の日露戦争に従軍、乃木大将のもと二百三高地で戦い金鵄勲章を貰ったのが生涯の自慢でした。

明治三十九年十月結婚。翌年長男が生れたがすぐ亡くなり、翌四十一年六月次男が生まれました。親は律儀にもその次男に「準一」と名付けた。それが即ちわが父です。

原家は数十町歩の田畑を持ち小作人にこれを貸し、自らも耕す在村地主でした。

大正十二年、地元の小学校を卒業すると父は神奈川県立平塚農学校に進みました。

平塚農学校は明治四十一年創立の全県一区、神奈川県ただひとつの県下各地の地主の師弟のための教育機関でした。

入学から卒業までの五年間、父は同級生七十八人中常に首席だったそうです。卒業時、父は上の学校への進学を切望したといいます。全国どこの「高等農林」でも無試験で入れたし、その先の大学にも行きたかった。校長までも家に来て強くそれを勧めたが〝跡取りだから〟と、祖父は頑として許さなかった。大勢の弟、妹のこともあり、あきらめ、卒業と同時に家に入りました。母ヨネは大正十五年九月の村祭りの晩にお産の失敗で亡くなりました。父十八歳の時でした。

そして昭和四年、父は成瀬シゲと婚約。ともに二十二歳でした。


母シゲは明治四十一年二月一日、秦野市鶴巻に成瀬精造の次女として生まれました。姉と四人の弟と三人の妹がありました。

成瀬家はいわゆる三河以来の旗本の家柄で、落幡《おちはた》村の地頭でした。

地頭とは近世文書に慣用される表現で、私領を持つ領主のうち旗本身分のものを意味しています。成瀬家は石高一二〇〇石、うち五〇〇石を落幡村に領し、寛永十年（一六三三年）から明治維新（一八六八年）にわたる長期間の支配を続けました。地頭は殿様と呼ばれ、御屋敷様です。母は世が世ならお姫様だったのです。

精造は若くして東京専門学校（現早稲田大学）に学び、明治三十六年卒業。のち、秦野の「相模銀行」に勤め、早稲田の同窓で、隣村、金目村出身の歌人前田夕暮と親交がありました。

小学校を出た大正十一年、ちょうど平塚の町に県立第二高女（現在の県立平塚江南高校）が開校、母は新しい自転車を与えられ、そこから五年間片道五里（二〇キロ）の道を通い、県立第二高女の第一回卒業生となりました。

女学校二年の大正十二年夏、母はすんでのところで命を落すところでした。

八月末、女学校の二年に進級した十五歳の母は、夏休みに東京見物をしたい、と三つ歳上で結婚して東京品川に住む姉、鎮目キヨを訪ねました。

若い姉妹は八月三十一日、まず、当時東京名所で人気筆頭だった「浅草の十二階」を見物することにしました。今の「東京スカイツリー」のようなものです。そして翌日、きょうは銀座に、と二人が出かけようとしたその時、天地がひっくり返りました。

大正十二年九月一日、「関東大震災」です。

母は燃え盛る品川の街をひとり脱出、橋の落ちた多摩川を歩き、相模川を泳ぎ、命からがら秦野市の落幡の家にたどり着きました。一二里半五〇キロの道を一昼夜かかって歩き続けたのです。浅草の十二階はこの日完全に倒壊、炎上。

〝浅草と銀座に行くのが逆になっていたら私の命はなかった〟と神戸の倒れた高速道路の画面を見ながら母は興奮気味に話しました。亡くなる一年半まえで、もう頭もぼんやりしていましたが、ハイビジョンの鮮明な映像は母を覚醒させたのです。

関東大震災の体験は母の波乱にとんだ運命の幕開けでした。

在村地主

昭和五年四月の父と母の結婚は原家にとって久しぶりの慶事で、大イベントでした。〝跡とり〟の婚約が整ったのを喜んだ祖父伊三郎は結婚式を翌春に控えた昭和四年秋、まず、長さ二間の巨大な石の柱を二本、三浦半島の石場から切り出し、それぞれ二頭立の牛車に積んで遠路わが家に運ばせました。そして新しい門を立てたのです。

四五センチ真四角、地下に一・五メートルが埋められ、高さ二メートル一〇センチ、右柱下方に「昭和四年建立之」と大きく刻まれています。

結婚式は昭和五年四月十日、自宅の大広間に親戚一統を集めて行われましたが、それに先立ち、四里一六キロの道を馬車に乗ってきた花嫁は最後の三〇〇メートルは馬車を降りて歩かざるを得ないこととなりました。村の入り口から嫁ぎ先まで辻の角々では、祝い酒の四斗樽が割られ、それを村人が幾重にも囲み、馬車など動ける状態ではなかったからです。

結婚の二年後、「昭和七年三月十七日、伊三郎隠居により家督を相続」し、父は原家の当主となりました。夫の母親はすでに亡く、五人の小姑の食事、洗濯、教育、はては嫁入り支度など一家の主婦の責任はその日から母の背に負わされました。

夫の直ぐ下の妹久子は結婚を間近に控え、弟三郎は宇都宮高等農林を卒業し東京の農林省農事試験場に勤め始めました。栄治は農学校に通い、庚子は小学生で、末の宮子は生来病弱でした。毎朝暗いうちから起きてそれぞれの朝食や弁当まで用意しました。

農繁期には大勢の働き手が出入りしました。〝おとこし〟と呼ばれる福島から来た野良で働く年期奉公の若者もいたのです。

地主としての原家がどのくらいの田畑をもっていたのか。地券も権利書もみんな空襲で灰になり、残っていないのです。ただ、姉の話によれば「家の田地は畑が三十町歩、田んぼが十五町歩、全部で四十五町歩だ」と祖父がよく言っていたそうです。

開戦

さて、昭和が開けて間もない三年（一九二八年）六月に関東軍の「張作霖爆殺事件」が勃発、同じ六月「治安維持法」が改正され最高刑が死刑となりました。さらに七月全国の都道府県警察に「特高警察」が発足。

戦争の影が忍び寄り、日本の暗黒時代がはじまっていました。

父と母が婚約した昭和四年（一九二九年）、ニューヨーク株式市場は大暴落し、その影響は日本経済を直撃しました。昭和恐慌がはじまったのです。

昭和六年二月七日、長女宏子出生。九月十八日、大陸で「満州事変」勃発。

昭和七年五月、犬養首相が暗殺された「五・一五事件」。十月、満蒙開拓の「第一次武装移民」が始まる。

昭和八年三月、日本は国際連盟を脱退。

昭和九年四月三日、次女徳子出生。この年日本は空前の大凶作で、日本の農村は不況のどん底にありました。

昭和十一年二月、陸軍の青年将校が決起し政府要人を殺害するという「二・二六事件」。

昭和十二年七月、北京郊外盧溝橋で「支那事変」勃発。日本は泥沼の戦争へと進んで行きました。八月、軍機保護法改正、軍人以外の民間人も対象となり、最高刑は死刑。

昭和十三年四月、国家総動員法発令。

昭和十四年十二月二十四日、長男安治出生。

昭和十五年九月、日独伊三国同盟調印。十月、大政翼賛会発足。十一月、紀元二千六百年祝賀式典。

昭和十六年十月、ゾルゲ事件で元朝日新聞記者、尾崎秀実逮捕。十月、東条英機内閣成立。欧州ではドイツのヒットラーのポーランド侵攻が開始され、第二次世界大戦が始まっていました。

そして昭和十六年十二月八日、日本海軍がハワイ真珠湾を奇襲して「太平洋戦争」が始まったのです。十二月十九日「言論・出版・集会結社等臨時取締法」「映画法」「新聞紙掲載制限令」が施行され、違反行為は厳罰に処されることになりました。

父の二人の弟は相次いで出征して行きましたが、原家はまだ安泰でした。

東京見物

出会いと別れ、駅はしばしば人生のドラマの舞台です。

昭和十八年三月末のある朝、平塚駅のプラットホームに、上り東京行きの汽車を待つ父と、小学校を卒業して女学校に入ることになった十二歳の宏子と小学三年、八歳の徳子、それに見送りにきた母と母に抱かれた三歳四ヵ月の私、家族五人の楽しそうな談笑の姿がありました。これから二人の姉は父に連れられ、生まれて初めての東京見物に行くのです。おそらく人生で最も楽しい父との忘れがたい一日だったのでしょう、姉たちはこの日のことを詳しく覚えていました。

姉たちは母が作った弁当を背負い、父との東京見物の楽しい一日が始まりました。

まず皇居へ。近衛兵がいかめしく二重橋の付近を囲んで立っていたのが印象的だったそうです。

そして靖国神社、ついで代々木の練兵場。

そこで父と娘は母の手作りのおにぎりと玉子焼きの弁当をひろげ一休み。

もうもうたる砂煙の中での厳しい訓練を受ける兵隊の姿を観ながら、父が、「弟たちもあんなふうに苦労しているのだろう」とつぶやいたのが、強く姉たちの記憶に残っているそうです。一年余りあと、自らがもっと過酷な運命をたどることになるとは父は想像もしなかった。明治神宮、次いで東郷神社。

それから父と子は原宿から山手線に乗って〝最も楽しかった場所〟に向かいました。日本橋のデパート「白木屋」です。汽車が出る前、母は父に頼んだそうです、「もう平塚の店にはいいものがないから、東京のデパートで子供たちのブラウスを買ってきてほしい」。二人の姉はそれぞれ気に入った洋服を買ってもらいました。

洋服を選ぶとき、上の姉は、もう相当に知恵がついていて、実は自分のものを買ってもらった上、それとは別に自分が気に入ったもう一枚の大きめの洋服を妹に盛んに進めたのだそうです。妹がそれを選べばあとで自分も着られる……しかし妹は姉のすすめた服では納得せず、その〝陰謀〟は失敗に終わったそうです。姉には思い出すたびに、涙のこぼれそうな懐かしい思い出です。買ってもらった洋服を抱えて父と二人の娘はデパートの食堂に入りました。初めて食べた肉の入ったライスカレーの美味さ。父と子は至福のひと時を過ごしました。

それにしても、昭和十八年(一九四三年)三月、この時期によくも東京見物に行けたものです。父にとっては何か虫の知らせのようなものがあったのかもしれません。

二人の姉は父とのこのただ一度の思い出を胸に、戦後の人生の痛みに耐えたのです。

十九年春、小学生の頃から母親代わりに育てた庚子が結婚、家を出ました。

嫁に来て十四年。一息ついた母は戦況の悪化も知らず、すこし短気だが子煩悩で優しい夫と女学校と小学校に通う二人の娘に囲まれ、満四歳になった待望の男の子を抱き、幸せの絶頂にありました。

そこに赤紙がきたのです。

面会

「アスアサクジコラレタシ」

母と子が父に最後に会ったのは召集の日から一ヵ月たった昭和十九年七月十五日。前の晩の夜八時過ぎ突然来た電報を頼りに、母が三人の子を連れ、東京都麻布区新竜土町の東部八部隊に駆けつけた時でした。

「東部八部隊」と書かれた大きな営門の前の草原のあちこちで朝早くから来た大勢の家族の方々が待っていました。そして、午後一時まで五時間近くも待たされた挙句、営門の鉄の扉が開き面会が一斉に始まりました。祖父伊三郎は腹の具合が悪くその日、母に同行することが出来ませんでした。

「そうか親父は来なかったのか」

と父が何度も残念そうに言ったのを徳子姉は覚えています。

ものの十分も経たないうちに、「終了!」の号令がかかり、母に、「ほかの事は何もしないでいい、ただ、ただ子供のことを頼む」と何度も繰り返して、母が寝ないで準備した〝お重〟には箸もつけず、父は行ってしまったそうです。その間ずっと私をひざに抱きかかえていて、「防毒マスク」などを見せたそうだが、私にはその記憶は全くありません。

このときの面会の様子を、昭和三十五年に出された『平塚市戦没者名鑑』の中で、隣村、金目村の金子新一さんの妻トミさんが書いておられます。

あれから早くも十六年、夫に最後に逢ったのは昭和十九年七月十五日、あの日はすごくあつい日でした。まだよちよち歩きの長男憲太郎を私が背負い、生まれて間もない長女の実子を私の実母が負い、家を出たのが午前五時ごろでありました。一里あまりの田舎道を夢中で歩いて、平塚駅に着いたときにはまだ六時だというのに、もう汗で体中がぐっしょりと濡れていました。出征以来最初の面会だったので何とはなしに不安に襲われながらも〝夫は教育招集兵であり、本物の赤紙召集令状ではないんだから、まさか外地に行くことはあるまい、と内心空頼みしていたものの、やはり、外地出動命令ということを密かに恐れずにはおられませんでした。身寄りの少ない夫のために何やかやと当時の食糧難時代に本当に無理をして、私の母や兄嫁が夜を通して作ってくれた包みの中には、夫の日ごろの大好物であった酒、新生姜、味噌漬、海苔寿司、煙草と抱えるほどの荷物を持って東京都東部八部隊の営門の前に着いたのが午前八時頃でした。

八時というのにもう肉親に逢うために集まった人々で木陰という木陰は一寸の隙間もないほど埋まっておりました。私ども母子はかんかんと照りつける炎天下、きちんと閉ざされたあの営門の前で汗を拭き拭き、どんなにか鉄の扉の開くことを待ったでしょう。

午後一時待ちに待った扉がようやく開き、三千人あまりという人々が、ただ自分の肉親に逢うためにひしめき合って入ってゆくその中に、私ども母子もまるでおしながされるようにして夢中で営門をくぐりました。しかし、自分の子を、夫を、父を呼ぶどよめきの中で私ども母子はただうろたえるばかりでした。

幸い主人の方から私たち母子を探し出してくれましたが、すべて真新しい軍装の夫。ひと目見るなりそれが出動命令の下った後であることを直感いたしました。わたしの体中の血が一時に引くような思いがしたあの瞬間、一秒、二秒、夫も私もそして私の母も無言、何か言いたいのだがそれが声になり、言葉にならないのです。

すると私の背にいた長男の憲太郎が〝かあかあ〟とも〝とうとう〟ともつかない声を発しました。それをきっかけに夫はまるで私の背にいた憲太郎を奪い取るようにして抱きかかえ〝おうおう〟〝おうおう〟と何度も繰り返しながら自分のポケットから当時としてはたいへん珍しかったおまんじゅうを取り出して、それを憲太郎に与えながら「これが昨夜全員に渡ったんだよ」と話しましたが、今日の面会のために夫はそれを食べずに残しておいてくれたのでしょう。それから私の母の背にいる長女の実子の頭を何度もなぜながら、私をかえりみて「外地に行くらしいが、きっと還ってくるからね。心配するな、きっと還えるからね」と何度も言ってくださったが……私はその時何を言ったのかどぎまぎして覚えておりません。

その間わずか一〇分足らずでありました。

嗚呼、あの日の面会が最後となり、私の手で私の実家の近くにあなたの骨を埋めようとは……

私とあなたとの結婚生活はわずか二年と数ヵ月でありましたが、私がわざわざあなたの墓地として私の里のこの日向が丘に子供とともに雑木林を切り開いて、秋は萩の花が咲き、竜どうの咲く、野菊の咲く、そして眼下に相模灘の見渡せる此の日向が丘を選んだことも生前のあなたがどんなにかこの丘を好み、此処に上るのを愉しんでいらしたかを知っていればこそでございます。

生前あなたはこの丘に立って自作の和歌を詠じ、私はそれを聴くことを楽しみにしておりました。

「妻を得ていつの頃よりか朝朝を口笛ふきて我は起きいづ」

「胎動のはげしきことを言いいずる妻のひとみの幼かりけり」

昭和一七・五・二〇・詠

私は今もなお日向が丘でのあの朗詠のお声を、昨日のことのように思いだしては懐かしさのあまり心温まるのを覚えます。

昭和二十年十二月夫戦死の報をききて——

「みぞれ降る夕べを吾子と祈るとき吾が夫の魂は還り来るらし」

（昭和三十四年一月十八日記）

軍用列車

長い間、私はその連隊本部営門前の面会が父との最後の別れだ、とばかり思っていました。しかし、実はそうではなかったのです。つかの間の面会が終わったあと、ひとつの噂があちこちでささやかれ始めたそうです。それは、「部隊はこのあとすぐ品川駅に行き、そのまま軍用列車で戦地に向かうらしい。品川駅で待てばまた会える」というものでした。

その噂を聞くと母はすぐ子供たちの手を引いて品川駅に向かいました。

「父さんは背が高いから必ずわかる」五尺八寸、父は長身でした。

駅前は見送りの人であふれていました。

しばらくすると兵隊さんたちが隊列を組んで来たそうです。

なんと、その先頭に首ひとつ高い父の姿が……しかし向かってくる隊列は四列縦隊で父は一番奥の左側、迎える母と子は手前右の人の群れの中、兵隊はまっすぐ正面を向いてくる。こちらからは見えたが父の目には入らなかったかもしれない、と姉は話しています。

「軍用列車は東海道線を南下するはずだ……」そのあとすぐ、母は子供たちをせき立て、先回りして急遽、平塚駅に向かいました。

程なく軍用列車が平塚駅に近づき、駅を通過するとき列車はすこし速度を落としたそうです。プラットホームは日の丸を手にした見送りの家族であふれ、平塚出身の兵隊たちは窓から身をのりだし出し家族の姿を探しました。

走る列車から手紙が何通も投げられ、それは拾った人の手で留守宅に届けられたそうです。手紙を投げ、家族の姿を探す光景が、軍用列車が通過するたびに横浜、大船、藤沢、辻堂、茅ヶ崎、平塚、大磯……と繰り返されたのでしょう。

しかしこのとき、母と姉たちは父の姿をはっきりとは確認できなかったようです。

私は列車から手を振る兵隊さんたちの姿を、かすかに見たような気がするだけです。

私の友人に渋谷允男という人がいます。永く松下電器に勤め定年、いま庭いっぱいに花を咲かせ、遺族会の役員などをしながら静かに暮らしておられますが、先日その渋谷さんが来宅された折りふとお互いの戦死した父の話になり、その時、私は驚くべきものを見せられました。彼は胸のうちポケットの定期入れからそれを取り出し、セロハンの包みを開きました。

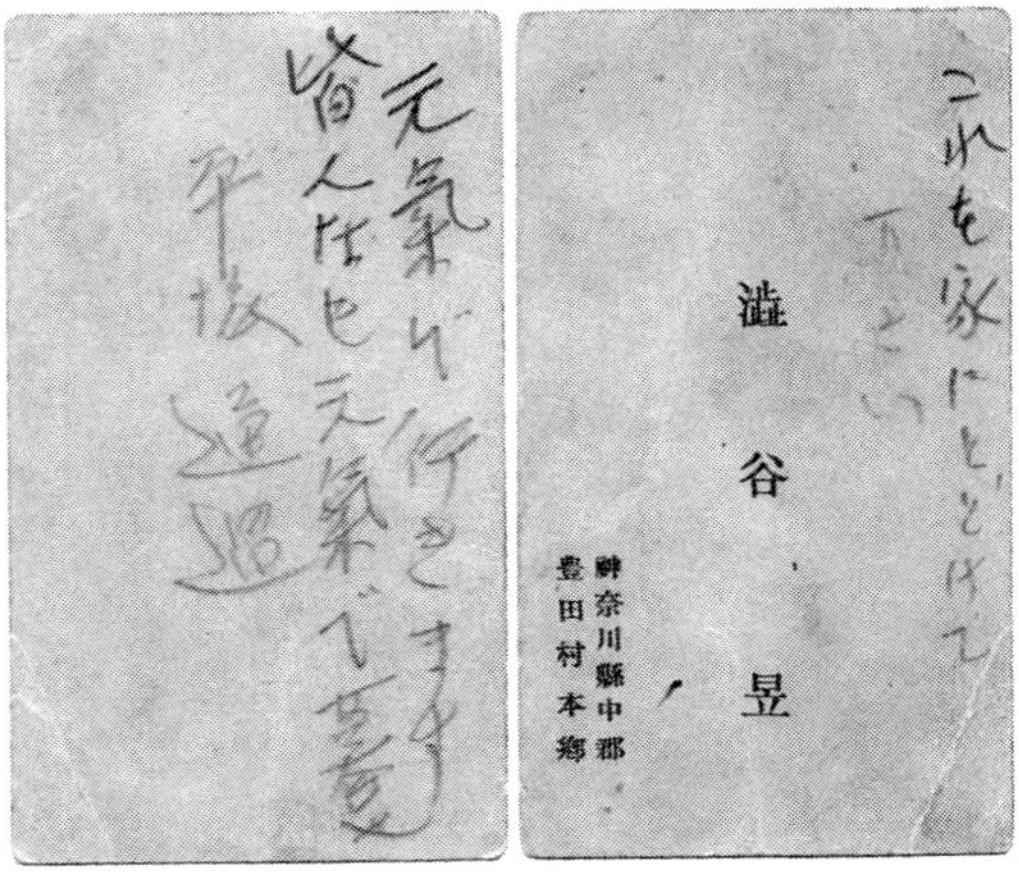

「渋谷　昱　神奈川県中郡豊田村本郷」

色あせて、ぼろぼろになった一枚の小さな名刺でした。

〝これを家にとどけて下さい〟と鉛筆の走り書きがあり、裏返すと「元気で行きます、皆んなも元気で暮せ　平塚通過」とかすかに読める。〔写真〕

彼の父、昱《いく》氏も十九年六月召集、昭和二十年六月二十日、沖縄で戦死されたことは聞いて承知していました。今度改めて聞くところによると、やはり一九年七月二十五日（父の通過した十日のち）軍用列車が平塚駅にさしかかったとき、昱さんは〝これを家にとどけて下さい〟と同じことを書いた名刺を窓から投げたのだそうです。一枚でも届けば、と祈るような気持ちだったのでしょう。しかしそれは一枚残らず拾った人それぞれの手で平塚駅から五キロも離れた豊田村の留守宅に届けられたというのです。今では考えられないことですが当時誰もが〝明日はわが身〟でもあったのです。

老いた母と三十一歳の妻、小学三年生の長女伊勢子、四歳の長男允男、三歳の次男忠治、そして戦争に勝つようにと名付けられた生後三月の勝代、の四人の子供に一枚ずつ六枚。

当時、農家の人がよく名刺を持っていたものだと思いますが、昱さんは弱冠三十二歳の村会議員だったからかもしれません。

転属

父の遺品としていま私の手元にあるのは一枚のハガキと、五枚の写真だけです。

ハガキは当時軍籍にあった末弟栄治宛のもので、楠公騎馬像の三銭の官製ハガキに万年筆の小さな文字で隙間なく書かれています。消印は戦地に向かう八日前、麻布一九・七・七。

あて先は「三重県鈴鹿郡川崎村川崎郵便局気付第一八四三〇部隊　葛口隊　原栄治様」、差し出しは「東京都麻布区新竜土町　東部第八部隊　山本隊（Ⅰ）第六班　原準一」。

拝啓　軍隊内に於いて初めての便りに接し感慨無量です。先日は態々《わざわざ》帰省せられ多忙な農事に努力せられ、また小生入隊の準備などありがたく御礼申し述べます。なんのお構いも出来ず、失礼な点は御容赦願います。無事帰隊せられ軍務に精励せられて居るとのことで安心しました。私もその後元気に微力を傾注しておりますから御安心ください。軍隊生活をして初めて君や三郎君の今日までの御苦労がしみじみ感じられます。御苦労様でした。

改めて御礼申し上げる次第です。留守中は父を始め皆一生懸命努力しているようです。父にご苦労をかけるのが何より気掛かりです。しかし父のこと故がんばってくださることでしょう。愈々緊迫せる戦時です、お互い体に気を付け奉公に励みましょう、では何れまた

不備

そして、写真が五枚。

一番古いのは大正十四年の冬、十七歳の時のもので農学校の修学旅行で関西に行った時の二枚です。同級生七〇余名の集合写真です。一枚は伊勢神宮の大鳥居の下で、他の一枚が清水寺の山門の前の階段で撮られています。マントを着て学帽をかぶっています。

次の一枚は昭和十七年六月、母の弟の保叔父が出征する朝、秦野の母の実家の母屋の前で撮ったもので、精造じいさんと軍服姿の叔父を中心に、九人の兄弟姉妹とその夫や妻や子供たち二十五人が写っています。写真屋を呼んで撮らせたものらしく、ハガキ二枚ほどの大きさの戦時下とも思えない穏やかないい写真です。〔写真　次頁〕

この写真は私にとっては貴重な一枚です。私を抱いた母と父が並んで立ち、二人の姉がいる。家族五人全員が写っているただ一枚の写真だからです。

前列　左端セーラー服が上の姉宏子、中央が出征する叔父・保、その左の着物姿が姉徳子
後列　長身の和服姿が父・準一、その左の赤ん坊（著者）を抱いているのが母シゲ　昭和17年6月

そしてもう一枚は名刺大の軍服姿のもので、庭のヒマラヤスギの前で撮った入隊の記念写真と思われるものです。

五枚目の写真は、五段に整列した戦闘帽をかぶった兵隊が六十二名。一緒に兵舎の前で並んで撮ったハガキ大の一枚です。〔写真　左頁〕

この世に残る父の最後の一枚です。

戦地に向かう直前に写されたもので、父は後列から二段目の右から三人目。裏に万年筆で「昭和十九年七月　麻布三連隊　第一中隊」と書かれています。七月というだけで、なぜか日付が無い。

麻布三連隊とは正式名「陸軍第一師団・第三連隊」。

父が召集されたのは「近衛第一師団・近衛歩兵第七連隊」通称「東部八部隊」。まったく違う部隊なのです。

父は戦地に向かう直前のその写真の裏に何故、「麻布三連隊」と書いたのか。

後ろから二列目の右から三番目、長身のメガネが父・準一　昭和19年7月撮影

父は近衛第一師団・歩兵第七連隊の兵士として戦地に向かったのか、それとも第一師団・歩兵第三連隊の兵士として行ったのか、これは父たちがどこに行き、誰と戦ったのかを考えるとき決定的に重要なのです。

私はかねてひとつの疑問を抱いていました。

それは近衛兵の父が何故フィリピンにまで行って米軍と戦わされたのか?という疑問です。近衛兵は天皇直属の、天皇を守るための軍隊のはずです。外地に行く筈がない。

『一九四五年八月、日本陸軍戦闘序列』によれば近衛第一師団は東京の第一総軍、第十二方面軍の直属部隊として東京に在るのです。フィリピンなどには行っていない。

ただし、近衛第二師団はスマトラにあり、近衛第三師団は千葉県成東にあって本土決戦に備えていました。王将を守るべき金、銀の駒まで最前線に出さざるを得ないぎりぎりの状況にあったのです。

しかし近衛第一師団だけは東京を一歩も動いてはいない。

父が写真の裏に書いた文字は「結局、第一師団・第三連隊の一員として外地に行くことになった、……」と密かに家族に報せたのだと私は考えています。

二・二六事件の後、第一師団は満州に追いやられていましたが、太平洋戦争の激化と共にフィリピンに送り込まれました。日米決戦の最前線に立たされたのです。

父たちはフィリピンのどこかの島で、その第一師団主力に補充される予定で戦地に向かったのだと私は考えています。

「近衛第一師団」のままであったら、父はフィリピンなどに行くことはなかった、そうすれば恐らく戦死することもなかったのです。

満州から関東軍主力はフィリピンの戦場に続々と転出していました。

こうして父は昭和十九年七月十五日夕刻、下り軍用列車に乗せられ平塚駅を通過、死へと旅立って行きました。行き先が「フィリピン」であることを父は知っていたのか。

どこに連れて行かれるのかさえ、一兵卒には知らされてはいなかったのではないか……。

第六章　レイテ戦

小林軍三氏の手記

父たちを乗せた軍用列車が西に向かった頃、太平洋ではアメリカ機動部隊がサイパンを爆撃、小笠原の父島、硫黄島の攻撃を開始していました。

米軍六万数千を相手に補給もないまま死闘をつづけていたサイパン島の陸海軍三万余は七月七日の夜襲を最後に玉砕、最高指揮官南雲忠一中将自決。凡そ一万人の在留民間人も運命を共にしました。

昭和十九年七月二十一日、東条内閣総辞職、小磯国昭陸軍大将組閣。

色あせた一通の封筒が、いま私の手もとにあります。

中には和文タイプで打たれたA五版四枚と便箋に手書きしたもののコピーが二枚。

表紙には、「昭和十九年から二十年八月末まで――レイテ、セブ島の戦記」と書かれています。

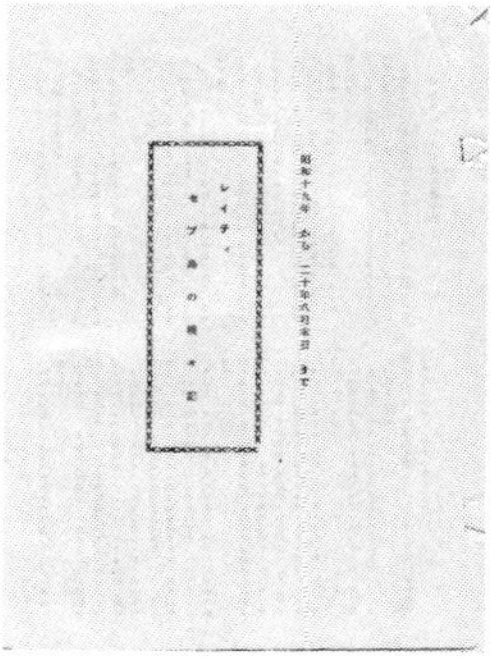

これこそフィリピンのジャングルで父と最後まで一緒にいた三浦市三崎の小林軍三という戦友の書いた手記なのです。

父の出征から死までを伝えるこの世でただひとつの記録です。

封筒の差出人は成瀬文雄。秦野市鶴巻の実家を継いだ弟から母宛のもので、消印は昭和六一・九・一六。どのような経緯で叔父がこの小林さんの手記を手に入れたのか、今となっては確かめる術もありません。数年前、仏壇を掃除していて、引き出しの奥に仕舞われているのを発見したものです。生前、何故か母はこの手紙の存在について私に何も話しませんでした。


昭和十九年六月十五日、召集を受け東部八部隊に入隊。

七月吉日、千二百一名が出兵となる。品川より九州へ二日間、一回の食事も無く、水だけ飲んで二日目夜、食事をとることが出来ました。

門司では五日ほど民家の世話になり、元〇〇船「うらる丸」六千トンの船に兵隊六千人が乗りました。そして出港二日目より敵の潜水艦に追われ、風流魚雷を撃破して全速にて船は進んで行った。


——これからたびたび引用する小林さんの手記には所々に「〇〇」があります。

彼がこの手記を書いたのは、昭和六十一年です。問題になりそうなことは伏せ字にした軍隊時代の恐怖心が、戦後四十年経っても、小林さんにはまだ残っていたのでしょうか。

平塚駅の別れから、父たちの一行は軍用列車で門司まで水だけ飲んで、腹ペコで戦場に向かったのです。もっともその後、フィリピンのジャングルで味わった飢餓に比べれば、まだ物の数ではなかったのですが。

戦場へ

東シナ海には敵の潜水艦が獲物を狙っていました。

すでに制海権も制空権も敵の手に握られていたのです。

六月十九、二十日には太平洋の制海・制空権をかけて小沢治三郎中将の機動部隊が米機動部隊を攻撃、〝米空母二、戦艦二撃沈〟などの大戦果を挙げたと大本営は発表しましたが、実際の戦果はほとんどなく、逆に日本側は大鳳以下空母三隻と航空兵力の主力を失い、戦局の大勢は決していました。

輸送船も不足していました。だから門司の民家で五日間も出港を見合わせざるを得なかったのです。朝雲新聞社刊の戦史叢書『海上護衛戦』によれば「元〇〇船うらる丸」とは商船三井の「陸軍徴用貨物船うらる丸」のことで、軍に強制的に調達された民間の船。

何千人もの兵隊や軍需物資を運ぶのに何の防備も施されていない商船を使わざるを得ないところまできていました。そのため何千人もの兵隊を乗せた船が次々にアメリカの潜水艦の餌食となりました。

父たちを乗せた船は七月二十六日ようやく門司を出ました。

台湾高雄に五日ほど入港。出港して二日目に赤痢に罹り二十人ほど死亡、〝海行かば〟の戦友の声とともに水葬となる。

門司まで二日、門司に五日、台湾の高雄に五日間いて出港後二日目、七月十五日に軍用列車で東京を出て半月も経たない内に二十人の兵隊が死んで海に流されれたのです。

そしてルソン島マニラ港近くで敵の魚雷を受け、他船に二発命中、我が船は全速にてマニラ港に寄港。

一カ月ほどマニラ市に滞在。

我々部隊はミンダナオ島に行く予定でサイベリア丸にて出港。

敵の潜水艦に追われセブ島セブ市に上陸。

当時ミンダナオ島にいたのは名古屋の第百師団です。

昭和十九年六月十五日、父たちが招集されたまさにその日に創設されています。

「ミンダナオ島に行く予定」とあるのはここで、父たち神奈川県出身の第一師団（に合流予定）の兵隊は同じく山下奉文大将の第十四方面軍の第三十五軍（鈴木宗作中将）の戦闘序列にあった百師団七十六旅団（隣県の静岡）に補充要員として送り込まれことになったのかもしれません。

しかし、ミンダナオ島に行く予定であった父たちの一団は敵の潜水艦に追われ、止む無く「セブ島」に緊急上陸しました。しかしそこもはや激しい戦場だったのです。

九月一日、敵艦載機グラマンの大爆撃を受け、一日七回で二千機の爆弾の雨となる。はじめてみた目の前の空中戦だが、日本機はわずか七機、数十分のうち〇〇。敵機も数十機墜落した。

その後、毎日、数百機、朝八時頃より夕方の六時頃まで、上空を旋回しつつ爆弾の雨となる。戦友の死者、負傷者多数となり、初めて出会った爆弾のものすごさ、恐怖。

九月吉日、学校出のものばかり十人ほど、何処へ行ったのか、不明。あとのものがミンダナオ島に。あとの六百一名のうち百人近くがペシャン島に。残り我々五百数十人、神奈川県人ばかりが「レイテ」に。

小林さんの手記には門司港から「元〇〇船うらる丸六千トンに六千人の兵隊が乗り込んだ」、とありまた、「台湾の高雄に五日いて出向」ともあり六千の兵はそのままフィリピンに向かったものと考えられます。しかし「ルソン島のマニラ港近くで敵の魚雷を受け、他船に二発命中」ともあるところから六千人の兵隊が何隻かの船に分散して乗り込み、そのうち何隻かが沈められたのかも知れません。

前記『海上護衛戦』によれば九月四日マニラ港外で護送船が一隻沈没しています。「うらる丸」もこのあと帰途に就きましたが、九月二十七日沈没しています。

こうして父たち神奈川県出身の五百数十名の兵隊は昭和十九年九月のある日、今まさに日米の大決戦が始まろうとしていた「レイテ」の最前線に送り込まれたのです。

レイテ戦に参加した日本の陸海軍総勢は八万四千人、父たち五〇〇人もその一角を占めることになったのです。

玉砕の島

一九四四年（昭和十九年）十月十七日、米軍がついにレイテ東方海上に集結しました。

戦闘艦艇一五七隻、輸送船四二〇隻、特務艦船一五七隻、兵力二〇万人。

十月十九日大本営は「捷一号作戦」（レイテ決戦）を発令。

十月二十日午前十時米軍が艦砲射撃の支援の下にレイテ島タクロバンとその南方三〇キロ、ドラッグに上陸を開始。

そして、十月二十四日、海では「レイテ沖海戦」の火蓋が切られました。

レイテに敵上陸。

日本艦隊と敵艦隊の大激戦となる。昼でも黒煙があがり、ただ、砲戦の光線が見えるだけ。砲戦の音が絶え間なく太鼓をたたくように休みなしでした。


日米決戦場となった玉砕の島レイテ。

台湾から洋上列島に連なるフィリピン八番目の島。

「大和」が入ってくるべきレイテ湾。

中部太平洋より突進するアメリカ軍、迎え撃つ日本軍。

これからここで三カ月にわたる史上最大規模の陸、海、空戦が展開されるのです。

この島の戦争は強烈な個性を持つ二人の将軍の存在を抜きにしては考えがたい。

一人は、この十カ月後、ニッポンの支配者としてコーンパイプをくわえて厚木飛行場のタラップを降りる。彼が〝蛙とび作戦〟でフィリピン復帰の第一歩を印し〝アイ・シャル・リターン〟の執念を果たすのはこのレイテの戦場でした。

そしてもう一人、フィリピン方面軍司令官山下奉文大将。

〝マレーの虎〟山下大将が満州牡丹江からマニラに着任したのは、アメリカ上陸のわずか十三日前でした。

「レイテ戦」は太平洋戦争でも数少ない大規模な陸、海、空の統合作戦でした。

レイテ戦に先立つ十月十二日から十五日にかけて「台湾沖航空戦」が展開されました。大本営は、「敵空母一九隻を撃沈」など大戦果を発表しました。

これが、大誤認だったのです。

しかし狂喜した大本営は、これこそ〝残敵絶滅の好機〟ととらえ、武器、弾薬、食糧など準備していた「ルソン島決戦」の方針を急遽変更し、陸、海、空の「レイテ決戦」に踏み切ったのです。

しかし、残敵どころかアメリカ艦隊はほとんど無傷で待ち構えていました。

当時の小磯国昭首相は全国向けのラジオ放送で「レイテは大東亜戦争の天王山である」と述べています。この戦で負ければ戦争は敗北ということです。

一方アメリカも「アイ・シャル・リターン」を誓ったマッカーサーの意見が通り、すでに七月にはフィリピン進攻が本決まりとなっていました。

日本の大本営は当初、機動力の無い陸軍の決戦は一番大きなルソン島で、と決めていました。米軍主力がレイテに来ても、海・空は決戦するが陸軍はこれに参加しない――。

しかし現実には、この陸上のルソン決戦方針は米軍の侵攻直後にわかに変更され、陸上戦もレイテでやることになったのです。

その時、小林さんの手記にあるピナ山西麓から見た日本艦隊と敵艦隊の大激戦が日米決戦の「レイテ沖海戦」です。

同胞八万の血を流した陸上戦。

二・二六事件で満州に追われソ・満国境にあった第一師団の兵の大半はここで死んだのです。戦艦武蔵が撃沈され、連合艦隊が実質的に最期をとげたのも、神風特攻隊が初めて登場し四〇〇人の若者が散華したのもこの戦場に於いてでした。

父や、夫や、兄はどのように戦い、どのように死んでいったのか。昭和十九年十月二十九日付の朝日新聞は大見出しで、ついに「特攻」が始まったことを伝えています。

「海鷲の忠烈万世に燦足り——神風特別攻撃隊敷島隊」

「機・人諸共敵艦に炸裂」

「身を捨て国を救う、崇高極致の戦法」

「海軍省発表」（昭和十九年十月二十八日十五時）

神風特別攻撃隊敷島隊員に関し連合艦隊司令長官は左の通全軍に布告せり

布告

戦闘〇〇〇飛行分隊長　陸軍大尉　関　行男

戦闘〇〇〇飛行隊付海軍一等飛行兵曹　中野盤雄

戦闘〇〇〇飛行隊付同　谷　暢夫

同　海軍飛行兵曹　永峰　肇

戦闘〇〇〇飛行隊付海軍上等飛行兵　大黒繁男

神風特別攻撃隊敷島隊員として昭和十九年十月二十五日〇〇時「スルアン」島の〇〇度〇〇浬において中型航空母艦四隻を基幹とする敵艦隊の一群を捕捉するや必死必中の体当たり攻撃を以て航空母艦一隻撃沈同一隻炎上撃破巡洋艦一隻轟沈の戦果をおさめ悠久の大義に殉ず忠烈万

世に燦たり
仍《したが》って茲に其の殊勲を認め全軍に布告す
昭和十九年十月二十八日　連合艦隊司令長官　豊田副武

第百二師団

鈴木宗作第三十五軍司令官はセブ島に在った隷下の「第百二師団」からレイテに二個大隊を急行させました。

百二師団（熊本）は、戦争末期に次々に粗製濫造された師団のひとつで、昭和十九年六月十五日、父たちが招集されたその日に創設されています。定員一五五一八人。師団長は福栄真平中将。

セブ島からレイテに急行した二個大隊は同島北東部へ向け前進を開始しますが途中米軍と遭遇、激戦となりました。一大隊は隊長以下九九〇名。

防衛研究所にある「百二師団の沿革」には

「昭和十九年十一月十七日、軍司令官の増派要請を受け、第百二師団長福栄中将も手元兵力を率いてレイテに上陸、オルモック北方のピナ山西麓に布陣、同地区の歩兵第四十一連隊残部など諸隊を指揮下にいれ、リモン峠で対峙中の第一師団の右背部援護の態勢を維持した」とあります。

先にレイテに送り込まれていた父たち神奈川県出身の五〇〇名の兵隊はこの時、レイテに乗り込んで[illegible]第百二師団長、福栄中将の指揮下に入ったと考えられます。

リモン峠で敵と激戦を繰り広げる「第一師団の右背部援護の態勢」を熊本の百二師団の一員として」維持しました。皮肉なことに、多[illegible]はこのレイテ決戦の最前線で、本来所属すべきであった「第一師団」に、はじめて出会ったのです。

陸軍最古、最強と言われた第一師団は満州の北部孫呉から上海経由で十月二十日、米軍がレイテに上陸したその日にマニラに入港し、マニラを十月三十一日に出航、一路レイテに向かったといわれます。レイテ海戦は終わり戦艦武蔵が撃沈された後だったのです。

日本側も必死に増援作戦は続けていました。十二月までにさらに五万人に及ぶ兵力をレイテに運びましたが、輸送途中で敵襲を受け海没する船が相次ぎました。

太平洋戦争における「海没者」は海、陸軍合わせて三六万人と言われます。それだけの兵士が戦場に着く前に空しく「水漬《みづ》く屍」となったのです。

軍需品、食糧は八割も海中に沈められ、その結果、レイテに運ばれた日本軍を待っていたのは「ガダルカナル」や「インパール作戦」にも引けをとらない「飢餓」との戦いでした。ジャングルに彷徨うことになった日本軍は、戦死というよりむしろ大半が餓死で、密林の中に消えてゆく事になったのです。

決戦を準備していないところに大兵力が投入され、武器も食糧も無く、八万四千名のうち八万人、九五%が亡くなりました。

日本軍はレイテ島西北部のカンギボット山付近まで追い詰められ、ネグロス島やセブ島に脱出しようとしました。

百二師団のピナ山撤退、つまり敗走開始は昭和十九年十二月二十三日です。

十二月下旬、師団長福栄真平中将は真っ先にセブ島に逃げたのです。

二十年一月二日、小磯首相は「レイテ決戦を、ルソンを含むフィリピン全体の決戦に拡大」と発表し事実上レイテの敗北を認めました。

一月初旬小型漁船などによる撤退作戦が始まり、第一師団を中心に兵団長以下八〇〇人がセブ島に撤退したといわれます。二〇〇〇人の兵隊がレイテに置き去りにされました。


そして、レイテ島の日本軍全滅となり、兵団長、軍旗、兵二百人くらいセブ島ボルボン地区に救出されただけであった。

あとは船が無くレイテ島より脱出できず、我々はセブ市リロアンからセブ市司令部天山の方へ。


このあと百二師団長福栄中将は、「独断戦線離脱、レイテからセブに脱出」した罪で鈴木軍司令官から一時指揮権を停止される事件なども起きています。

このとき福栄中将と逃げた者は二〇〇名近くいましたが、セブに着いたのは僅か三〇名であった、といわれます。その中に、小林さんも父もいたのか。

この時、父がセブに逃げ延びることが出来た第百二師団の三〇名の中にいたとすれば奇跡に近い。

それとも第一師団の八〇〇人の中に紛れ込んでいたのか。

ともかく、父はレイテでは生き残って、二十年一月セブ島に逃げ戻ったのです。

十二月二十七日、米軍は「レイテ勝利宣言」を出しました。

第七章　特攻精神に続け

『翼賛信州』

レイテの日本軍が絶望的な段階を迎えていた十二月二日。会地村十八部落で一斉に聞かれた昭和十九年最後の常会では次のような大政翼賛会長野支部発行の『翼賛信州』十二月一日号が配られました。〔写真〕

皇國護持
特攻精神に續け
□百八十萬縣民戰局の要請に憤激敢鬪せよ□
□理窟拔きで持場々々に體當りせよ□
一億憤激米英擊摧運動愈々本格的段階に入る

皇国護持　**特攻精神に続け**

百八十万県民戦局の要請に憤激敢闘せよ

理屈抜きで持場々々に体当りせよ

一億憤激米英撃摧運動愈々本格的段階に入る

・・・・・・・・・・・

皇国日本の運命を決する、比島方面レイテの決戦は凄烈言語に絶し、皇軍血闘の鍔音は刻々我々の耳朶を打ち、驕敵の物量反攻に肉弾以て阿修羅の如く奮迅する神兵の姿は我々の瞼にやきついて離れない。

凄壮とも苛烈とも言葉で表現出来ない息づまる此の現実の中に起つて展開されつゝある「一億憤激米英撃摧運動」は、十二月八日の一斉総常会開催を契機として本格的段階に入つたのである。

本運動の実践目標は、士気の昂揚、軍需生産の増強、食糧増産の完遂、決戦生活の徹底等に於いてその実践窮行を以て驕敵滅摧の追撃戦に百八十万県民が総突撃を敢行するにあるのである。

然し各種実践目標の基底をなすものは、皇国護持のため身を以て「必死必中」の肉弾突撃を決行した陸海軍特別攻撃隊の精神を我々身を以て之を受け継ぐことである。

我等今、この崇高無比なる殉忠に対し襟を正して唯々感謝敬仰の念を禁じ得ないのである。これ等勇士も肉親の生める人情の子であり、家郷への愛着も、青雲の希望も、一切を捨て、唯々純忠一路皇国護持のため滅敵憤激の一念に燃へ、只管《ひたすら》行ひ澄して淡々水の知く、悠久の大義に殉ぜられたるを肝に銘ぜよ。

大君の御ために捧げまつつた生命である。召し給ふとき喜び勇んで醜の御楯となり、我等一億国民を皇土と共に守る特別攻撃隊のこの遺烈に、我等今こそ続かねばならぬのである。

我等の体内には祖先より承継ぎし皇国護持の血潮は脈々と流れてゐる。

我々は皇国護持のため、一切を捧げ尽くしたか、戦力増強の一切に、滅敵の敵愾心を火と燃して、全力を傾倒したか、今こそ深刻な反省をなさねばならぬ。

其処に『一億憤激米英撃摧運動』の目標がある。

官も民も一切の職域を挙げて「私心」と「我利」を捨て体当り勇士の精神に続け!


「いよいよ決戦のときが近づいている」、と村人たちは思いました。

だからこそ「満州へ行くのだ、満州へ行って食糧を増産してお国に、戦地の兵隊さんに送るのだ」。

なぜ、そんな時期になって行ったのか、との私の質問に、かつての関係者は口をそろえて語りました。誰ひとり疑うものはいなかったのです。

これに先立ち、十九年九月には先遣隊の家族と小笠原団長以下幹部団員とその家族二十人、合わせた三十人が満州へ渡っていきました。

村人は「私心」も「我利」も捨てひたすら特攻隊の勇士に続こうとしたのでした。


昭和二十年、運命の年が明けました。

「比島決戦は熾烈であり世界精強無比の我が皇軍は日夜をわかたず奮戦を続けている。此の戦いに勝つ道は只一つ補給戦にある。補給戦に勝つ道は銃後生産の増強にある。今こそ百八十万県民総力を比島決戦への補給に頑張ろう――」

という村長の挨拶のあと二十年三月の部落常会は次の六項目を徹底することを申し合わせました。

一　甘藷ノ大増産に頑張リヌカウ、航空燃料ト食糧確保ノタメ。
二　決戦貯蓄突破ノ割当ニ総突撃ヲショウ。
大東亜戦争必勝祈誓貯金一戸一〇円以上三月八日ニ実施出来ナカツタ部落ニテハ三月十五日ニ必ズ実施スルコト。

手持現金貯金今月ハ年度末ニ付夫々《それぞれ》最高度ノ手持現金ヲ貯蓄スルコト。

三「アルミニューム」銅、鉄、鉛、類ノ根コソギ供出ショウ。
四　蓖麻ノ大増産ニ努メヨウ。
五　繭ト桑皮ノ増産ニ努メヨウ。
六　土地改良ト未耕地開墾ニ努メヨウ。

この時、フィリピンでは米軍のセブ島への追撃が始まり、父たちの絶望的な戦いが始まろうとしていました。そして「沖縄戦」が決戦のときを迎えようとしていました。

旅立ち

二十年四月二十五日付の『翼賛信州』は次の様に書いています。

本土決戦迫る

戦況の緊迫で既に内地は銃後から第一線に変つたのである。やがて本土に於て熾烈な地上砲火を交へる事態を予期せねばならない。終局の勝利はこれを確信して疑はないが、その過程においてある期間本土が戦場化されることを覚悟しなくてはならない。

これは固より好まざるところではあるが、現実は現実としてこれに備へ、戦争の惨禍に恐れ慄き、なすべきを忘れてはならない。本土戦場の場合を考へるならば、敵の砲爆撃によつて、都市といふ都市は殆んど現在のロンドン、ベルリン、或ひは那覇の如く焼野原と化すであらうし、鉄道其の他の交通機関は分断され軍隊の輸送、食糧の輸送は至難となり戦火は本土の全面に波及するであらう。所在の部隊は地方毎に戦ひ、各地方は郷土国民義勇隊を編成し戦はなくてはならぬであらう。

大和民族、唯一人でも生ある限り如何なる事態となつても断平として戦ひ抜くのだ。最後の勝利へ、一切の私心を捨て戦ひ抜かねばならないのだ。防空壕は散兵壕である。山と言ふ山には一日も早く一本でも多くの横穴を掘らう。隠れるためではないのだ。勝つためである。勝ち抜く戦ひのためである。寸土も余さず耕し、一握りの豆、一蔓の芋、一葉の野菜、一粒のヒマも多く穫らう。

それが勝利の糧である。至るところの大地の息吹きを知れ、打ちおろす鍬の刃先を待つてゐる。隘路《あいろ》を論議し、施策を批判し、上司からの指示を待つ他力本願的態度を一擲《いってき》して自らやる

の決意で立ち上がらう。

この撒文が配られた一週間後、昭和二十年五月一日、「満州分村・阿智郷」の本隊一行は会地小学校校庭に集合、飯田駅発の列車で一途大陸に向うこととなりました。

今に残る「阿智郷開拓団名簿」によれば一行は三十九家族、一四二名。

既に大陸阿智郷には先遣隊十二名、団幹部八人、勤労奉仕隊二十二名が到着しており一行が合流すれば「満州分村、阿智郷」は一八四名になる筈です。

開戦以来人も物もすべてこの会地小学校の校庭に集まり、集められ、次々に戦場に送られていきました。出征軍人、軍馬、回収された金属、供出の米、麦、いも、そして蓖麻。村中からかき集められるだけの人と物と金。

そして最後の最後に残ったものが、女と子供と老人でした。

それが今、遠く満州へ送られてゆきます。

この日からわずか三カ月ののち、この内の三分の二が再び故郷の山河を見ることなく、大陸の土となってゆくのです。

会地小学校校庭に終結した一行の姿は恐らく「開拓者」という名のイメージとは凡そかけ離れた「難民」に近い様な一団であったに違いない。

三十九家族一四二人のうち最高齢者は井原藤次郎七十二歳、塩沢兼三郎七十一歳のふたり。反対に最低年齢者は〇歳一名、一歳四名、四歳以下十三名、六歳以下の未就学児以下二十七名、小学生三十四名、女性六十四名、二〇代三〇代の若者は三十名、うち男性十六名、女性十四名でした。独身で単身渡るものも十一名を数えました。訓導山本慈昭さん夫妻と二人の子供の姿も一行の中にありました。

東安省宝清県北哈馬《きたはま》

一行は歩いて、まず飯田駅に出ました。出征兵士を見送るような数年前の駅前の出発風景に比べれば淋しい旅立ちでした。中央線経由で名古屋に出て一路敦賀に向かう。

駅弁は望むべくもなく、各自がにぎり飯に梅干を入れ、二、三日腐らないように焼き、それを重箱に入れて持っていました。戦時下、汽車の窓は覆われて外部はいっさいみることはできなかったのです。もし彼らが汽車の窓の外を見ることが出来たら、名古屋でも、敦賀でも一面の焼け野原を見た筈です。

五月一日、敦賀―ナホトカの連絡船に乗船、同乗およそ八〇〇人。

すでに制海権はアメリカに握られ、日本海を渡る連絡船は潜水艦の絶好の餌食でした。先に出た輸送船が撃沈された、という噂があり、乗船と同時に全員が救命胴衣をつけての一夜でした。不安ではあったが、海を渡れば「王道楽土」が待っていると、団員の心は明るかったそうです。

ナホトカ上陸後、直ちに大陸行の汽車に乗る。

汽車の窓は内地と同様閉め切られ、外の景色は全然見ることができない。そして気がついたとき一行は牡丹江の駅頭に立っていたのです。五月六日。村を出て五日がたっていました。

しかし、阿智郷の人々の落ち着き先は、そのハルピンのはるか北方、東安省のソ連領沿海州寄りの宝清県、しかもその宝清県よりおよそ二〇里の「北哈馬」。

現地に到着したのは、昭和二十年五月八日の昼すぎでした。

目の前には、故郷伊那谷では夢にも見られない果てしない大地が広がっていました。その大地と、山本訓導に引率された四五名の国民学校生徒が大陸阿智郷の希望の象徴でした。

しかしこの日以降、大陸に渡れた開拓団はなかったのです。

「阿智郷」は日本最後の「満州開拓団」となりました。

それより凡そ一年前、昭和十九年六月六日、十二人の先遣隊は到着の翌日から開墾用の鍬で草原を掘り起こし、すぐそのあとへ内地から持ってきた野菜の種子を蒔き付けました。開墾用トラクターはついに秋まで入らず、団員は毎日開墾に汗を流しました。九月に勤労奉仕隊が来て野菜の収穫はできましたが、他にはなにもとれず、農耕に使う予定で興凱《こうがい》駅まで泊りがけで出かけて導入した朝鮮牛六頭は、食糧不足を補う食用に回されてしまったそうです。そのあとへ購入した満州馬は一八頭のうち六頭が鼻疽で死んでしまった。

十月下旬に大量の本隊が入植するということにして、無理に満州拓殖公社からトラクター一二台を回してもらい年内に畑四〇町歩の開墾をしてもらったといいます。

こうして本隊を迎え成立した「分村・阿智郷」の「昭和二十年六月の概況」は次の通りです。

第十三次阿智郷開拓団現況　　昭二〇・六・三〇現在

一、地区満州国東満省宝清県北哈馬

一、面積一万六六五〇町歩（原野四、九一〇町歩、山林一三五〇町歩、湿地四三〇〇町歩）

一、耕地　既耕地（昨年度開墾地）一七〇町歩（六月中旬蒔付完了）水田予定地四〇〇町歩

一、家屋四八棟　外ニ倉庫、貯蔵庫、馬房等建設

一、団幹部

団長 小笠原正賢、警備指導員 石原康平、農事指導員 小木会道男、衛生指導員 金田修一、勤労奉仕隊長 池田林、経理指導員 内田博史、下伊那郷・警備指導員 矢沢義人（ハルピンにて訓練中）

一、学校関係

校長 井原勝造、訓導 山本慈昭・山本千ひろ
国民学校 昭和二十年五月二十二日開校、青年学校申請中
学童数 四五名
一、団員及家族送出数
団員五〇名（現地採用ヲ含ム）家族一三七名 計一八七名（六月〇〇日 内七名応召サル）
一、勤奉隊員 二一名
一、本年度作付種別及面積

大豆	八〇町歩	馬鈴薯	五町歩	米	一五町歩
大小麦	一二町歩	燕麦	五町歩	高粱	三町歩
栗	三町歩	麻	二町歩	ヒマ	一町歩
生姜	一反歩	茄子	五反歩	ヒエ	一町歩
葱	五反歩	エンドー	二反歩	菜豆	一町歩
向日葵	三反歩	砂糖大根	五反歩	マクワ	三反歩
白ウリ	二反歩	胡瓜	五反歩	西瓜	五反歩
南瓜	三町歩	人参	一町歩	牛蒡	三反歩
春播菜	六反歩	秋野菜	一〇町歩	満人貸付	一五町歩

「開拓団」は一〇六五〇町歩の広大な土地をどうやって獲得したのであろうか。

「既耕地、昨年度開墾地一七〇町歩」とあるが、たった二十人が一年足らずで開墾できる訳がない。「六月中旬蒔付完了」とあるがこれだけの多くの作目をこれほど多くの面積に蒔付けできる訳もない。

「本年度作付種別及面積」についても「誇大広告」と云わざるを得ない。

貧弱な実力の上にズサンな計画が国家レベルから開拓団にまで浸透していたことが分かります。最後の「満人貸付一五町歩」とは。

皇軍

建築は本部に現地方式による一棟二戸建て住宅一二棟を満拓の請負いで建てましたが、翌年の三月、風にあおられた野火で全焼し二十年五月の本隊の入植時には、急造の仮宿舎を利用することになっていたのでした。

現地に住宅がなかったことと、渉外には地区があまりにも遠い不便なところだったから、本部はずっと宝清の出張所に置かれました。小笠原団長と内田指導員、それに荒井氏の三人は宝清弁事処(出張所)に常駐していましたが、冬越しは石原勝造氏もここに加わり、現地には石原康平警備指導員が南信濃分場から来た七人の越冬隊員と翌二十年三月帰国するまで薪とりや建築材の伐採にあたっていました。

昭和二十年五月半ば、この団で初めての召集で石原警備指導員は本体の入植も待たずに団を後にしていました。

ようやく本隊を迎えるべき「阿智郷開拓団」からはこの石原康平氏を皮切りに、開拓の主力である男たちの姿が一人欠け二人欠け、クシの歯がこぼれる様に少なくなっていきました。幹部団員と先遣隊の二〇人の内七人が五月に関東軍の〝根こそぎ動員〟によって戦場へと狩り出されていったのです。(『長野県満州開拓史』各団編・阿智郷)

世界にその名をとどろかせた関東軍が「凶器になるものを持って集合せよ」の命令と共に大動員をかけなければならなくなっていました。

この頃、軍首脳部はソ連が参戦した場合、軍は満州の大半をすて最後の防御戦は「鮮満国境」の山岳地帯に敷く方針を決めていたといわれます。

そしてそれを「対ソ静謐の保持」の美名のもとにまったく秘密裡に進めました。

東京の大本営は南方作戦と、来たるべき本土決戦の為に関東軍を捨てたのです。

「満州開拓」を推進したのは言うまでもなく関東軍です。

多くの開拓者がソ満国境にまで入りこみ張り付いたのは、関東軍を信頼していればこそでした。開拓者は関東軍が逃げ出すなどとは夢想だにしなかったのです。

だが「開拓団」は悪化した太平洋戦争の局面打開のため南方に、沖縄に、つぎつぎに転進した関東軍のあとにソ連の目をくらませる〝カカシの役割〟も負わされたのです。

大本営は関東軍を捨て、関東軍は開拓団を捨てました。

しかも、このちソ連参戦の直前、真っ先に列車で避難したのも軍人家族だったと言われています。

これが〝皇軍〟と呼ばれるものの正体でした。

「阿智郷開拓団」が入植したのはこの様な状況下での「満州」だったのです。

一方ソ連軍は「満州進攻・対日参戦」の準備を着々と進めていました。

昭和十九年十一月七日のソ連革命記念日に、スターリンは「日本は侵略国である」と演説し、翌二十年二月下旬からシベリヤ鉄道により兵力の東送をはじめていました。

ヨーロッパでは四月三十日ヒトラーが自殺し、五月七日ドイツ軍が無条件降伏をし、戦局の大勢は決していました。ソ連軍の満州国境への移動は本格化し、第一極東方面軍司令官メレツコフ元師は六月十一日から極東方面軍総司令官R・Y・マリノフスキー元師、第二極東方面軍司令官M・A・ブルカエフ上級大将らとモスクワで満州進攻作戦の策定をすすめていました。

ソ連軍は最終的には一五七万余の兵力で満州侵入することになりますが、うち一〇〇万人には、膨大な量の火砲・戦車・弾薬・資材・糧食その他の軍需品が付属します。これらの兵員と資材はシベリヤ鉄道だけでは輸送できない。各方面軍ともに国境線の後方一〇〇〜六〇〇キロメートルで列車を離れ、自動車または徒歩で満州にむかっていました。(『ソ連が侵攻した夏』)

こうして「阿智郷開拓団本隊」一行一四二名は一五七万のソ連軍と対峙すべくソ満国境に向って大陸への第一歩を印したのでした。

第八章　セブ戦

追　撃

三十九家族一四二人の阿智郷本隊が満州に出発しようとしていた頃、セブ島では父たちの最後の戦いが始まろうとしていました。

昭和二十年（一九四五年）三月二十六日、米軍がレイテからセブへ追撃を開始したのです。

レイテに敵の飛行場ができ、B25、B27の大型機が朝から晩まで、休みなくセブの空を旋回し爆弾の雨を降らせる。わが軍すべての陣地も粉となる。

捕えた女飛行少尉の話によると、敵は二十年三月二十六日セブ島に上陸予定、とのことが我々の中隊にも伝わりました。

セブ島は東西四〇キロ、南北に二二五キロに伸びる山と海の細長い島で、総面積四四二二平方キロメートル、ちょうど東京都と神奈川県とを合わせたほどの広さです。

戦前セブはフィリピンで最も人口が密集したところで、赤道直下の天国でした。

そこに突然、日本兵が上陸しました。

一九四二年四月、太平洋戦争の勃発後間もなく日本軍による占領が始まり、セブはフィリピンの重要な物資の補給基地、軍事拠点となったのです。「第三十五軍司令部」と兵力一万四五〇〇人が置かれました。そして、軍隊の進出とともに、軍の下働きをする日本の民間人や商人とその家族もセブに移り住みました。

しかし三年後、一九四五年三月、米軍が上陸した当時のセブの日本軍の実態は脆弱で、セブには一個大隊、およそ一〇〇〇人しか残っていなかったのです。そこにレイテから撤退してきた第一師団や父たちなどの一〇〇〇名の敗残兵、傷病兵が加わっていました。

レイテに渡り、再びセブに戻った父たちは、ここで初めて本来所属するはずであった第一師団の兵と合流したのかもしれません。あるいは両師団とも、もうレイテ脱出のころから、その体をなしていなかった、といった方が正しいのかもしれません。

第一師団は一万三五四二人の内レイテで実に一万二七四二人が戦死し、セブ島に逃れ得たのは、わずか七五〇人余だけだったといわれます。

セブ島からレイテ戦に派遣された父たち百二師団三一四二人のうち再びセブの土を踏むことが出来たのは三二〇人だけでした。父はその一人だったのです。

セブの日本軍司令部は、来襲する敵を水際で撃滅する目的でセブの桟橋から五キロのワットヒルにありました。

しかし〝状況が変わった〟ため、一月二十一日セブの中心部から西北西に一〇キロのプサイタウンの「天山」を中心とする地域に分散配置されることになったのです。

福栄中将はレイテからの無断撤退の疑いで指揮権を剝脱され、戦闘の指揮は百二師団・歩兵第七十八旅団長の万城目武雄少将が実権を握っていた、といわれます。

レイテで生き残り、命からがらセブ島に逃げ戻った神奈川県出身の一団はこの万城目少将の指揮下に入ったと推測されるのです。

タリサイはセブ市の南方一〇キロ、海上にレイテ島の見える港町です。

一九四五年三月二十六日、激しい砲撃、爆撃の援助の下で米アメリカル師団がこのタリサイから上陸を開始しました。空爆と艦砲射撃の後、米軍の戦車と機関銃と火炎放射機による総攻撃が始まりました。

日本軍は市街後方西北西一〇キロに広がる、海抜三〇〇〜四〇〇メートルの小高い山に陣地を構え応戦。「天山」「阿蘇山」「神風山」——熊本出身の将兵はセブ市街を一望に望む戦場の小山を、故郷の山河に擬《なぞら》えて呼んでいました。

旅団長のセブ戦況報告

第百二師団、歩兵第七十八旅団長であった万城目武雄少将は二十一年春生還し、直後、セブ島での戦闘の模様を旧陸軍省に報告しました。その鉛筆書きの「セブ戦の回顧」が防衛省戦史研究センターに残されていました。

三月二十六日にはまだ計画の三分の一くらいしかできていなかった。装備も薄く、指揮官として内心、慄然たるものがあった。

セブの部隊は

一 (イ) 旅団司令部五六名

(ロ) 通信隊一二〇名

(ハ) 工兵隊一二〇名

二 直属部隊 独立歩兵第一七三大隊大西中佐一〇〇〇名

三 陣地構築のため指揮下に入ったのは船舶隊など四〇〇〇人ほか憲兵隊、海軍根拠地隊など一七〇〇人。

一五〇〇〇人の兵に銃は三〇〇〇のみ、砲はレイテに持っていかれた。〔筆者注 一五〇〇〇人とあるが司令部五六名以下、ここに記された兵員を全部合わせても六九九六人である。残り八〇〇四人についての記述はない〕

フィリピン人に「竹やり」を笑う者もいたが、仕方が無い。

糧秣軍票が利かなくなってくる。綿布などをメコンヤシやとうきびと交換した。

米軍上陸時三週間分のみ。

四　セブ島における戦闘の概要
二十年三月二十六日、敵船団百数十隻タリサイ沖にあり。
八時ごろ爆撃始まる、B26、29。
激しい。敵砲撃も激しい。一〇時ごろ敵上陸の構え、
二時間後上陸開始
四月十日には敵は我が陣地前方二〇〇～三〇〇メートルに近迫す。
四月十日夕西側一五〇メーターの断崖に戦車道が作られ、全部包囲された。
北方へ行くと決し、四月十日、包囲網をくぐり、移動を始めた。
ノレゴ付近で二十日間、洞窟に立てこもり、立て直そうとする。
夕方またもや陣地を移動し、独行軍続く……。

（万城目武雄元陸軍少将「セブ戦の回顧――戦況報告」より）

不動明王

米軍が上陸を開始したこの時期、父たちがどの部隊に所属していたのか、正確には分からないのです。しかし、後で紹介する小林軍三さんの手記によれば「五月十七日兵を集めて中隊を作り熊本連隊の大西部隊の指揮下に入る」とありますから、四月のこの時期も〝阿蘇山〟や〝神風山〟など

の大西大隊の近くで戦っていた可能性が高いのです。

米軍上陸直後の戦争は父たち末端の兵隊にとってどんな戦いであったのでしょうか。

小林さんの手記。


三月二十七日未明三時ごろより敵艦隊の攻撃が艦砲のつるべ打ちとなり、五時ごろわが中隊の目の前の海岸より、上陸用船艇で三列縦隊にて上陸。

その時、海はゴマをまいたがごとくの船の数、あるいは千隻以上かもしれない。我が方は重火器は野砲一門と戦車一台だけ。


朝、五発撃てば敵艦砲数百発のお返し。

数十分の間に山の形が変わって陣地が使用出来なくなる。我が小隊は友軍の陣地、セブ市南、高さ三百五十メートルくらいの英彦山へと二十七日夜合流し、二十八日未明、敵兵が三十メートルくらいに近づき、初めての銃撃戦となる。

我が方が夜攻撃をかけると、三日目からは空から、海から、地上戦車の力を借りて歩兵の攻撃で大激戦となる。我が方小隊長戦死。戦友の死多数となる。

五日目より京念屋中隊長、大隊より駆けつけ指揮を執る。余りに激戦で立ちすくみ、寸時戦死するものもいる。こんどは敵が夜、昼無く撃つ。敵が十メートル以内に近づかなければ一発の弾も撃つことが出来ない。五、六メートルになると、突撃！の声とともに白兵戦となる。敵を追い払い、万歳の声高く手を上げれば、寸時、艦砲のつるべ打ちとなる。毎日、毎日夜も昼も無く攻めてくる。

我々は重機、軽機数少なく、水も夜間に二時間山を降り汲んで来る。暑い、暑い。日本の暑さよりもっと暑い。戦場で、水筒一本飲むこともできず、のどを潤すだけ。食物も一食、ニギリ一個あれば良い方。

毎日寝ずの野戦で戦友多数戦死。それでも一歩も譲らず、敵は火炎放射器。顔半分飛んだ戦友が〝日本は偉い、これが本当の引付作戦だ〟と叫びながら死んでいった。

誰かが大声で叫んだ。火炎放射器だ！

声が終わらないうちに戦場は火の海になる。

数人が火炎を浴びて立ち上がる姿は「不動明王」と同じである。数人が悲鳴を上げて転げ行く。その声は数十年過ぎた今でも、耳に突き刺さっている。

私は長々と草の陰。それでも右目が痛いと思ったら見えなくなった。

もはや、退く余地も無い突撃戦となる。

寸時、艦砲のつるべ打ち、空から機銃弾。毎日、毎日同じである。

敵は武器を捨てて身体だけで逃げる。敵の兵器を捕っても、中に入れる（弾）薬が無い、重機、火炎放射器も使用できない。

四月十七日の激戦で八五％が戦死。はじめの中隊長、自刃。小隊長、二度目の中隊長戦死。我が小隊十六名となる。他の小隊二十四名。義勇隊の死者数知れず。我が中隊はよき指揮者なく、山を下りて大隊長のいる青葉山に行けば、三日前に妾を連れて逃げたとのこと。我々は烈火のごとく怒り見つけ次第〇〇。

敵も三十メートル位ならいつでも追い詰めてくる。致し方なく、重傷者は我が爆雷で、上官は拳銃で、自刃のできるものは自分で。

激戦、激戦で毎日食べるもの一つ無い。落ちている食物を拾いわずかだが食べる。

それから、北へ行けとの命令で行こうと思えば、戦車部隊に包囲され、突破して北へ行く。道にも谷間にも絶え間なく砲弾が落ちてくる。朝になれば上から、横から、後ろから。

四月末日、ピトス地区にて大包囲され死人の山となる。

夜は鋭光弾数発落とし、全島が昼間より明るくなる。追われ、追われて北のほうに。

敗走

旅団長の「セブ戦の回顧」と朝雲新聞社刊の『戦史叢書』の「中、南比離島部隊の終戦」を重ねて、父たちの敗走経路を辿れば以下のようになります。

日本軍の司令部はセブ市後方五キロ、標高三〇〇メートルのワットヒルにあり、近くに軍の飛行場がありました。

三月二十六日、米軍の艦砲射撃と空爆後の上陸を受け、日本軍はまずブサイタウンのトップスに逃げました。そこが熊本出身の兵隊が天山や阿蘇山と呼んだ、市街からおよそ一〇キロのセブ全市を一望に出来る小高い山の連なる一帯です。そこで三月二十六日から四月十六日ごろまでの二十日間、日本軍は必死に抗戦しました。

小林軍三さんの手記に、

「五日目より京念屋中隊長、大隊より駆けつけ指揮を執る」とあります。

米軍が上陸して戦闘が開始された日から五日目、と考えれば、三月三十一日ということになります。京念屋という中隊長の所属が分かれば、その時父たちがどの部隊で戦ったのかが分かります。しかし、京念屋という珍しい名前の中隊長は第一師団にも第百二師団の七十七、七十八および独立混成五十四という三旅団のどこを探しても見当たらない。従って、父たちがこの時どこの大隊に所属していたか、妾を連れて逃げ、〇〇された大隊長がなんという男なのかも判らないのです。

奮戦二十日間。天山も阿蘇山もついに破られ、日本軍は四月十七日ごろセブ市の北方五〇キロのカルメンからルゴ付近まで逃げました。

そして、四月二十六日ごろから五月十九日ごろまでそこに隠れ、五月の初旬から中旬にかけて、再び南下、セブ市北西一五キロのピトスに逃れました。

五月二日から十七日まで半月間そこにいたのです。

戦車を先頭に機関銃と火炎放射器で向かってくる米軍に対し、フィリピンの原住民にさえ笑われる〝竹やり作戦〟の大日本帝国陸軍。

六月下旬、島の主要部分を制圧し終えた、と判断した米軍は正規軍による攻撃を中止し、以降は現地人「ゲリラ」のみによる日本軍掃討が行われました。

米軍にとってセブ島の戦争は終ったのです。

第九章　本土決戦へ

二十年五月の「部落常会」

セブ島で現地人「ゲリラ」による日本軍掃討が始まり、「阿智郷」の本隊が大陸で第一歩を踏み出したころ、母村会地村の五月「部落常会徹底事項」は以下の通りです。

（一）今コソ国運ヲ決スベキ本土決戦ニ直面シタ、全軍特攻ノ成果ヲ持続シ戦勝ノ扉ヲ開クカハ今日此ノ一瞬ノ職域敢闘ニアル。食糧ヲ作ラウ。兵器ヲ作ラウ。我々ノ一切ノ力ヲ最高度ニ発揮スル秋ダ、モウ一度隣組ヲ見渡シ、皆ガ皆全力ヲ傾ケツクシテ敢闘ショウ。

（二）疎開者モ生産ニ協力ショウ疎開ハ避難ヤ逃避デハナク敵撃滅ノ戦闘配置デアリ従ツテ疎開地ハ戦闘基地デアルコトヲ考ヘテ疎開地ノ生産ニ協力ショウ。

一　疎開地ノ人情風俗ヲ害サヌ様土地ノ人々ノ生活ニナリキルコト

二　敵撃滅ノ復仇心ニ燃ヘ不馴ナ仕事ニモ頑張ルコト

三　受入側ノ人々ハ親切ニ指導シ各自ノ能力ニ応ジテ生産ニ協力サセルコト

（三）増産ニ手ヌカリナク頑張リヌカウ

①凍害ノ予防ニ就テ②春蚕ノ飼育ニ就テ③蓖麻ノ増産ニ就テ④補助食糧ノ増産ニ就テ⑤馬ノ増産ニ就テ　⑥牛其の他ノ家畜ノ増産ニ就テ

（四）防空態勢ヲ強化シ戦ヒヌカウ

①隣組長ノ任務ニツイテ

②家庭ノ任務ニツイテ

（イ）燃エ易イモノヲ整理スルコト

（ロ）防火用水ハ室内ノ何処へ燃夷弾ガ落チテキテモイイ様ニ配置スルコト

（ハ）防火活動ニ邪魔ニナル板塀等ヲ取リ除クカ通路ヲ設ケルコト

（ニ）待避所ノ改修又ハ整備ヲナスコト

（ホ）室内ノ障子ヲ取リハズシテ邪魔ニナラヌ所へ片付ル演習ヲナスコト

（ヘ）家人ノ合意ニ依リ家族全員待避所ニ待避スル演習ヲスルコト

（ト）屋内各所ニ焼夷弾落下ノ想定デ待避カラ直チニ防火活動ニ当ル演習ヲナスコト

（五）塩ヲ節約戦争生活ニ徹シヨウ

食生活ニモマタ兵器増産ニモ絶対必要デアル塩ハ戦局ノ推移ニヨリ外地塩ノ移入困難ニナツタ従テ食糧塩ハ今後配給ガ減少スルコトニナツタガ各家庭デハ配給ノ塩ハ徹底的ニ節約シテ戦争生活ニ徹シヨウ

①漬物ノ廃汁ヤ糠等ヲ活用スルコト
②配給サレタ食塩ハ食イ延バス工夫ヲナスコト
③塩ノナイ時オ互ニ融通シ扶ケアフコト
（六）国民登録ノ義務ヲ果サウ
①満十二歳以上以上六十歳未満ノ男子
②満十二歳以上四十歳未満ノ女子
（七）簡易保険一億新加入ニ努メヨウ
（八）集団疎開児童受入ニ就テ東京都世田谷区深沢国民学校児童
（九）集団疎開児童及疎開者ノ野菜供出ニ就テ
（十）林産物非常増産供出ニ関スル件
①木材　②薪炭　③松根油

義勇隊結成

そして更に五月二十四日「臨時常会」が聞かれ、会地村でも次の様な「本土決戦体制」がとられることとなりました。

席上次のような県からの文書が配られました。

義勇隊組織要綱

長野県

皇国ノ興廃ヲコノ一戦ニ賭スル未会有ノ重大危局ニ際シ、全県民ヲ挙ゲテ戦列ニ参加セシメ必勝滅敵ノ闘魂ヲ振起シ其ノ全力ヲ戦力ノ増強、皇土防衛ニ凝集、物心両面ニ亘リ決戦必勝ノ防衛態勢ヲ完備スルノ要今日ヨリ切ナルハナシ。即チ当面セル皇土防衛及補給生産ノ一体的飛躍的増産を図リ事態急迫セル場合ハ直チニ武器ヲ執ッテ躍起スル態勢ニ移行セシメムガ為左記ニ依リ義勇隊ヲ組織シ隣組相携ヘ相互率キテ困難ニ殉心以テ皇国護持ノ大任ヲ全フセムベク強力ニ指導実施セムトス

一、目的

（一）義勇隊精神ノ振起

（二）自職任ノ完遂（軍需増産及食糧増産）

（三）出動

（イ）食糧増産及軍需増産ニ関スル作業

（ロ）防空及防衛、戦災被害ノ復旧、都市工場ノ疎開協力、重要物資ノ輸送等ニ関スル工事又ハ作業

（ハ）陣地構築、兵器弾薬糧秣ノ補給等陸海軍部隊ノ作戦行動ニ対スル補助

（ニ）防空、水火消防其の他警防活動ニ対スル補助

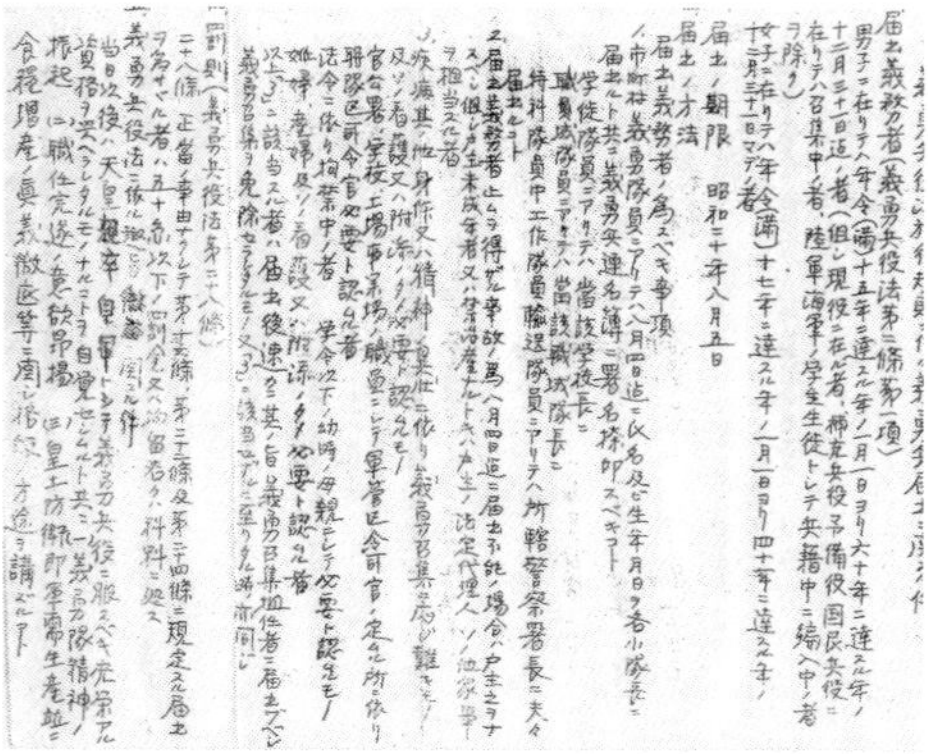

（四）義勇戦闘隊転移（軍統率ノ下兵隊業務及戦闘勤務ニ服ス）
二、構成
全県民網羅シ、地域、職域、特科、学徒及農兵隊ノ諸義勇隊ニ分ケ編成ス
地域義勇隊ハ市町村義隊トスルコト、各隊ノ幹部ニハ義勇戦闘隊転移ノ場合ニモ考慮シテ軍形式的機械的、或ハ勢力均衡的観念ヲ一掃シテ、年令、地位、職業ノ如何ヲ問ハズ真ニ其ノ隊ノ核心トシテ身ヲ以テ之ヲ率ヒ隊員又コノ指揮者ノ下依然死地ニ就キ得ル如キ人材ヲ起用スルコト

そして臨時村常会では次のような「徹底事項」が決定されたのです。

（一）義勇隊結成ニ関スル件
イ、義勇隊組織要綱（別紙）
ロ、義勇隊員名簿作製（別紙）
ハ、会地村義勇隊結成式挙行
五月二十五日午前四時集合開始、国民学校ニ於テ晴雨ニカカハラズ出席ニツイテ、国民学校青年学校ノ児童及生徒ハ別ニ各戸男子ヲ本隊トシテ一名ハ必ズ出席ノコト止ムヲ得ザル場合ノ女子、都合ノ出来得ル限リ該当者全員出席スル事各人別々ニ参集スルコトナク部落会長（小隊長）引率ノ上正確ニ集合ノ事隊ノ編成ニ付テハ現場ニ於テ指示ス

ニ、義勇幹部ニシテ今上他ノ幹部ト兼務ニナリタル場合ノ上級幹部ノ任ニ就キ代理者ヲ以テ補充スルコト
ホ、義勇隊結成ノ細部ハ近々御通知致シマス
ヘ、二十四日夜ハ全村一済ニ義勇隊結成ニツイテノ臨時常会ノ開催ノコト
（二）防衛資料調査ノ件
兵器並武器調査、火薬爆薬所有状況火薬爆薬類取扱経験者調査

この日各常会ではさらに「防衛資料調査」と称して、武器、火薬、爆薬に関する調査が行われました。

「猟銃」「尺五寸以上の日本刀」「槍」「袖ガラミ」「ダイナマイト」等の「義勇隊ノ結成上緊要ナル資料ノ提出」が求められました。

また老人の中で過去、煙火、流星（花火）等の製作、あるいは「勝手ノ床下ノ土ヨリ硝石採取ノ方法」など土地毎に独特の秘法を知るものは「今日ニ於イテ之ガ伝授ヲ授ケ活用スベキ秋ナリ」とされ、申し出る様指示がありました。

「正気のサタ」とは思えない事態が大まじめに進められていったのです。

最も海に近い太平洋岸の豊橋から一三〇キロも離れた信州の山奥の村で「本土決戦」が本気で考えられていました。

会地村義勇隊編成表

隊長
原　弘平

副隊長
佐々木要人

幕僚
岡庭公平
岩崎要人
村沢公民
佐々木喜代太

	中隊長
第一中隊	佐々木集一
	代理坂本龍助
第二中隊	原米男
	代理折山内明
第三中隊	矢沢竹治
	代理遠山彰
第四中隊	黒柳清重
	代理小池与八

小隊	小隊長	分隊
七久里	倉田芳一	一〜四
知久保	佐々木集一	一〜四
立丁	佐々木要人	一〜四
中関上	折山内明	一〜五
中関下	原義雄	一〜四
砂田	山田重喜	一〜四
馬場	岡庭源治郎	一〜二
木戸脇	井原国夫	一〜七
伝馬町	矢沢亀助	一〜五
下町第二	渥美猟市	一〜五
下町第一	大岩肇	一〜五
新富町	佐々木磯太郎	一〜三
栄節二	木下武男	一〜四
栄節二三	沢井胤雄	一〜四
上町第一	小池与八	一〜五
上町第二	原　準一	一〜八

一ノ沢　原　連　一～五
栄節二　木下武男　一～五
大橋　新井秀延　一～三
曽山　竹村宗作　一～三
国民学校・青年学校

第五中隊　竹上清人

戦時下最後となった昭和二十年八月二日の部落常会での「徹底事項」は、今までの「徹底事項」を総ざらいする様な盛り沢山のものでした。

（一）敵襲アリトモ断乎戦へ
一．敢斗精神ノ振起
二．防空非協力避難ノ防止
三．流造言ノ防止
四．生産低下ノ防止
五．即時出動ノ隊組織完了
六．戦災地急援出動ノ待機
（二）謀略宣伝ノ粉砕
敵機来襲ノ激化ニヨリ良心ノ攪乱ヲ目的トシテ偽造紙幣宣伝ビラガ撒布サレルガ其ノ内容ヲ流

布シタリ各人ガ拾得シ置クコトヲ敵ハ狙ウノデアル左記事項ノ徹底ヲ期スルコト
一．撒布サレタ宣伝ビラ偽造紙幣ハ隣組ヤ其ノ他ノ手デ急速ニ回収シ内容ヲ洩スコトナク警察
ヤ憲兵隊ニ届出ルコト
二．内容ヲ流布シタリ拾得セルモノヲ届出ヌト重イ処罰ヲウケル
(三)食糧戦ニ勝チヌケ
一．農作物肥培管理ノ徹底
イ．水田ノ早期除草ト回数増加ノ実行
ロ．病害虫防除ノ実行
二．蕎麦播種増産ノ必遂
三．甘藷貯蔵室ノ完成
四．作用堆肥原料ノ徹底蒐集
五．完全咀嚼ニ依ル一割減ノ克服
六．自給茶園ノ増成
七．混食調理ノ創意工夫
八．未利用山野草ノ食用化
(四)郵便年金ノ加入
(五)義勇隊組織ニ関スル件
男子　青年班　二五歳迄　　女子　青年班

壮年班　五〇歳迄　　　　婦人班

男子第一行動隊員年令六〇歳迄ニ延

(六) 貯蓄ニ関スル件

家賃間代等三割以上国民貯蓄ニ積立スルコト農業会、銀行、郵便局ノ三カ所へ関係地区ヲ別途指定ス

(七) 焼畑ニ関スル件、蕎麦割当五町歩

(八) 松根採取ニ関スル件

八月十五日迄一戸当一五〆以上ヲ成可分隊ノ共同作業ニヨリ完遂ノコト

そして同日、最初にして最後の「義勇隊命令」が下記の通り下された。〔写真〕

昭和二十年八月二日

会地村義勇隊命令

一、挙県麦作堆肥増産運動ニ全隊員ヲ出動セシムベシ

第一回草刈実施　八月八日ヨリ十二日迄

農家ト学童ノ協力ニヨリ完遂ヲ期ス、方法ハ小隊長ハ各自ノ実施予定及ビ学童受入予定数ヲ五日中ニ取

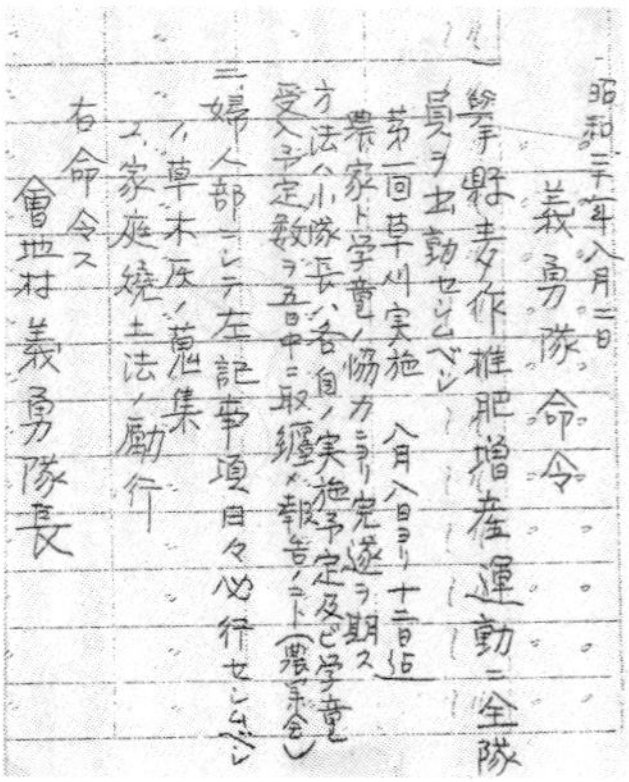

昭和二十年八月二日　義勇隊命令

一、挙県麦作堆肥増産運動ニ全隊員ヲ出動セシムベシ

第一回草刈実施　八月八日ヨリ十二日迄

農家ト学童ノ協力ニヨリ完遂ヲ期ス

方法ハ小隊長ハ各自ノ実施予定及ビ学童受入予定数ヲ五日中ニ取纒メ報告ノコト（農業会）

二、婦人部ニシテ左記事項日々必行セシムベシ

1. 草木灰ノ蒐集

2. 家庭焼土法ノ励行

右命令ス

會地村義勇隊長

纏メ報告ノコト（農業会）

二、婦人部ニシテ左記事項目々必行セシムベシ

1．草木灰ノ蒐集

2．家庭焼土法ノ励行

右命令ス

会地村義勇隊長

同じ二十年八月二日、関東軍報道部長・長谷川宇一大佐は新京放送局のマイクで放送しました。

「関東軍は盤石の安きにある。邦人、とくに開拓団の諸君は安んじて生業に励むがよろしい……」

（『ソ連が満州に侵攻した夏』）

すでにその時、ソ満国境の一五〇万のソ連軍は完壁に体制を整え、スターリンのＧｏ！の一声を持っていました。

第十章　地獄谷

「ゲリラ」

一方セブ島では「ゲリラ部隊」八五〇〇人に米軍の武器が渡され、日本兵は追い詰められていました。

日本の軍隊が現地住民からどれほど激しい怒りと恨みをかっていたか。

補給を断たれた日本軍が略奪の限りを尽くしたことは想像に難くないのです。

セブ市はフィリピンの物資の集散地として栄え、マニラに次ぐフィリピン第二の都市でした。そこに一九四二年夏、突然日本軍がやってきました。軍司令部が出来、万を越える日本の兵隊が進駐し始めたのです。間もなくアメリカ軍と日本軍の「決戦」が目の前で行われ人々はその戦争に巻き込まれ、略奪され、焼かれ、襲われ、殺されたのです。

すさまじい恐怖と惨劇がこのフィリピンの至るところで起きました。

住民にとって日本兵は哀れな犠牲者どころか、残虐な加害者だったのです。

『日本の戦争犯罪』（一九九五年、雄山閣）には、「戦争末期、米軍が上陸し日本軍が追い詰められる中で、村人を、子どもから老人まで皆殺しにした。フィリピンの日本軍による虐殺の犠牲者数は数十万人に上ると見られるが、ほとんど調査もされていない……」とあります。

戦後、フィリピン政府は先の戦争によるフィリピン人の犠牲者は一一〇万人だった、と発表しています。これはフィリピンにおける日本兵の戦死者の凡そ二倍です。

そして「ゲリラ」に追われた日本兵は最後に、セブ市から南西五〇キロのセブ島最高峰のマンガホン山を目指しました。そこは八〇〇メートル級の山が延々と続き、深い谷が口をあける断崖絶壁の地でした。生きのびてきた兵は六月二十五日から「八月十五日」をはさんだ月末まで、その山岳地帯に身を潜めていたのです。

セブ島の日本軍指揮官の多くは総攻撃に出て「玉砕すべし」と主張したようですが、ルソン島の第十四方面軍司令官はこれを却下。そのためセブ島の兵隊は、太平洋戦争終結の八月まで、「ゲリラ」と闘い続けることになったのです。

万城目旅団長の「セブ戦の回顧」は次のように続きます。

　四月末から五月の始め包囲網縮まり、五月十二日もはや総攻撃、玉砕を企てるも、山下方面軍司令官から『玉砕せず抵抗を続けよ』の命令を受く……

　五月十七日、西海岸を目指すことに決し南下、十日、セブ島中央部五〇〇メートル一帯に陣を敷く。比島人の戦闘参加も多くなる。弾薬尽き、攻撃は夜襲のみとする。

砲撃、爆撃も日に日に数知れず、糧食も無くなる。

六月十日、セブ島最高峰マンガホン西側地区のバランバン東方高台に移し、陣地を占領。糧秣の収集と兵力の温存に全力を注ぎ、最後の反抗を期しつつ、八月十五日、終戦の詔勅を拝す。

鬼

こうして、昭和二十年三月末から八月半ばまで五カ月の間、父たち凡そ数千人の敗残兵は死体の山を築きつつ、セブ島のジャングルを、飲まず、食わずで、逃げ回ったのです。旅団長の「セブ戦の回顧」が〝鳥の眼で見た戦争〟であるとすれば、一人一人の末端の兵隊にとってこの戦争の最後はどういう現実であったのか。小林さんの手記は一銭五厘で集められた〝虫けらの体験した戦争〟を伝えています。


五月十七日兵を集めて中隊を作り、熊本連隊の大西部隊の指揮下に入る。

そこでまた大包囲にあう。目前に敵歩兵数百。後方より戦車の大部隊。

ものすごい爆弾の雨となる。

多数の死者を出し、五月十九日、敵の猛攻撃の中、邦人の十歳以下の子供を〇〇に、との命令が我が小隊に。小隊長が私を呼び、「親牛を殺すか、子牛を殺すか。子牛を殺せ、出来るか」

と相談をかけられ、「出来ない」と言うと小隊長も、「自分も子供がいるのだ。それならこの場を逃げよう」

移動した後の話に、〇〇中隊が数十人の子供を集め、手榴弾にて〇〇したと聞きました。

「子牛を殺せー」と小林さんが小隊長に命令されたのは五月十九日でしたがその時、小隊はわずか十五、六人になっていました。のちに紹介する小林さんの手記によれば、その前日の五月十八日、父は小林さんの小隊に合流していたのです。

軍隊はいざというとき市民を盾にしてでも、軍隊それ自身を守る組織です。

上官の命令は朕の命令、つまり、天皇の命令で絶対でした。

だから「後から来た中隊は数十人の子供を集め、手榴弾にて〇〇した」のです。

無類の子煩悩であったという父が、一歩間違えばセブの戦場では「鬼」になったかもしれないのです。

敵中を突破してこんどは西へ行くことになりました。

その頃からマラリアに罹り高熱で倒れる戦友が三人、五人と出始めた。また自刃者も多くなった。食べるもの一切無く、ひと嘗めの塩も無い。

敵の急攻撃は手を緩めず、われわれは前後と戦い、負傷者をタンカで送りながら、西へ、西へ。だが、横幅の狭いセブ島では行く道が一本で後から行くものには食べられる草も無い。海岸線に人家はあるが周りは山ばかり。食物や水を探す苦労は言葉にならぬ。

六月のある夜、雨が降るおぼろ月、バナナ林の中で、誰が吹くのか尺八の〝追分〟これがこの世の別れかと、心に決めて聞いた。

昼はジャングルに、夜は西に、西に。四月半ばより食べるもの一切無い。ひと嘗めの塩も手に入らず、毎日、自刃者、倒れるもの無数となる。

それでも敵は迫り来る。ひとつ場所に五日といられない。敵の観測機が毎日数機、上空で旋回し見つかったら直ぐ敵数機がやってくる。

我々はだんだん音ひとつ立てないようにする。

そして、セブ島で一番高い山、八百メートルに近づき夜静かにしていると谷間の水音が、のどがカラカラ。降りても、降りても谷間にいけず、数時間でやっと谷間に着く。朝になる。その場所に、数日間で我が軍、邦人、数千人と集まる。だが食物が無い。

そのジャングルには無数のヒルがいて、夜、木の根で寝ることが出来ない。

近くに食べられる草一本無くなった。

毎日、倒れるもの、自刃者、数百人となる。

我々は七月十二日、約五十人で谷を出た。あまり死んだので「地獄谷」と名がついた。

地獄谷

玉兵団の軍旗も地獄谷で〇〇と聞きました。

我が中隊は山ひとつ越えましたが、やっとついたのが約三十人。後は道で倒れてしまった。

だが、その頃は全員がマラリアに罹り、一粒の薬も無い。

やっとのことで軍医殿を見つけ薬を頼めば、小隊長にだけ二粒、後は無い。

毎日の死者を埋める道具も無い。食物探しに出てゆけば敵が追い詰める。全包囲されている。

我々には、はじめは美しかった南十字星も敵機の灯と見える。


八月十五日夜半に外に這い出て夜空を見上げ、北斗七星を頭上に北西を指して祖国日本は、と見上げれば不思議や北西に流れ星。

これが最期の道標と拝み、だが、我々のからだには流す涙の露も無い。

死んでいった兵の苦しみを誰が祖国に知らせることが出来るか、と話す。


八月二十七日二人の息ある戦友を山に残し、小隊長、古年兵、六人の兵、全員死亡。

私一人生き残りました。私の他の中隊も含めて、神奈川県人初年兵五百数人のうち生き残りの者十三人だが、皆、早くなくなりました。

追伸

小林軍三さんの手紙には和文タイプできちんと打った四枚の手記とは別に、鉛筆の手書きの便箋が二枚添えられていました。

父の最期の様子を書き加えたものです。

原君とは十九年十月に別中隊になっていましたがその後、書いたとおりの激戦でセブ市北方へ。二十年五月十八日、そこで他の一人とまた私の小隊になりました。

原君の方も上官が全部戦死。兵隊が十数人残りましたが何一つ食べ物が無く、塩のひと嘗めも無いので体が弱っていました。

私らの小隊は元気なものだけが戦闘隊員となり、原君は十五人ほどの体の弱い者を集め、後方隊の班長となり、前線に出ないでおりました。

七月ごろまで会って話をすることもなかったが、七月八日か十日、「地獄谷」に私らより十日ほど遅れて来ました。その時は六人、他の戦友は倒れて死亡したとのことでした。

十分位話をして別の場所にねぐらを取りました。その場所は八百高地の谷間のジャングル。

昼間でも田んぼと同じで、ヒルが沢山いて、夜、木の根で眠ると目、耳どことわずつき、そこでたくさんの死者、自刃者の毎日。

余り死者が多いのでその谷を出ることにしました。

七月十二日、平塚の長持の江原、坂間の甘田元蔵君が途中で倒れました。

その日、原君を探しましたが、見あたらず、死亡したと思います。

吉沢の二宮徳蔵君も八月二十五日死亡しました。あとは別紙に書いたとおりです。

私が息あるうちに、と書きました。

なき戦友のご冥福を祈ります。

昭和六十一年九月　　三浦市三崎×丁目×番×号　小林軍三

父はジャングルの奥に一人で消えていきました。

薄れてゆく意識の耳に、大好きだった村祭りの太鼓の音でも聞こえていたのでしょうか。

太平洋戦争の四年間だけで日本軍の死者は陸軍一六五万人、海軍四七万人、合わせて二一二万人だと云われています。そのうち（広義の）飢餓による死者は一四八万人。

七〇%が餓えて死んだのです。

あのフィリピンのジャングルで、父たちは何のために、誰のために戦っていたのか、それどころか父たちは、いったい誰と戦っていたのでしょうか。

銃もなく、弾もなく、ひとなめの塩さえなく、無謀な作戦と無能な指揮官と無情な軍律だけがありました。

父たちは、マッカーサーやアメリカ軍や「ゲリラ」と戦っていたというよりむしろ、「日本の軍隊」そのものと戦っていたのかもしれません。

第十一章　平塚大空襲

火の海

昭和二十年（一九四五年）七月半ば。

満州が地獄と化すひと月前、そしてセブ島のジャングルで父が最期の時を迎えていたちょうどその時、平塚の留守宅もまた、生死の境にありました。

当時留守宅は、六十五歳の伊三郎おじいさんと父の妹で生まれつき病弱で寝たきりの二十二歳の宮子という叔母と三十八歳の母、十四歳の宏子姉と十一歳の徳子姉、それに私の六人家族でした。

昭和二十年七月十六日の深夜十一時すぎ、「空襲警報」のサイレンと半鐘が鳴り、突然B29爆撃機の大編隊による猛烈な空襲が始まりました。「平塚大空襲」です。

もう、皆寝ていましたが、突然ザーという、まるで夕立が降り始めたような焼夷弾の落ちるものすごい音がして、気がついた時には萱葺きの屋根が燃え始めていました。

子供たちは母に起こされ、急いで庭の隅の松林に掘られた防空壕に逃げ込みましたが、その時祖父は孫の宏子がそこに居ないのに気がつきました。

宏子姉は当時女学校の三年生、その晩遅くまで宿題の足袋を縫っていて、ぐっすりと寝ついたばかりだったのです。あわてておじいさんは燃え盛る母屋に引き返して孫をたたき起こし、縫い上がった足袋やカバンをもって出ようとするのを叱り、皆のいる防空壕に急がせました。家は崩れ落ちる寸前で宏子姉は裸足で飛び出したそうです。

しかし逃げ込んだ防空壕の中にも、土盛も丸太も貫通して焼夷弾が落ちはじめました。皆が外に出ようと出口のスロープを上りかけた瞬間、アッ！という間もなくその一発が徳子姉の頭を掠め、左足を直撃しました。私はそのすぐ後にいたのです。不発弾でした。もし爆発していれば、その瞬間、姉も私も命はなかったのです。

徳子姉は当時小学校五年生、運動会ではいつも一番の活発な少女でした。

おじいさんと母が手ぬぐいを裂いて必死に出血を止め、母がその徳子を、おじいさんが宮子さんを、宏子姉が私をおぶって防空壕を脱出しました。

あたりは火の海でした。

火の海。

前も後ろも、上から下から火が噴き出すように燃えているのです。

あちこちで焼夷弾が炸裂する中を、裏庭の竹やぶの中を走って逃げ始めました。十四歳の宏子姉が五歳の私をおぶって、竹やぶの中を裸足で逃げたのです。

途中でおじいさんは燃え盛る牛小屋の中で繋がれたまま狂ったように暴れている牛を放しました。

その牛は奇跡的に生き延びて、戦後、畑仕事にすごく役立ちました。

当時、村でただひとつのコンクリート建造物で一番安全なのは、田んぼに向かう渋田川の橋の下だったのです。しかしわれわれはそこまではたどり着けず、集落の一番北の端の高台にある「でえ」と呼ばれる農家のタブの木の下の稲荷の祠の前に腰を下ろしました。

橋までたどり着いても、橋の下は川の中まで逃げてきた人で一杯だった、と後で聞きました。わが家の六人は稲荷の前に座って燃え盛る村を、寒さと怖さに震えながら呆然と見ていました。夏の盛りで、しかも村中が燃えているのに、寒くて、寒くて、歯ががちがちなってどうしても止まらなかったのを覚えています。

小学校の木造ふた棟の校舎が次々に燃えて火の柱となってくずれ落ち、そのたびに火の粉が高く舞い上がるのが、この世のものとも思えないくらい綺麗にみえました。

翌春、一年生になって通うのを楽しみにしていた「中原御殿」の跡に立つ小学校の〝落城〟でした。

当時、平塚には日本海軍の大火薬廠がありました。

その昔、徳川家康の鷹狩の際の宿泊所だったという「中原御殿」には御殿を囲んで広大な松林がありましたが、明治維新後それは国有地となり、明治三十八年の日露戦争の直後、海軍が新しい火薬工場を作るとき、横須賀の軍港に近いその広大な松林に白羽の矢が立ったという訳です。四三万坪の広大な軍需工場です。

周囲は二メートル余のコンクリートの塀に覆われ、常に憲兵が巡回していたそうです。火薬廠には平塚駅経由で横須賀の海軍の軍港に通じる引き込み線が引かれていました。

わが家はその西北一キロの位置にあったのです。

建坪七〇坪の大きな母屋のほか、蔵や物置や味噌小屋、家畜小屋まであり、その工場の一部と見られたらしく、焼夷弾が先ず一発萱葺きの母家に落ち、空襲が始まりました。

地獄絵

ザーッという焼夷弾の落ちる音はまるで集中豪雨のようで、そのなかで絶え間なく雷が落ち続けているようでした。

その時のすさまじい音と光は五歳の幼い耳と目にも焼きつきます。

極限の恐怖は就学前の幼児の心にも生涯消えることのない記憶を残したのです。

目の前では地獄絵が繰りひろげられていました。

焼夷弾の内の一本が徳子姉の左足を直撃し、もう一本が隣の井上さんの鶴吉というおじさんの頭を直撃、おじさんは即死しました。その隣の佐太郎さん宅は夫婦と母と祖母、それに子供が十二人の十六人家族。〝産めよ増やせよ〟の時代で国男、守、功、富男、孝志など十二人の子沢山で表彰された大家族でしたが、防空壕の中に焼夷弾が落ちて爆発、授乳中の母親と乳幼児を含む七人が大火傷を負いました。

私はアメリカ軍のこの平塚の空襲は海軍火薬廠が最大の攻撃目標であった、と思い込んでいました。しかし、それならなぜ米軍は戦争の最末期までそこを攻撃しなかったのか？　軍需工場は、イの一番に攻撃すべき目標の筈です。また火薬廠が目標なら、なぜ一晩に八〇〇〇戸もの民家が焼かれ、三二八人もの市民が死んだのか。「塀の中」だけが目標ならそんな膨大な被害が出るわけはないのです。

この空襲による工業地域の焼失は「米軍の目標の二三％、これに対して市街地の焼失は五七％」でした。米軍の『作戦任務報告書』（次項詳述）を読んで「爆撃中心点」が国道一号線の「飯島デパート」付近、つまり平塚商店街のど真ん中であったことを知り、その謎が解けました。

アメリカ軍ははじめから市民を狙ったのです。よく言われるように、平塚大空襲は海軍火薬廠を狙った、というより、市民の居住地域を狙った典型的中小都市空襲でした。

生活基盤を崩壊させ、市民の厭戦意識を作り出そうという戦略によるものだったのです。

大砲を放つ軍艦も、爆弾を落とす飛行機もない日本軍の火薬などにアメリカ軍はもはや何の関心もなかったのでしょう。

瀕死の重傷を負った徳子姉は、爆撃の収まるのを待って明け方一旦近くの金田村長持の小川病院に担ぎ込まれましたが、そこでは手に負えず、平塚市内の石原病院に移され、傷ついた左の足は麻酔も何もないまま膝から下を、のこぎりで切り落されたのだそうです。

翌朝、秦野の母の実家から大学生だった弟の四郎叔父が、自転車でおにぎりを入れた重箱を持って見舞いに来てくれましたが、その時叔父が病院で見た瀕死の徳子姉に付きそう母の顔は真っ青で、目が釣りあがり、まさに鬼の形相であったそうです。

死ぬか生きるか、今晩がヤマといわれ、死線をさまよう十一歳の娘。

生きているのか、死んでしまったのか戦争に行ったままの夫。

その夫の留守中に取り返しのつかないことをしてしまったという後悔と絶望。

「シゲ姉さんはこのまま気が狂ってしまうのではないか、死んでしまうのではないか」と叔父はひそかに恐れ、涙が止まらなくなったということです。

空襲の翌朝、私も宏子姉と石原病院に行きましたが、廊下にまであふれた大勢のけが人が直接板の間に寝かされ、あちこちで、暴れたり、うめき声を上げたりしていて、恐ろしかったのを覚えています。

あれが「この世の地獄」と云うものだったのかもしれません。

一晩の空襲で村の大半が焼け落ち、何日も硝煙がたなびき、焼夷弾の残骸がいたるところに散らばっていました。母屋も物置も家畜小屋も無くなったわが家の広い庭に、庇が焼け落ちて白壁が真っ黒にすすけた土蔵と二本の石の門だけがぽつんと立っていました。

アメリカ陸軍作戦任務報告書

一九八〇年代に入りワシントンの米国立公文書館は東京大空襲を始めとする太平洋戦争時の日本各都市の空襲に関する機密文書を解禁しました。

『作戦任務報告書』（Tactical Mission Report）と呼ばれるもので、これは作戦を実施する米軍の各部隊の指揮官に報告が義務づけられ、上部の戦史将校を通じて軍司令官に報告されたアメリカ軍の機密文書でした。一九四五年二月の神戸空襲から作られたと言われています。

米航空総軍司令部が行った三三一回に及ぶ戦略爆撃作戦の一回ごとに報告書は書かれました。これによって平塚空襲の全貌はほぼ明らかになっています。

太平洋戦争末期の米軍による日本の都市への「無差別爆撃」はどのようなものであったのか。平塚市立博物館がワシントンの米国立公文書館から取り寄せた『作戦任務報告書』は作戦番号二七一～二七四分だけでB四版六七ページ、同じ夜同時に空襲になった、沼津、大分、桑名、平塚の四つの地方都市爆撃の詳細な記録です。これを解読した昭和二十年（一九四五年）七月十六日深夜の平塚空襲に関する「攻撃データー」は以下の通りです。

作戦番号　No.二七四（日本中小都市空襲の九回目）
所属航空軍　米陸軍第二〇航空軍三一四航空団（グアム島・ノースフィールド基地）
投弾機数　B29　一三八機（先導機一二機を含む）
攻撃始点　伊豆大島　乳カ崎付近
爆撃中心点　平塚市　国道一号線の商店街・飯島デパート付近
飛行速度　時速　四二六・五km（平塚滞空時間　二〇秒）
飛行高度　三三〇〇～三六六〇m

離着陸時間（日本時間）

一番機離陸　七月一六日午後四時三八分
最終機離陸　七月一六日午後五時四五分
一番機帰着　七月一七日午前五時五八分
最終機帰着　七月一七日午前八時二八分
初弾投下時間　七月一六日午後一一時三二分
最終投下時間　七月一七日午前一時一二分
M四七焼夷爆弾　四一七〇六本
M五〇焼夷弾　四〇六〇一〇本
計四四万七七一六本

米軍『作戦任務報告書』

『作戦任務報告書』は目標の重要性として「平塚は航空機用武器とその関連工業の中心で、さらに海軍工廠と航空技術の研究開発拠点がある重要地域である」と指摘しています。また平塚の位置は「相模湾の北で相模川のすぐ西に在り、東京の皇居から三八マイル（五四キロ）横須賀から一八マイル（二九キロ）のところ、横須賀、横浜、平塚を結ぶ活発な工業三角地帯の西の一角を担うところで、ＢＡＫＡの生産を行っている」と書いています。「ＢＡＫＡ」とは海軍特攻機「桜花」に米軍がつけた蔑称です。

グアムの基地を飛び立ったＢ29は七時間かけて平塚上空に至り、次々に焼夷弾の雨を降らせては去って行きました。平塚上空での滞空時間はわずか二〇秒。

一二機の先導機と一二〇機の爆撃機、あわせて一三二機のB29爆撃機が投下した焼夷弾の数は四四万七七一六本。二〇秒間に一機が平均三四〇〇本の焼夷弾を落としたことになります。地上はたちまち火の海になっていきました。

これに平塚市民は防空頭巾とバケツリレーで対応しようとしたのです。

平塚空襲が「大空襲」と呼ばれるのは、一晩に落とされた爆弾の数が三月十日の「東京大空襲」より多かったからです。

東京大空襲が焼夷弾の数三八万発だったのに対して、当時、人口わずか五万四〇五〇人の平塚市にアメリカ軍は四四万発、市民一人当たり八・三本の焼夷弾を投下しました。

『東京大空襲』（岩波新書）に「ルメイ指揮下の米空軍マリアナ地区爆撃隊はサイパン、グアム、テニアンの航空部隊から成り六〇〇機以上のB29を擁していた」とあります。

「ルメイ」Curits Emerson LeMay。

ある一定の年齢の日本人にとっては、決して忘れることのできないアメリカ空軍の少将の名前です。死者一〇万人、被災者一〇〇万人、二五万戸の家屋が焼失した昭和二十年三月十日の東京大空襲のアメリカ空軍の指揮官だった男です。彼が日本の都市爆撃をこれまでの「爆弾攻撃」から「焼夷弾攻撃」に切り替え、さらに、日本側の抵抗の少ない低高度での夜間空襲の命令を出したのです。

これらの空襲は日本国民を震えあがらせ、「鬼畜ルメイ」「皆殺しのルメイ」と恐れられました。

平塚を空襲したB29は「米陸軍第二〇航空軍」その司令官がカーチス・ルメイ少将でした。その三週間後、広島と長崎に原爆を投下した「第五〇九混成部隊」もルメイの指揮下にありました。

「平塚の空襲と戦災を記録する会」は会員二〇名、私もメンバーの一人ですが、一九八九年（平成元年）以来二十七年間、平塚空襲の体験者から証言の聞き取り、それを記録する活動を進め、昨年まで一六号に及ぶ『炎の証言』という冊子を発行し続けてきました。

そして、戦後七十年のこの七月、二五〇人を超える証言者の声をまとめた『市民が語る平塚空襲・通史編』というA四版・二八〇ページの詳細な記録をまとめ出版しました。

それによれば、七月十六日の深夜のちょうど一〇〇分間の空襲で、平塚市街と周辺の村の一万四一九戸のうち八二六九戸、七九％の家が焼失しました。罹災者は三四五〇一人。死亡は三二八人以上、と判明しました。

しかし負傷者の数は「把握することが出来ない。医療者は不眠不休で、次々に運び込まれる負傷者の数を記録も記憶もできない状態であった」と伝えています。

第十二章　逃避行

執念のメモ

満州阿智郷開拓団に「日ソ開戦、即刻避難！」の一報がもたらされたのは八月九日午後五時でした。悲劇は入植のわずか三ヵ月後に起こりました。

八月十日早朝、山本慈昭率いる阿智郷国民学校生徒隊を先頭に県庁所在地宝清を目指して逃避行は開始されました。山本さんの奥さんは一歳の子を背負い四歳の上の子は父に背負われていました。男子の大半はすでに現地応召されており七〇歳代三人、六〇歳代一人、五〇歳代三人を含む女と子供が大半で男子は三三人だけでした。

関東軍への信頼は絶対で、ソ連との戦いはすぐに片付き、一日か二日でまた戻れるだろうと考えた人が多かったのです。大事なものは各小屋の天井裏に隠し、身のまわりの品だけを持っての出発でした。一行は一五〇人、つい三ヵ月前歩いた道を逆にたどるのです。

だが、これはまさに地獄への旅立ちでした。夕方から降り出した雨は翌日になっても止まなかった。女、子供が中心の難民にとって、広野をゆく逃避行はただでさえ苦しい。雨はその苦しみを倍加させせました。老人からバタバタと倒れはじめたのです。

山本慈昭さんはこの悲惨な開拓団の最後の様子を、何とか母村に伝えようと執念でメモをとり続けました。ソ連に抑留され、昭和二十二年四月に帰国するまでそのメモを洋服のエリに縫い込んで隠し持ち返ったのです。

昭和四十八年十一月、私は番組の取材で村を訪れ、長岳寺の庫裡でそのメモを元に「阿智郷開拓団」の最後の様子を語る山本慈昭さんの証言を録音にとりました。以下はその要約です。

八月九日午後五時。阿智郷開拓団に早馬をもって、東横林開拓団より「日ソ開戦！宝清県域までひとまず引き揚げるよう」伝令あり。ただちに避難準備にかかる。

八月十日。早朝出発。国民学校生徒隊を先頭に、子もり隊、駄車、独身隊の順に列を作る。南合馬にて昼食、南信濃郷にて一泊。雨降りはじむ。

八月十一日。雨降り続き、悪路の中を東索倫開拓地に到着したのが午後一時、斥候の様子では反乱軍にて前進不安なれば、様子を探り来るまでとその地に一泊。一時ここにて玉砕かと思われ、倉庫内に一同集合、心配す。この夕刻、団員の塩沢兼三郎老衰のため、原岩雄付添い前進中の義勇隊の駄車に乗せられ本隊と別れ先行す。のちこの二人宝清郊外にて反乱軍のため戦死。

八月十二日。早朝出発。通過中の日本歩兵一個中隊援護のもとに、反乱軍の銃火を浴びることなく無事宝清郊外に来たる。折しもソ連偵察機三機上空に来たり、夢中で地に伏す。夜は強行軍にて先を急ぐ。雨降り続き、道路ますます悪し。

八月十三日。正午、宝石開拓団に入り昼食の後、ただちに出発。その夜雨中、木の下に野営、衣服ずぶぬれとなる。食糧は本団としては入植後まもなくこのころは皆無。開拓地内をあさり廻り用意する状態で、ことに塩に不自由した。この夜索倫開拓団の人から塩一俵恵まる。

八月十四日。蘭奉中国人集落に入り一泊。宝清県と勃利県の県境なり。折悪しく伍和出身の井原老人中風となり引率困難のため、後事を中国人に託す。

八月十五日。昼ごろ他の避難中の開拓団と合流。彼らの一行は皆駄車に荷物と妻子を乗せ避難するが、本団は入植日浅きため、駄車や牛馬とてなく、皆徒歩にて悪しき道を歩く有様は実に生き地獄にて、鬼にむち打たれて逃げまどうに似たり。

雨ますます激しく、車を捨てる者、牛馬を捨てる者あり。またこれを拾い、荷をつける者、馬を殺して食す者、いよいよ避難行困難なり。

昼ごろより雨やみ、旧宝清街道を前進中、前方にて日本歩兵の残留部隊と反乱軍との交戦あり、このため山中に一泊。

八月十六日。そろそろ食糧欠乏し不安のため食糧は団本部にて取りまとめ統制を取ることになる。

八月十八日。大東開拓団跡に滞在、他の避難開拓団と合流。子供の着がえなく、その上着のみ着のままぬれ通しのため、集落内をあさりふとん皮などにて着物を作る。

八月十九日。集結せる凡そ二五〇〇人の開拓団員は避難を開始、倭江上流を渡河し、依蘭方面より松花江を下り、ハルピンに向け出発する。

大勢のことなれば、渡河に一日を要す。流れ急にして、水深四尺。女、子供は、ロープにより荷物を頭にて渡る。川幅約三〇メートルぐらいなり。母親の名を呼びながら濁流にのまれる子供、泳ぎを知らず死んでゆく老人。自分も溺れんとし、馬の尻尾に摑まり危うく助かる。佐渡開拓団に一泊。

八月二十日。雨の中を山中に迷い、木の下に一夜を明かす。

八月二十二日。途中中国人集落より銃声起こり、一同駆け足にて前進。鹿島台地区にて反乱軍と交戦、三十余人の犠牲者あり。

八月二十三日。目的の依蘭方面脱出困難を知り、一同佐渡開拓団本部に入り一泊。この夕刻、ソ連の飛行機、佐渡の上空を偵察中、本部前の麦畑に不時着。男子全員をもって大隊を編成、うち十数人をもって飛行機に近寄り焼き払う。この時伍和出身の原彦男、敵弾のため戦死。本部入り口南側の花園に葬る。(全員未だ終戦になりしことを知らず)

八月二十四日。依蘭方面への脱出困難となり、勃利方面にのがれんとするも、大茄子橋落ちて川深く、婦女子渡河困難。山岳方面に出でんとするも脱出おぼつかなく、ここに各開拓団幹部協議の結果、第一は妻子を殺し独身となり、牡丹江に向かって日本軍に合流せんとする者、第二は、出来ることならこの地に余生を送らんとする者、第三は、のがれるまで逃げて後自刃するか、またはそのうち一人でもよいから内地にこの悲報を伝えようとする者、第四には妻子を銃殺のうえ、この地にソ連軍と一戦交えんとする者。

以上意見まちまちとなり、第一を決行する者ありと思えば、万金山開拓団のごとく、夫は妻子を次々と銃殺し、ソ連軍を待ち受けるなど、自分たちの目前でこの実行に移り、顔をそむけざるを得ない状態である。

「阿智郷開拓団」の方針は、独身者は牡丹江方面に、家族づれは山岳地帯より勃利方面に脱出すべく決意し、もし生あらばこの悲報を母村に伝えよと、小笠原団長の解図式辞の後、一同東方に向かって「君が代」を合唱するも、ただ悲涙ほおを伝い、声ふるえて出でず。だれ一人として顔を上げ得ず、我が子を抱きしめ、祖国、母村にいる母浮かぶのみ。

多くの母親と子供たちは「生きることに疲れた」と動かず、自決の道を選ぶ。

「母の手にかかりて逝くや肌寒し」

やがて独身者の一隊は夕刻より夜陰に乗じ道を牡丹江に向かって進み、家族づれの一行は、山本、島岡両家族に南信濃郷の負傷者島田を引きつれ、夕刻を利用して第一陣として脱出、山岳方面より勃利に向かう。

一里も徒歩し、山頂の木の下に一夜を明かすころ「佐渡開拓団本部」方面あたりに銃声しきりなり。あとにて聞くところによれば、夕刻七時ごろソ連軍の大襲撃を受け、残れる一七〇〇人は、軍備整えるソ連正規兵および反乱軍のため皆殺しにさる。

（昭和二十八年県調査　山本慈昭の供述から）

＊

佐渡跡戦争事件細部状況

一、鹿島台付近の戦争により進路を変更し後退を余儀なくされた引率行動群は八月二十二日東安省勃利県七台河村附近の佐渡開拓団跡（同団は引揚出発した後で、家屋だけあった）に到着し、引揚目的地である依蘭、勃利等ソ軍すでに占領の情報に一時的に同所に滞在した。

二、八月二十三日夕刻同所南方麦畑中にソ軍偵察機一機が着陸したので南信濃郷、阿智郷の団員一五名が不時着か否かを偵察のため機体附近に接近したところ、突然機体内の搭乗員から拳銃射撃を受けたので、兵器を所持していないため団に引返して人員点呼をしたところ原彦男（阿智郷団員）が帰団しないことを知り各団から一五名の死体収容班を組織し同機に至りたるも搭乗員は逃亡していなかったので、同機を焼き死体を収容し帰還した。

三、八月二十六日深夜よりソ連軍は団を包囲し二十七日払暁となるや団の北及び東南方に赤信号弾が発射されこれを合図に機関銃二、迫撃砲四、自動小銃多数を有する約一五〇の敵より一斉攻撃を受けたるをもって正村秀二郎（更級郷開拓団長）総指揮者となり全員に対して「死力を尽して戦い皇国に報ぜん」ことを誓い男子全団員を四囲の土壁に配備し小銃をもってこれに応戦することを命じ婦女子は弾薬、食糧の補給に任し全団員一丸となって防戦に努めたるも死傷続出し優勢なる敵火力に包囲圏を圧倒され一三時三〇分正村団長以下生存者全員、小学生（五年生以下）に至るまで東門より敵中に突撃を敢行、玉砕し果てた。一四時頃ソ軍侵入占領せられ残存婦女子は全員東門外の漬物小屋に押込め四列横体にして外部より手榴弾投擲し全員を殺害した。

＊

八月二十七日。山の下に見える鹿島台の中国人集落に勇を鼓して入る。中国人より「日本敗戦」のことを聞くも信じられず。

ひさしぶりに白飯にありつく。わが子啓江をくれと村長より懇望されたが断る。

八月二十八日。七河台の中国人に案内され、一里離れた朝鮮人集落に送り込まれる。ここにて日本敗戦を耳にし、その真実なるを知り一同男泣きに泣く。午後朝鮮人の案内にて全員勃利のソ連軍司令部に連行され抑留さる。

九月三日。勃利からソ連軍監視兵に付き添われ千振の収容所に移る。この収容所は元監獄で三〇〇名ぐらいの男女、子供がひしめき合っている。お互いの生存を喜ぶ者、そしてただ生きているだけで生気なく死を待つだけの人。

「十八歳以上の男子は収容所前へ整列せよ!」

突然ソ連監視兵が命令した。使役として荷物を運搬させるためとのこと。しかし、外に出たらそのままどこかへ連行される身となる。だまされた! 最後の言葉ひとつ交わせず妻とも子ともこれが最後の別れとなった。

九月八日。モンゴメリー兵舎に収容される。

九月二十六日。ハバロフスク収容所に移送され、以後一年七カ月の抑留生活に入る。

山本さんをはじめ島岡弘、野中忠一、羽場崎清志、井原茂一、所沢長治の六名がハバロフスクの収容所に抑留されたあとも逃げまどうソ満国境の開拓団の人々を悲劇が襲っていました。逃避行においてもっとも悲惨であったのは女性と子供たちでした。

疲れはて、追いつめられ絶望的になった開拓団の集団自決が八月二十日過ぎからいたるところで始まっていました。

母親たちは唯、自らの命だけを断った訳ではない。

彼女たちはそれぞれ罪のない幼な子、乳のみ子を抱えて共に死んでいったのです。生命を守ってくれる筈の関東軍に最先に逃げられ、包囲され、脱出の望みを絶たれた幼な子を抱いた人々にとって最後に残された自由が死でした。

「自決」とは殺し合いでもありました。銃や包丁や農具や石や素手で、親が子を、子が年老いた親を、兄が妹を、夫が妻を殺し、最後は自ら命を断つ。

第十三章　還らざる夏

祖父

平塚大空襲の日からちょうどひと月後、戦争が終わりました。

昭和二十年（一九四五年）八月十五日正午、天皇は「ポツダム宣言」を受諾したことをＮＨＫのラジオで国民に伝えたのです。いわゆる「玉音放送」です。

私は、焼けなかった原伊太郎さん宅の庭の縁台に出されたラジオの前に集まった大勢の人の群れの中でその声を聞きました。みんな裸足でした。何を言っているのか理解できませんでしたが、戦争が終わったらしいことはその場の雰囲気で自然に解りました。

その時、〝アメリカが来たら、十二歳以下の男の子はみんな殺されるのだ〟という人がいて、怖かったのを覚えています。

生まれる二年前に始まっていた日中戦争も、生まれた二年後に始まった太平洋戦争も終わったのです。日本は無条件降伏し、連合国軍に占領されることになりました。

八月三十日、連合国軍最高司令官ダグラス・マッカーサー元帥が厚木飛行場に到着。

九月二日、アメリカ戦艦ミズーリ号上で降伏文書の調印が行われました。

九月八日、連合軍は東京に入り、皇居の真向かいの第一生命ビルに総司令部（ＧＨＱ）を置き、日本の占領が開始されました。

平塚の町にもアメリカの兵隊が進駐を始め、海軍火薬廠の正門に星条旗が揚がりました。

秋になるとポツリポツリと近所の家のおじさん達が還ってきはじめました。内地勤務であった三郎叔父も、マニラで米軍の捕虜になっていた栄治叔父も帰還しました。向いの一家も満州から引き揚げてきました。

父さんも還ってくる……わくわくしました。

しかし、年が明けても何の通知もありませんでした。


そんな母と三人の子にとって最後の頼みの綱は祖父でした。

しかしその祖父も、家は丸焼けになり、孫娘は重傷を負い、長男は生きているのか、死んでしまったのか、一生の不幸が一気に押し寄せる中、焼け残った土蔵から米俵を持ち出そうとして腹の上に落とし、それが元で五日後の昭和二十二年五月二十日の朝、あっけなく死んでしまったのです。

祖父の死の半年前、昭和二十一年十月二十一日、ＧＨＱは正式に「農地改革令」を発し、わが村もその渦中にありました。

祖父は連日貸し付けていた農地を巡る小作人との返還交渉の矢面に立っていたのです。

小作人にしてみれば黙ってそのまま借りていれば、まもなくただ同然で自分の物になる。しかし、祖父にしてみれば、戦争が終って息子が還ってくるまで、ほんの一～二年のつもりで小作に出した田畑もありました。せめてその分だけでも取り戻したい、と考えたのは無理からぬところです。自分の代で、先祖から預かった田畑をなくしてしまうのか……。

返還を渋る小作人が毎日家に来て、祖父と難しい顔で、話し合いをしていました。

村中が農地改革の嵐に突入したその最中に、祖父は突然死んだのです。

日露戦争の勇士の六十八歳の最期でした。

家の行く末をどれほど案じて死んでいったことか。

それより十日前の五月十日、寝たきりだった叔母が二十四歳の生涯を閉じていました。末娘を後に残さず往けたのが、祖父にとってのせめてもの慰めだったのかもしれません。

戦死公報

祖父の突然の死。

それでもなお、母と子にとってのかすかな希望が、ジャングルに入って行った「父の最期は誰も見ていない」ということでした。

戦死公報が来て、葬式まで済ませた人が突然生還する例もあったのです。

それにもかかわらず、その頃母は、朝早くごはんを炊いているようなとき側にいると、〝父さんは、もう還ってこないかも知れない〟とよく言ったのです。

私はムキになって〝父さんは生きている、必ず還ってくると〟泣きながら言い返しました。還ってこないかも、という母の言葉が、余りに冷たく、憎らしいように聞こえたからです。しかし、後でふと気がつきました。

そう言っていたほうが、神様が可哀想にと父を返してくれるのではないか、と思っていたのだ。母は、神様にすがっていたのです。

「父さんが帰ってきたら最初のうちはお粥を食べさせなくてはいけない、身体が弱っているからすぐ硬いご飯を食べさせるとお腹をこわす」と母が話したことがありました。

しかし、そんな母子の願いも虚しく、忘れもしない昭和二十二年六月十五日、戦死公報が来たのです。

「原準一殿、昭和二十年六月十五日、比島・セブ島セブ市にて戦死」

死んで二階級上がった「陸軍兵長　原準一」の無言の帰還でした。

市内のお寺で行われた慰霊祭で渡された白木の箱を、家に持ち帰って、母と姉と開けた晩の、息の詰まるような気持ちを、私はいまも覚えています。

中には、表に「原準一之御魂」裏に「昭和二十年六月十五日」と書かれた位牌の形の薄い木切れが一枚入っていただけでした。

しかし、その日まで母も子も父は生きている、と信じていた。祈っていたのです。

だから母にとって父の命日は二十二年六月十五日です。

十七回忌に父の石碑を建てるとき私は、二十年六月十五日ではなく、母がついに父の死を認めた、「昭和二十二年六月十五日死亡」と刻んだのです。

五月十日、叔母。五月二十日、祖父。そして六月十五日、父。

昭和二十二年初夏、わが家はひと月余の間に三つの葬式を出し、その度に小学二年生の私は位牌を持ちました。

そして、時を同じくして、わが家は農地改革により、田畑の大半も失ったのです。

戦没者名鑑

昭和三十四年に市の教育委員会が編集した『平塚市戦没者名鑑』という本があります。
明治以降の戦死者全員の名と遺族の住所、氏名が記載されていますがそれによれば、明治、大正、昭和の平塚の戦没者総数は二三六五名。
「西南ノ役」九名
「日清ノ役」一二名
「日露ノ役」五九名
「満州事変」一五名

「支那事変」　一六六名
そして、
「大東亜戦争」二〇七九名（不明二五名）
全戦死者の八八％が昭和十六年以降四年間の太平洋戦争で命を落しています。
戦没者を三名以上出した家が一〇軒、二名の戦没者を出したのは一五一軒。
戦場は大陸各地から太平洋の全域に及んでいます。
その二〇七九名の太平洋戦争戦没者の名簿から、フィリピン方面で戦死された方々を数えあげてみました。

ただ「比島」と記されたもの　六二名
ルソン島　一一〇名
レイテ島　八八名
ミンダナオ島　四二名
マニラ沖海上　三五名
セブ島　二一名
ネグロス海上　六名
フィリピン沖　三名
比島方面海面　一名

比島方面方角西　一名
比島方面海上沖　一名　　　　計三七〇名

レイテ島で八八名、セブ島で二一名、合わせて一〇九名が亡くなっておられます。マニラ沖海上、ネグロス海上は同じ日の犠牲者が多く、輸送船が敵の潜水艦に沈められたものと考えられます。

そして比島方面海面、比島方角西、比島方面海上沖の三名は特攻隊員であったと推定されるのです。

以下は「昭和二十年にセブ島で戦死した方々」です。

（一）　陸軍兵長　仲野武雄　明治四一・八・九生
　昭和一九・一二・一五　セブ市にて戦死。遺族、妻ハル　平塚市本宿

（二）　陸軍兵長　原田三郎　明治四〇・二・二六生
　昭和二〇・六・一〇　セブ市にて戦死。遺族、妻テル　平塚市本宿

（三）　海軍二等整備兵曹　水元孝之　大正一〇・二・一五生
　昭和二〇・四・一五　セブ島にて戦死。遺族、母カク　平塚市本宿

（四）　海軍軍属　渡辺静　明治三五・五・二九生
　昭和二〇・八・一三　セブ市にて戦死。遺族、妻サク　平塚市本宿

（五）陸軍兵長　古谷要造　明治四一・二・二六生
　昭和二〇・八・二九　セブ市にて戦死。遺族、妻ツル　平塚市新宿
（六）階級不明　栗原長吉　明治四一・五・一七生
　昭和二〇・六・八　セブ病院にて死亡。遺族、妻テツ　平塚市新宿
（七）陸軍兵長　堺安蔵　明治四一・二・一九生
　昭和二〇・四・九　セブ島カタルビ方面にて戦死。遺族、弟峯吉　平塚市新宿
（八）陸軍兵長　内田浅吉　明治四一・五・八生
　昭和二〇・四・一〇　セブ市付近にて戦死。遺族、兄佐助　平塚市馬入
（九）陸軍兵長　相原保雄　明治四一・一・二八生
　昭和二〇・八・一三　比島セブ市にて戦死。遺族、妻静江　平塚市八幡
（十）陸軍上等兵　田辺多喜司　明治四〇・一・一生
　昭和二〇・六・一八　セブ島にて戦死。遺族、妻トヨ　平塚市四之宮
（十一）陸軍一等兵　相原朝作　明治四〇・三・八生
　昭和二〇・一・一九　比島セブ市にて戦死。遺族、母ヨネ　平塚市四之宮
（十二）陸軍兵長　原準一　明治四一・六・二五生
　昭和二〇・六・一五　セブ市にて戦死。遺族、妻シゲ　平塚市中原下宿
（十三）陸軍上等兵　岩崎慶太郎　明治四一・九・一四生
　昭和二〇・一・一四　セブ市カルメンにて戦死。遺族、妻千代子　平塚市大神

（十四）陸軍兵長・江原栄三　明治四三・四・一二生
　昭和二〇・七・一五　セブ市にて戦死。遺族、長男美宏　平塚市入野
（十五）陸軍兵長・小林俊助　明治四二・一一・二八生
　昭和二〇・三・二九　セブ市にて戦死。遺族、妻ミツ　平塚市岡崎
（十六）陸軍兵長　市川幸春　明治四一・三・一一生
　昭和二〇・四・一〇　セブ市にて戦死。遺族、妻テツ　平塚市岡崎
（十七）陸軍兵長　二宮徳蔵　明治四〇・一・一五生
昭和二〇・四・一〇　セブ市にて戦死。遺族、妻ゆき　平塚市下吉沢
（十八）陸軍一等兵　石井博　明治四二・一一・四生
昭和一九・九・一二　南方セブ島にて戦死。遺族、父嘉十郎　平塚市土屋
（十九）陸軍軍曹　鈴木文蔵　大正八・一〇・三一生
昭和一九・一〇・一八　比島セブ市にて戦死。遺族、兄岩本正治　平塚市
土屋
（二十）陸軍兵長　金子新一　明治四〇・二・二〇生
昭和二〇・七・一二　セブ市七五〇高地方面にて戦死。遺族、妻トミ　平塚市
根坂間
（二十一）陸軍兵長　甘田勝利　明治四〇・一・八生
昭和二〇・七・一五　セブ市にて戦死。遺族、妻ヨシ　平塚市万田

（十二）がわが父、（二十）が「東部八部隊」での最後の面会の様子を書いた金子トミさんの夫、新一さんです。
（三）の水元さん、（四）の渡辺さんは「海軍」で、また（十九）の鈴木さんは生まれた年も大正八年と若く、階級も軍曹で父とは明らかに別の部隊だったと思われます。
残り一八名は明治四十年から四十三年の生まれで、戦死したとき三十六歳から三十九歳、しかも階級は戦死して陸軍兵長か一等兵、上等兵です。

この一八名の方々が旧平塚市内と戦後平塚市に合併された近隣の村の出身者で、父とともに招集された神奈川県下五〇〇名の一部であったと考えられます。
（十四）の江原栄三さん、（十七）の二宮徳蔵さん、（二十一）の甘田勝利さんの三名は小林軍三さんの手紙にその死が市内の旧村名と共に書かれています。最後の最後まで、父と生死を共にした方々でした。
遺族は父、母、兄、弟、長男がそれぞれ一名、妻が一六名。

ハル、テル、カク、サク、ツル、テツ、トヨ、シゲ、ミツ、テツ、トミ、ヨシなどカタカナふた文字の〝戦争未亡人〟と呼ばれた妻たち。

母

三人の葬式が終わると母は生まれて初めて田に入りました。

その日から母の戦後の長い戦いが始まったのです。

広い庭と一五町歩の内の五反の田と三〇町歩の内の二町三反の畑が残されていました。

しかし、慣れない女手ひとつで三町歩に近い田畑を耕すことは出来ません。

まず、母の農作業を手伝うために上の宏子姉が卒業直前で女学校を中退させられました。同じ頃、長く中国戦線にいて、最期はフィリピンのマニラでアメリカ軍の捕虜になり、敗戦の翌年夏帰還した父の末弟の栄治叔父が、小学校時代の同級生と結婚しました。

そして、その叔父と、とみこさんの夫婦が同じ屋根の下に住み、母と姉と一緒に農作業をすることになりました。

母とわれわれ三人の子供は父の弟夫婦の世話になり、戦後を生きることになったのです。

住む家はすでに再建されていました。

祖父にも意地があったのでしょう、焼けた家と同じような欅《けやき》つくりの大きな家でした。

叔父さん夫婦は二人とも良い人でした。特にとみこ叔母さんは優しい人で、母の立場に同情してとても好くしてくれました。

しかし、そうは云っても所詮こちらに世話になる身です。晴れた日ばかりではありません、雨の日も颪の日もあったのです。

それからはくる日もくる日も、寒い日も暑い日も、母と姉は黙々と働きました。

畑作中心のこの辺りで、農家が休めるのは年二回「盆と正月」だけでした。正月は松飾りが取れると、早速、わら仕事です。わら仕事の一番の基本は、〝縄ない〟です。縄が無ければその後の農作業は何にも出来ないからです。

母は藁小屋にこもって、一日中黙々と縄を編みました。まず輪切りの太いけやきの台座の上に稲わらをひろげて、〝さい槌〟と呼ばれるモチノキで作った手製の小型のハンマーでたたいて、やわらかく、編むのになじむようにします。そうしないと縄に編んでも弾力が出ず、すぐ切れてしまう。これがひと仕事でした。山ほどの稲わらをたたかなければならない。手はマメだらけになり、つぶれて、血が出て、痛くて〝さい槌〟を握ることも出来なくなります。しかし、我慢してその手で鍬や鎌も握ってゆくうちにマメは固まり、指は太くなり、あのぶこつな百姓の手が出来上がってゆくのです。

次に、製縄機と呼ばれる足ふみの縄ない機があり、それを踏みながら打ち終えた稲わらを二〜三本ずつ交互にいれ、縄を編んでゆく。私も学校から帰ると、いつも母と向かい合って座り、二人で片方ずつペダルを踏みながら稲わらを入れてゆきました。

毎日一抱えもある縄の玉を三つも四つも作りました。

次はその縄を使って、大麦のわらで〝とば〟と呼ばれる一種の菰《コモ》を編みます。

三尺幅の手製の〝とば編み器〟に石の重りをぶらさげた縄を前後に四組垂らして、その重りを交互に入れ替え、間に大麦のわらを挟んでタタミ一畳ほどの、とばを編んでゆきます。一日三〜四枚、一冬に五〇枚も編むのです。全部母ひとりの仕事でした。

それが終わると叔父が竹やぶから竹を切りだし、それを二つに割って、稲わらをはさんで止め、四隅の杭に縄で縛って囲いを作り、庭に二〇坪ほどの苗場（温床）を作ります。

ケヤキの落ち葉や籾殻を囲いの中に積み、堆肥や米糠を混ぜてよく踏み、水をかけ発酵させる。次に、秋に土中に深く掘った〝芋がま〟に入れてひと冬保存していたサツマイモの〝種芋〟を掘りだし、苗場一面に並べて土をかけ、発酵の熱で発芽させます。

苗場の囲いの両側に竹のさおを渡しその上に〝とば〟を掛け、保温しますが、雨が降ると、朝、その〝とば〟をはずして陽にあて乾かすのが一仕事でした。ぐっしょりと濡れてとにかく重い。半月もするとサツマイモの苗は二〇〜三〇センチに育ち、四月二十日ごろから、植え付けが始まります。多い年にはサツマイモだけで、一町歩も植えたのです。

麦畑の間の畝に沿って、私が後ずさりしながら、苗を落とし、それを、母が一本一本手で植えてゆきました。中腰のまま植え続けるのですから腰が痛くなります。それを我慢し続けると、やがてしびれて、痛みの感覚が消えてゆきますが、長い歳月それを繰り返すと、腰は曲がったままになってしまうのです。サツマイモの植え付けだけではありません。

その当時の農家の仕事は田植えも、田の草取りも、稲刈りも、みんな中腰の作業でした。

土

サツマイモの植え付けが終わると麦刈りです。

麦には〝ノゲ〟と呼ばれる実の先にとがったギザギザの棘があり、それが刺さって痛いのです。当時「麦秋」という小津安二郎監督の映画がありましたが、そんなロマンチックな語感とはまるで違って、麦刈り、脱穀は〝ノゲ〟がチクチク刺さって、つらい作業でした。

麦が終わると、息つく間もなく田植えです。

〝二毛作〟といってその頃はどこの田んぼでも冬に麦を作付けしていました。その麦を刈り終えるとすぐ牛を使って田を鋤き起こすのです。

私は小学校六年生のときから、牛で田や畑を鋤くことが出来るようになりました。

その牛は空襲で家が丸焼けになった晩、燃え盛る牛小屋から祖父が救い出して、奇跡的に生き残った〝朝鮮牛〟でした。

あの大きな牛を小学生がよく使いこなせたものだ、と思うかも知れませんが、一年生のときから、稲わらの飼葉を切り、えさ桶に米ぬかと一つまみの塩とバケツ一杯の水を入れて木の棒でかき混ぜて牛に餌をやるのは、毎日朝、晩の私の仕事でした。

牛の糞を堆肥小屋に積み出し、新しい敷き藁をしく、牛小屋の掃除も全部私がやりました。時々、牛を引っ張って川に行きタワシでこすって体を洗ってやりました。

毎日世話をしていたからこそ、牛もよく言うことを聞いてくれたのです。

中学生になると家の三町歩の田や畑は全部、私が鋤き起こしました。春耕の時期になると、母の作ってくれた弁当と水筒を持って牛車に鋤を乗せて一人で田んぼに行きました。当時は田んぼのある「豊田」の耕地の周りに人家はほとんどなく、箱根外輪山とその向こうにそびえる富士山から大山、丹沢の山々が裾野までぐるりとよく見えました。田んぼにはカエルもフナもドジョウも田螺《たにし》もたくさんいました。

広々とした田んぼで、牛の引く鋤の下から新しい黒い土が盛り上がってくるのを見るのは気持ちのいいもので、私はその仕事が好きでした。

鋤は高北農機製の〝土の母〟という名でした。

鋤起こした黒い土の上にはすぐクモが糸を張り、それが風に揺れてきらきら光ってきれいでした。

私が中学三年の春、良く働いてくれたその朝鮮牛も歳をとり力が衰え、若い牛を買う代わりに売られてゆくことになりました。最後まで家において面倒を見てやりたい、と思いました。しかし、当時の私の境遇では、どうしようもなかったのです。

おじさんが受け取った何千円かのお金と引き換えに家畜商に引かれてゆくとき、私のほうを向いた牛の目から大きな涙がこぼれました。自分の運命が分かったのです。

田植えが終って十日も経たないうちにすぐ田の草取りです。農薬も除草剤もない時代、真夏の炎天下、生暖かい水の中で中腰でやる田の草取りは、農作業の中でも最もきつい仕事でした。しかも二番草、三番草といって少なくてもひと夏に三回は取るのです。

田の草取りが一段落すると七月初旬からサツマイモの収穫が始まります。昔から「相州早掘り甘藷」と呼ばれ、七月の東京のお盆に間にあう早生のサツマイモとして、平塚名物でした。

私も朝早く起こされて、ねむい眼をこすりながら畑に行き、学校に行く前に二時間もイモ掘りを手伝いましたが、イモのヤニが手について洗ってもなかなか落ちない。学校で鉛筆を握ってもべとべとして困ったものです。掘ってきたイモは蔵の前の椎の木の下の日陰で、茎や根をとり、一〇キロずつ竹のかごに入れて、縄で縛って農協に運び、東京の市場に出荷します。毎朝三〇籠も出しました。

夏休みは朝から夕方暗くなるまで、毎日野良仕事。

イモを掘ったあとの畑に次々に大根の種を蒔くのですが、平塚は砂地なので土がすぐ乾くのです。種を蒔く前には必ず畑の隅に掘られた井戸から長い竹竿にバケツをつけた〝つるべ〟で水を汲んで、前後ふたつの桶に入れ、天秤棒で担いで畑に運び、柄杓《ひしゃく》で畝に一筋ずつ水を撒いてゆくのです。お宮参りの時、神様に手を合わせる前に、手に清めの水をかける柄のついた道具がありますが、あれが柄杓です。

畑で使うのは柄の長さが一メートル半もあり、水も二リッターも入る大きなものです。

それで畝に浅く掘った溝に水を撒いてゆきます。そこに大根の種を蒔いて土をかける。

亡くなられた新藤兼人監督の「裸の島」という映画がありましたが、あの映画にそっくりなのです。ただ映画では転げ落ちそうな瀬戸内海の段々畑が舞台でしたが、平塚は平らなのでその点は助かりましたが……。

それを叔父さんと二人で、小学生の私が炎天下で連日、朝から晩までやったのです。

没落地主

その大根は十二月のはじめ、夜中の二時、三時に起きて、真っ暗闇の中、月明かりでひき抜き、リヤカーで家に運んで黄色い枯れ葉をむしり、井戸水を汲んで、たわしで一本、一本洗うのですが、その水の冷たいこと、手がかじかんで泣きたいほどでした。

しかし、本当に辛いのはそんなことではないのです。

辛かったのは、慣れない仕事がうまく出来ず、母が叔父さんに怒鳴られるのを見るときでした。

叔父にしてみれば、土曜も日曜もなく、寝る間を惜しんで働いても、サツマイモも大根もいくらにもならない。疲れがたまり、やり場のないイライラが昂じる。

大根は一本五〜六円、安い年には三円のこともありました。稲わらで五本ひと束にしばって、トラックで東京の朝の市場に運ばれてゆくのですが、それを毎朝一〇〇本も出す。

それでひと朝、せいぜい四〜五〇〇円でした。

十月稲刈り。

いま一反や二反の稲はコンバインでアッという間に刈ってしまいますが、その頃はひと株、ひと株、腰をかがめて手で刈ったのです。四人がかりで、一日一反刈るのがせいぜいでした。鎌はすぐ切れなくなりますが、砥石で鎌を研ぐ時だけが一休みできる時間でした。私は鎌研ぎの名人で、〝お前の研いだ鎌は良く切れる〟と褒められたものです。

刈った稲はしばらく田んぼで乾かし、家に運んで脱穀して、天日に干して、籾摺りをして、出荷。その後、稲を刈った田んぼを鋤き起こして、そこに麦の種を蒔き、一年の農作業が終るのです。どこの家でも、子供も大人も朝から晩まで、真っ黒になって働きました。食うために、暑いの、寒いのなどと贅沢は言っておられなかった。米と麦とサツマイモと大根を売った金しか現金収入は無いのです。毎月まとまったお金の入るサラリーマン家庭では想像も出来ない不安定なぎりぎりの生活でした。

庭からは祖父が大切にしていた松や槙の古木が掘り起こされ、次々に姿を消してゆきました。典型的な〝没落地主〟の暮らしだったのです。

小作だった人もいろいろでした。この間まで、年貢をまけてくれと畳に頭をこすりつけて祖父に頼んでいた人が、母に道であっても挨拶も返さなくなりました。

母には子供の成長だけが生きる支えであり、励みでした。

楽しみといえば、正月とお盆に三人の子供を連れ秦野の実家に行き、兄弟姉妹と会い、手足を伸ばして話すことくらいでした。二十三歳の春、その家から馬車に乗って嫁いで行ったのは、遠い日の幻でした。

空襲で瀕死の重傷を負った徳子姉は、まだ生死の境をさまよう中たった一晩置かれただけで石原病院を出されました。それだけ次から次に負傷者が担ぎ込まれたのです。

危篤状態で退院させられた姉はわが家と堀をひとつ挟んでとなりの、奇跡的に焼夷弾も落ちず、延焼も免れた近所の家の廊下に寝かされました。まだ出血も完全には止まっていなかったそうです。しかし姉はがんばりぬき、命は取り留めたのです。

そして三日後、仮住まいとなったわが家の土蔵に移されました。出血は止まったが、まだちょっとの振動でも飛び上がるほどの激痛がありました。

一カ月後戦争が終り、三日おきにガーゼをはがし傷口に薬をつけ、包帯をかえるために、平塚の海軍病院（いまの平塚共済病院）に通うことになりました。

リヤカーに筵を敷きその上に姉を寝かせ、母がそのリヤカーを引き、いつも私が後ろから押しました。病院まで二キロ半の道の半ばに「六本」の坂があります。

焼夷弾の落ちた道は穴ぼこだらけで、母の引くリヤカーの車輪がその穴に落ちる。そのたびに姉が「痛い！」と悲鳴を上げる。何とか避けようとするのだが道は穴ぼこだらけなのでどうしても避けることが出来ないのです。一方を避ければ片方が落ちる。そのたびに姉は泣き叫び、母をしかる。小学五年生、まだ十一歳の子供なのです。

私も悲しくて涙が出ました。母の顔は見えないが母も泣いていたに違いありません。

リヤカーを引く人も、乗る人も、押す人もみんな泣いていたのです。

母にとってはちょうど十五年前の春、金襴緞子の帯をしめて馬車で下った坂でした。


徳子姉は一年ぐらい経ってからは義足をつけ松葉杖をついて、一人で病院に通うことが出来るようになりました。しかし育ち盛りの身体だから大変なのです。

けがをした足も成長し、義足はすぐサイズが合わなくなります。

そのたびに藤沢や相模原の義足の工房に行き、測り直して新調するのですが、当時の技術ではなかなかぴたりと足に合うものが出来なかった。

皮膚がこすれて傷つき、そこが化膿する、痛む。義足をはずして、小学生の子供が、毎晩自分で薬を塗って手当てをするのです。見ていられませんでした。

戦争は大人たちが始めたもので、小学校五年生だった姉にはなんの責任も無い。

それにも関わらず、姉は一生その不自由な身体で生きてゆかなければならなくなってしまった。

その頃、姉は病院で生涯忘れることのできない会話を聞きました。

その日はたまたま母が付添い、戦争で傷ついた人が大勢廊下で診察の順番を待っていたのですが、赤ちゃんをおぶった若い女の人がふと母に話しかけました。

「お嬢さんは、足でよかったですね。私も空襲でやられて、乳をやる時、赤ちゃんを抱くことが出来ないのです……」見ればその若いお母さんには両腕が付け根から無かった。

未だに寒い日には怪我をした足が痛むそうです。

あるはずも無い足の指先がしびれるのです。

中学生になり、姉は旧海軍火薬廠の倉庫を改造した新しい中学校に通うことになりました。しかしそこまでは三キロもの野道を歩かなければならない。

途中は一面のサツマイモ畑で、雨風を防ぐものは何もない。義足をつけ、杖を突いてカバンを持てば雨の日は傘もさせない、風の日は踏ん張る義足の足が痛む。

しかし姉にはいい友達が沢山いました。雨の日には友達が傘を差しかけてくれました。カバンは必ず誰かが持ってくれました。

高校入学の時も大変でした。姉は成績がよく、どの県立高校にでも入れるのですが、当時まだ障害者を入れてくれる高校が無かったのです。

「体育の時間にみんなと一緒に体操が出来ない」「運動会に参加できない」

という理由でした。

不憫に思った叔父は一大決心をしました。姉の志望校で、母の母校でもある平塚江南高校の校長室に単身乗り込み、校長との直談判に及んだのです。

校長は叔父の話を静かに聞き終わると、

「よく分かりました。体操など出来なくてもなんの不都合も無い。入学試験の成績さえ良ければ、私の責任で必ず入学させます」と言ってくれたのです。

そして姉は難なく入試に合格。わが家にとっては久しぶりの朗報でした。

私は小学校四年生でしたが、よほど嬉しかったのでしょう、六十年余り経ったいまでも、その直井要という会ったこともない高校の校長の名を覚えているのです。

その後、母は相次いで良縁を得た二人の娘を嫁がせました。

まず、昭和二十九年三月八日、女学校を中退して八年間、毎日母と野良に出て働いてくれた宏子姉が二十三歳で、鵜川正さんと結婚することになりました。

正さんは小学校の先生でした。もの静かな優しい人でした。物も金も無い時代でしたが、喜びにあふれた結婚式でした。

母は横浜のデパートで買ってもらった形見の大島の着物と羽織とを分け、羽織を、〝お父さんの思い出だから〟と嫁ぐ長女に譲りました。

次に三十四年四月三日、徳子姉が二十五歳の誕生日に、高校の物理の先生だった吉野統一郎さんと結婚しました。

姉たちが嫁ぐ朝の母の顔は晴れ晴れとして、いま思い出しても本当に嬉しそうでした。嫁ぐ姉と嫁がせる母がなみだの眼でうなずきあっていました。

母は「東部八部隊」での父との約束を、一つ一つ果たしていったのです。

母は生来明るい性格で、いつも冗談を言ってわれわれ子どもを笑わせていました。

しかし私はフィリピンに慰霊の旅に出る前、母のアルバムを整理していて胸を突かれたことがありました。戦後写した写真はどれを見ても、母はにこりともしていない、沈んだ、暗い表情の写真ばかりなのです。

まるで心の底に氷の塊を抱いているような表情は何なのか。

そのときハッと思いました。

空襲で瀕死の重傷を負い、徳子姉が死線をさまよった晩、もしかしたら母は神仏に祈り、自分の命と引き換えに、娘の命を救ったのかもしれない。

だから弟の四郎叔父が病院に見舞いに来て、徳子姉に付き添う母の顔を見たとき、「シゲ姉さんは気が狂うのではないか、死ぬのではないか」と、直感したのだ……。

しかし、二人の娘が嫁ぎ、孫が生まれるたびに母はひとつ、ひとつ笑顔を取り戻してゆくようでした。抱いた孫の温もりが〝氷の塊〟を溶かしていったのかもしれません。

とりわけ三人の内孫を抱く写真は、どれも満面の笑みです。母の身体に命が甦ってゆくようでした。

姉の命はあの空襲の晩、〝風前の灯〟でした。母が鬼の形相で守らなければ、本人ががんばり抜かなければ、終わっていたのです。

その命が生き延び、二人の子を授かり、さらに五人の孫が生まれました。

とり止めたひとつの命の灯は永遠に続いて行くのです。

事件

二人の娘を嫁がせた後も母は「息子が学校を終えれば一緒に百姓が出来る」それをだけを楽しみに、がんばりつづけました。私も、学校を出たら家に戻って米や芋や大根を作る、それが自分の宿命だと諦め、父と同じ農業高校に進んでいました。

私が卒業して家を継げば、叔父たちは分家して、母の長い戦後も終りを迎える筈でした。

しかし、私はそんな母の夢も期待も裏切ったのです。

昭和三十二年五月高校三年の時、私の運命を変えるひとつの事件が起きました。

「菅生《すごう》事件」の真犯人が捕まったのです。

菅生事件とは昭和二十七年六月の深夜、大分県竹田の菅生村駐在所が何者かによって爆破され、深夜にもかかわらず、それを予期していたかのように一〇〇人もの警官が張り込んでいて、直ちに五人の共産党員が逮捕された、というものです。

当時、日本共産党は「武装闘争」の方針を採り、日本各地の鉄道や交番に火炎瓶が投げ込まれる時代でした。菅生事件はそんな時代を背景に、警察が計画し、実行し、共産党の仕業と見せかけた典型的な権力犯罪ですが、それをジャーナリズムが執拗に追求し、ついに五年後の昭和三十二年春〝消えた真犯人〟を割り出し、判決を逆転させた、というものです。日本ジャーナリズム史上に残る記念碑的調査報道ですが、なんとその中心で活躍した記者が共同通信の原寿雄さんだったのです。

もちろんその当時、私は原さんがどういう人かなどまったく知りませんでした。しかし先生たちが「共同通信の原記者は本校の卒業生だ」とわれわれの前でよく自慢したのです。聞いてみると原さんはなんと家のすぐ近所の農家の生まれで、戦時中平塚農学校を卒業、一時農場の助手をした後、戦後、一高、東大に進み、共同の記者になった先輩だというのです。そのことが私にとっての「事件」だったのです。

連日のスクープ記事を読みながら、私は世の中にはこういうすごい仕事があるのだ、先輩にこんな人がいるのだ、俺もやりたい、と痛切に思いました。

そして、矢も盾もたまらず、息子の卒業だけを楽しみに待っていた母が泣いて頼むのを、〝卒業したら必ず家を継ぐから〟と騙して、一五〇人の同級生の中でただ一人、早大に進学したのです。

農業高校というところは一、二年のときは週に一時間ずつ英語や数学、社会など普通科目の授業もありますが、三年になるとほとんど農業科目ばかりなのです。

午前中は「畜産」「土壌肥料」「病害虫」などの授業を受け、午後は農場に出て実習です。

しかし、私の進学の希望を知ると先生も、同級生たちも全面協力をしてくれました。

三年生の秋から、私の机は教室の最後列の窓側に移され、私は授業をそっちのけで受験参考書を開き、午後の実習の時間には、皆が私一人を教室に残らせてくれたのです。

同級生の実家は県下の大農家で三クラス一五〇人、一人残らず長男でした。

小田原のミカン、秦野のタバコ、海老名の水田、相模原の養蚕、横浜の酪農、三浦の大根。誰も彼も卒業したら親父の後を継ぐ「自営」の道しかないのです。

中学での成績はトップクラスで、県下のどの進学校でも楽に入れたけれど、農家の跡取りだから、と大学進学の夢をあきらめて、泣く泣く農業高校に来たものが大勢いたのです。

私は学校から家に帰ればすぐカバンを置いて畑仕事に行かなければならない。勉強をする時間は学校にいる時しかないのです。しかも浪人は許されない。

学友

昭和三十三年（一九五八年）四月早大に入学。

皇太子ご成婚を翌春にひかえ、六年後の東京オリンピック開催も決まり、高速道路や地下鉄や競技場の建設で東京中が掘り返されていました。

北海道から九州まで全国から集まった学友は誰も貧しく、下宿はたいていベニヤ板で区切った三畳間。学食で丼飯だけを頼み、友達のラーメンのスープをかけて食べる人さえいました。靴は裏張りをするのが当たり前で、校門の前に何組もの靴修理のおじさん、おばさんが小さな店を開き、学生が並んで順番を待っていました。タバコは生協で二本五円のばら売りを買い、それを皆で回しのみしたのです。それを恥ずかしいなどとは誰ひとり思わなかった。

今も年に一、二度十人ほどが集まって食事会などをしていますが、大学で得た最良のものは、心許せる友だったのかもしれません。専攻は英語、英文学でした。スタインベックの「怒りのぶどう」を読んで以来、現代アメリカ文学には興味があったのです。そして何よりジャーナリストになるために英語は必須だと考えたのです。

しかし、大学はどこも学生運動の最盛期で、早稲田はその大きな拠点でした。特に「六〇年安保」を頂点とする「全学連」の闘争は激烈で、学内外で連日デモとストが繰返され、活動家でもなかった私でさえ、勉強どころではなかったのです。

一年生のときは「教員の勤務評定反対闘争」

二年「警察官職務執行法改悪反対」

三年「安保闘争」

四年「政治活動防止法反対闘争」

「安保反対」の一連の激しい闘争の底流には学生の悲惨な戦争体験がありました。肉親を戦争で失った人も、大陸から命からがら逃げてきた人も、珍しくなかったのです。

本井文昭君（一章参照）はその一人でした。

昭和三十七年四月。

兎も角も四年で卒業して、私はディレクターとしてＮＨＫに採用されました。

卒業したら家を継ぐ、という母との約束を破ったのです。

叔父さん夫婦は新しい家を建て、農家として分家、独立することになりました。叔父の将来のために祖父が確保していた五反歩の畑に加え、私は自分名義の三反歩の田と五反歩の畑を譲ることにしました。

そして、母は長い戦後にひとつの区切りをつけたのです。

第十四章　ＮＨＫ

ＪＯＡＫ

当時、ＮＨＫは新橋駅に近い港区の内幸町にありました。

昭和二十七年春、小学校六年の修学旅行で東京に来て、放送局の見学をした事がありましたが、それからちょうど十年後、私はそこに勤めることになったのです。

想像を絶する展開でした。

一昨年春「放送開始六〇年」を迎えたテレビ放送も、昭和二十八年二月一日の放送開始からまだ九年目を迎えたばかりでした。初めわずか六四〇台の受信機で始まったテレビは三十四年の皇太子ご成婚を機に爆発的に普及し、二年後に迫った東京オリンピックを前に伸び続け、私が入局した三十七年四月末、受信契約数はついに一〇〇〇万台を突破したのです。「私の秘密」や「事件記者」がヒットし、朝の連続テレビ小説は第一回の「娘と私」の放送が始まり、大河ドラマは第一回「花の生涯」の翌春からの放送が決まっていました。子供向けの人形劇は「チロリン村とくるみの木」

に代って「ひょっこりひょうたん島」が始まるところでした。ドキュメンタリーは「日本の素顔」が終り「現代の映像」「ある人生」「村の記録」が登場していました。

放送開始十年をまえに、テレビはひとつのピーク迎えつつあったのです。


すこし余談になりますが戦前のＮＨＫについて書いておきます。

戦争に深い関わりがあるからです。

日本人が「ＪＯＡＫ」のコールサインで、ラジオ放送というものを初めて聞いたのは大正十四年（一九二五年）三月二十二日のことでした。

今でもＮＨＫはこの日を「放送記念日」として毎年ＮＨＫホールで式典を行います。

今年は第九〇回放送記念日でした。

しかし三月二十二日とは随分中途半端な日に始まったものだと思いませんか。四月一日まで待てなかったのか。それには訳があるのです。

母の娘時代のところでも書きましたが、大正十二年九月一日、関東大震災が起きました。一一万戸の家が全壊し、二一万戸の家が丸焼けになり、一〇万人の市民が亡くなる大惨事となりました。東京も横浜も未曾有の大混乱になり、不安に駆られた人々の暴動が頻発しました。デマがデマを呼び、「朝鮮人虐殺」まで起きたのです。

当時、日本には大災害が起きても、すぐ広く伝える手段がなかった。東京の新聞社は軒並み大被害を受け発行できず、大阪から運ぶにも東海道本線は不通でした。相模川も多摩川も鉄橋が崩れ落ちていました。情報の無い事が人々を不安に駆り立て、血なまぐさい暴動や虐殺が起きて大震災の被害をいっそう大きくしたのです。

時の政府は驚愕しました。

そして急遽、すでにアメリカやイギリスで始まっていたラジオ放送の導入を決めたのです。取るものとりあえず、準備が出来次第、即日の放送開始となりました。

それが大正十四年（一九二五年）三月二十二日でした。

放送があれば正確な情報がすぐ伝えられる、国民の広い意味の教育にもなり、娯楽の提供も出来る、と考えられたのです。これぞ文明の恩恵です。

しかしその翌年の暮れ、年号は大正から昭和に変わり、時代は戦争に向かっていました。

戦争への道をひた走る昭和の歴史の中で放送は、理想とは逆の役割を果たすことになっていったのです。

ＮＨＫは放送発祥の地・愛宕山から昭和十四年五月、内幸町の茜色の大理石六階建ての放送会館に移ったのですが、背後には二年前に出来たばかりの白亜の国会議事堂がでんと聳えていました。目の前には二・二六事件のとき「勅命下る、軍旗に手向かうな」のアドバルーンが揚げられた飛行館ビルがありました。右隣の三井物産館は戦時中外務省でした。道路ひとつ挟んだ日比谷公園では紀元二千六百年の式典も、山本五十六連合艦隊司令長官の国葬も行われました。

日本の放送は関東大震災を母として生まれ、戦争を父として育ったのです。

「帝国陸海軍は本八日未明、西太平洋上において米英軍と戦闘状態に入れり」の日米開戦の第一報も、国民を欺き続けた「大本営発表」も、そして「耐え難きを耐え、忍び難きを忍び」の玉音放送もみなこの放送会館から放送されました。

ＮＨＫの歴史は、昭和の戦争を、命じられるままにリングサイドで伝え続け、国民をミスリードさせられた屈辱の歴史でもあったのです。

農事部

私が入局した当時、デスクなど上司の多くが兵隊帰りか、敗戦とともに陸軍士官学校や海軍兵学校などから大学に入り直した方々でした。一歩間違えれば命の無かった、〃わだつみの世代〃でした。そこに「六〇年安保」の〃全学連〃が加わりました。

最初に配属された同じ班で机を並べた一年先輩のＨさんは一九六〇年六月十五日国会構内に突入して殺された女子学生、樺美智子さんの東大史学科の同級生でした。戦争だけは二度と……の無言の雰囲気が局内全体にありました。

四カ月の研修のあと現場での最初の仕事は来る日も来る日も先輩のロケの弁当の手配と出演料の伝票きり。その後三年間の教育テレビの子供番組での徒弟時代を経て、入局して四年目、ようやく念願の「農事部」に移り「明るい農村」班に入れることになりました。

番組屋として本格的スタートを切れることになったのです。「村の記録」でドキュメンタリーを作れるチャンスが来ました。

当時のＮＨＫには学校放送、教養、農事、科学、青少年などの教育局と、ドラマ、音楽、演芸、古典芸能などの芸能局、それに政治、経済、社会、外信など記者部門と報道番組、政治番組などの番組部門を持つ報道局の三つの局がありました。

私と同期の六〇人のディレクターのうち五〇人はすぐ地方局に出されました。当時ＮＨＫの地方局に配属になった新人はドラマ志望であろうと、政治番組志望であろうと二〜三年は必ず農業番組を担当することになっていました。農業、農村、農民を取材することは将来どの部門に進もうと、一番勉強になる、と考えられていたのです。

そして東京に残されたわれわれ一〇人のうち五人がドラマを希望し、五人がドキュメンタリーを志していました。私は初めから一貫して、農業、農村問題のドキュメンタリーを作りたいと思っていました。

「テレビという新しいメディアで、日本の農業の近代化、民主化に貢献したい」

入社試験の面接のときから、志望の理由をそう答えてきたのです。

日本をあの戦争に追い込んだ原因のひとつが農村の貧しさと封建制にある、という考えが根底にありました。村に戻り、泣く泣く自営の道に入った農業高校の同級生をただ一人裏切った身として、せめて農業の分野で働きたいとの思いもありました。

当時、農業は日本最大の産業でした。

農家戸数は六〇〇万戸、農業就業者は全就業人口の三三％、一四五〇万人。

食糧増産が叫ばれ、国民の誰しもが〝冷たい夏〟にはオロオロし、天気予報に一喜一憂しました。朝日にも毎日や読売にも農事部、農業経済部がありました。

朝日新聞は「米作日本一コンクール」を主催し、毎年、全国から一万戸もの米作り農家が参加していました。入賞した農民は皇居で天皇に拝謁し、グランプリに輝いた農民夫妻は農林大臣とオープンカーに乗り銀座をパレードしたのです。

その一方で、時代は高度経済成長の真只中に突入していました。

急激な工業化の陰で、出稼ぎ、離農、過疎、農薬禍など、農業、農村にはさまざまな難問が噴出し始めていたのです。都会は絶えず働き手をほしがり、働き盛りの男たちが次々に村を離れてゆきました。女と子供と年寄りが残され、戦時中と似た光景が見られるようになっていきました。そして、それを待っていたかのように農産物の輸入自由化が次々に進められていきました。

NHK農事部はそれらの問題に正面から取り組み、その報道の最前線だったのです。

班会・部会

しかし、念願の農事部は聞きしに勝る厳しい所でした。

テレビ草創期のNHKの番組制作の現場がどんな雰囲気であったか、参考までに書いておきます。

人事発令を受け、農事部に着任したその日に私は「班会」で手荒い洗礼を受けたのです。

班会は当日朝の「村の記録」で放送したドキュメンタリー番組の合評会でした。

副部長（チーフ・プロデューサー）とデスク以下全班員が、その番組の担当ディレクターを馬蹄形に取り囲み、番組の狙い、取材、構成、編集、コメント、音楽、効果音をはじめ、フィルムのワンカット、ワンカットからコメントの一行、一行に至るまで、徹底的に総括する。後輩に先輩の番組を厳しく批判させる。担当者が必死に防戦する。そこをまたほかの人が突く。黙って聞いていたり、いい加減なことをいうと、副部長が怒鳴り上げる。早い話、番組合評会という名の〝吊るし上げ〟だったのです。それまでの子供向け番組のぬるま湯からいきなり飯場のドラム缶の熱湯に放り込まれたようなものです。肝をつぶしました。二時間も続いた総括が終わりかけたとき、副部長から「新人どうだ」の声がかかりました。だいたい朝六時半の放送など見ていない。しかもはじめて会ったばかりの先輩の番組で、後のたたりも怖い。

「面白かったです。よく出来ていると思います……でも一寸突っ込みが」と無難に逃げようとしたのがいけなかった。

「何？　何が面白い、どこが、どうよく出来ているんだ！　言ってみろ」

「どう突っ込みが足りないんだ？　おためごかしを言うんじゃない！」

それから二十分、徹底的に絞られたのです。情けなかった。涙が出ました。

入局以来三年越しの希望が叶って、ようやくドキュメンタリーを作れる、と張り切っていたのに……。

自席に戻ってしょんぼりしていると、「お茶でも飲もうか」と声をかけてくれた人がいました。見ればさっきまで〝総括〟されていたAさんでした。

「たこ部屋のようなところに志願してくる奴がいる」っていうから楽しみにしていた、と言いながらまず農事部の内情から説明してくれました。

当時NHK農事部は部長以下三十四名のプロデューサー・ディレクター集団でラジオと教育テレビと総合テレビの三グループに別れ、総合テレビの「明るい農村」の制作を担当する三班は副部長以下全国から選りすぐりの精鋭十二名。この十二名を軸に全国の凡そ七十名の担当者が一年三六五日、一日の休みもなく毎朝六時半から二十五分間の番組を放送しつづけていました。私が洗礼を受けた月曜日枠の「村の記録」の合評会はその日の放送の担当ディレクターを囲んで毎週月曜日の夕方勤務時間が終わった後、三時間も四時間も、時には夜中まで行なわれていたのです。そして三班は仕事の過酷さと上司の厳しさで「たこ部屋」と呼ばれ、副部長は「鬼軍曹」と恐れられていました。

部長は敗戦直後の入局。録音構成の敏腕ディレクターで、「ガード下の女たち」という敗戦直後の東京の盛り場で身体を売る女性たちをルポしたラジオ・ドキュメンタリーなど数々の問題作を作り、〝世の中をお騒がせして〟地方局に飛ばされた経験を持つという豪傑でした。その部長が主催して副部長、デスク以上の幹部だけで月一回開かれる番組の「提案部会」も厳しいものでした。時々われわれ末端の提案者も部会の席に呼ばれ、直接番組の企画内容を説明させられるのですが、そんな日は朝からメシものどを通らないほどでした。誤魔化しはすぐ見破られ、鋭い眼でにらまれ震え上がりました。鬼軍曹もデスクも片端から部長に面罵されるのです。

しかし「いじめ」のように感じていた、班会、部会に何度か出席しているうちに、私はあることに気がつきました。合評会での副部長も、部会における部長も繰り返し問うているのは要するに、「お前は何故この番組を作りたいのか」という一点だったのです。

番組の狙いは何か、お前はこの番組で世の中に何を言いたいのか、

何がしたくて、NHKに入ったのか、

そして何故、お前はこの世に生きているのか。

部長はNHKの戦後第一期生でした。大勢の仲間や同級生が、学徒動員や特攻隊で死んだ「わだつみの世代」の一人だったのです。

班会・部会で私は番組つくりの原点を叩き込まれたのです。

このとき私は、ジャーナリズムの原点は「世のあり方に対する怒り、批判」であり、「人間が生きることの豊かさと尊厳」を伝えることだ、ジャーナリズムの志は「批判」と「尊厳」の座標軸の交わった所にある、と確信したのです。

福島の原発事故が起こった直後、在京各社の第一線の記者やディレクターが何人も、本社での日の当たるポストを捨て福島に移住して取材をはじめた、という話を耳にして、私は久しぶりに「志」という言葉を思い出しました。そして、まだ捨てたものではない、と感じたのです。

しかし志を果たすことが容易なことでないことを私は番組つくりの悪戦苦闘の中で知りました。志を遂げるには「力」と「技」が必要であることが分かってきたのです。

力とは企画力、取材力です。技とは構成力また文章力といえるかもしれません。

DVDはおろかビデオテープもない時代です。先輩の番組の台本とフィルムを借り、毎日夜中に

繰り返し試写して「カット表」を作り、構成やコメントを分析して勉強しました。そして、明けても暮れても番組の企画、提案を考えていたのです。

「たこ部屋」から逃げ出したい、と思ったのも一度や二度ではなく、事実、何人かの仲間が去って行きました。しかし私は歯を食いしばって何とか耐えることが出来ました。

空白の原野

昭和四十一年（一九六六年）私は結婚し、四十二年長女が生まれました。母の喜びはたいへんなものでした。叔母と祖父と父、三人が相次いで亡くなって二十年、わが家は戦後はじめて新しい命を授かったのです。

しかし一年後、昭和四十三年夏、私は札幌局に転勤になりました。長女は生後十ヵ月でした。

北海道ではエネルギー政策転換のあおりを受け閉山が相つぎ、悲惨な炭坑事故が続発し、各地の農村や開拓地ではすさまじい離農の嵐が吹き荒れていました。

二二万戸と言われた北海道の農家戸数は昭和四〇年代の十年間、毎年一万戸ずつ減り続けていたのです。

日本の食糧基地といわれる北海道から何故人々は次々に去ってゆくのか。

北海道戦後開拓の第一陣は二十年三月の東京大空襲で焼け出された人々でした。

帝都帰農団「拓北農兵隊」と呼ばれた一団を送り出したのは警視庁でした。北海道の戦後開拓を始めたのは、農林省ではなく、警視庁だったのです。焼け出された夥しい人々がモッブになり暴動を起こすのを恐れた警察が、被災者を次々に北海道に送りだしたのです。

当時の警視総監は北海道出身で、のちに北海道知事を勤めた町村金五という人でした。

東京大空襲から敗戦の日までの五カ月間に、三五〇〇戸、二万人もの都民が北海道に渡ってゆきました。私は東京の墨田区、江戸川区などから十勝の新得町サホロ岳のふもとに入植させられた「新得隊」二十六家族の戦後を追いました。

上野駅を発ったのが、昭和二十年八月九日朝、長崎に原爆が投下された当日でした。途中、列車や青函連絡船が米軍機に襲われながら、命からがら一行が十勝の現地に着いたのが八月十五日、敗戦の日でした。しかし長崎に原爆が落とされたのも、戦争が終わったのも、一行が知ったのはずっと後のことでした。

「農兵隊」と名づけられた意図はソ連が北海道に侵攻して来た時の案山子の役を果たさせる為だった、と言われます。彼らは昭和の屯田兵だったのです。

全く農業経験のない年寄りと女性と子供が、資材も、農業の指導者もいない中、北海道の原野に放り出されました。

大学でドイツ文学を講じていた老教授や俳優、船宿の経営者もサラリーマンも区役所勤めも芸者置屋の老夫婦もいました。永井荷風の「墨東奇談」に出てくるような人たちです。

打ち続く水害、冷害、めまぐるしく変わる農政。彼らの戦後は、悪戦苦闘の連続でした。

大地にかけた人々の期待は次々に裏切られていきました。

宿屋ひとつ無い雪深い開拓地の村で、私はしばしば農家に泊まらせていただき、彼らの見た戦争や人間や人生についての話を伺いました。深い感銘を受けたのです。

誰しもが戦争の深い傷を背負って生きていました。

東京でレンズの研磨技師だった猪狩一馬さんと信子さん夫妻もそのひとりでした。

吹雪の夜、開拓小屋の達磨ストーブにあたりながら聞いた、素手で不毛の火山灰地に挑んだすさまじい二十五年の開拓人生はいまも私の心に深く沁みこんでいます。

信子さんは娘時代、銀座四丁目の服部時計店の店員でした。

戦後まもなくこの十勝の開拓地で、生まれたばかりの赤ちゃんを二人、相次いで死なせました。生の立ち木が真っ二つに裂ける零下三〇度の寒さに耐えられなかったのです。

「赤ちゃんは素肌で直接抱いて寝なければだめだったのです」。逃げまどう母と子を映す「ベトナム戦争」のテレビ画面を見ながら彼女は涙を流しました。

荒堀兼五郎、キクさん夫妻は江戸川べりで江戸時代から続く船宿の経営者でした。

芸者を連れた歌舞伎役者や関取を船に乗せ東京湾に出て魚を釣り、それをてんぷらに揚げて酒を出す。粋で陽気な商売でした。横綱の双葉山は常連でした。

しかし三月十日の大空襲で家も船も丸焼けになり、二人は小学四年生を頭に四人の幼な子を抱え、着の身、着のままで北海道行きの汽車に乗り込んだのです。

「ハハキトク」「ハハシス」の電報にもただ西を向いて手を合わせるしかなかった。

歯医者も、歯医者にかかる金もなく、やけ火箸を当てて痛みに耐えた日々でした。

戦争で運命の歯車の狂った二十六家族の悪戦苦闘を記録したこのドキュメンタリー「拓北農兵隊始末――帝都帰農団の記録」は昭和四十七年の終戦の日特集として放送されました。

戦後、大陸や南方の戦地から日本に戻った復員軍人や引揚者は凡そ六七〇万人、そのうち二〇万戸一〇〇万人が戦後、全国各地の原野に入植しました。

そして五万戸、凡そ二七万人が北海道開拓に戦後の人生をかけたのです。

肩の銃を鍬に変えた彼らは、こんどは国から「食糧増産の開拓戦士」と呼ばれました。

それから凡そ四半世紀。それぞれの農業経営がようやく軌道に乗りかけた矢先に、砂糖や乳製品など北海道農業を支える農産物の貿易自由化が次々に進められて行きました。

追い討ちを掛けるように昭和四十五年、北海道を「減反政策」が直撃しました。

冷害と戦い続けた北海道の稲作が史上初めて生産量日本一になった翌年のことでした。

昭和四十三年から四十七年までの四年間だけで、四万戸の農家が離農し上京して行きました。高度経済成長は最盛期を迎え、働き手の東京への逆流がはじまったのです。

明治以来拓かれ続けた、そして戦後開拓者の汗と涙の沁み込んだ北海道の大地が再び原野に戻りつつありました。

私は「大阪万博」と「札幌オリンピック」の陰で展開する、離農の嵐と、歯をくいしばって農業に生きる人々の姿を十勝地方を中心に取材し続けました。

「空白の原野――十勝離農者の記録」は昭和四十六年十一月、勤労感謝の日に放送されました。高度経済成長期の日本の、繁栄の底流を記録した一時間のドキュメンタリーでした。

この取材で私は、「日本という国家にとって農業とは何か、農民とは何なのか」をつくづく考えさせられたのです。

第十五章　ある山村の昭和史

五万枚の写真の証言

札幌オリンピックの終った昭和四十七年夏、私は東京に転勤になりました。四年ぶりに古巣に戻った私は熊谷元一さんの写真を使ったドキュメンタリー番組を企画しました。入局十年、ようやく年間企画の芸術祭参加番組を作れることになったのです。昭和四十八年春から撮影、照明、録音のスタッフと共に阿智村に通いはじめました。

熊谷元一さんに初めてお会いしてから七年が経っていました。

その時、私は熊谷さんの口から初めて、朝日新聞から写真集『会地村』を出した後のつらい体験をお聞きしたのです。

写真集は世に認められ、出版直後、二十九歳の熊谷元一青年はなんと、満蒙開拓推進のために作られた「拓務省」の嘱託に徴用されました。東京に呼ばれ一種の「従軍カメラマン」になったのです。満州に渡り、開拓の村々を訪ね写真を撮り続けました。

晩年の熊谷元一氏

広大な畑の豊かな実りや開拓者の笑顔を写した熊谷さんの写真は大きく引き伸ばされ、開拓者募集の宣伝に日本各地を巡回して新たな参加者を募ってゆきました。当時「満蒙開拓百万戸、五百万人移住計画」の「国策」が進められていました。

自分の撮った写真によって満州に渡った人も多いに違いない……。

帰郷した熊谷さんはその十字架を背負って、長い戦後を生きたのです。

八年ぶりに訪ねた伊那谷はダンプカーとパワーシャベルがうなりを上げて行き交い、東京と名古屋をむすぶ「中央道」が阿智村を縦断する土木工事の真最中でした。

恵那山トンネルが村の中腹をぶち抜き、旧国鉄中津川線の工事で温泉まで噴き出る騒ぎでした。いま栄える「昼神温泉」です。

昭和恐慌下の生糸の暴落に始まり、信州の山村の貧しい暮らし、飯田駅を旅立つ満蒙開拓、軍馬と名を変え戦場に向かう農耕馬、コメの供出、出征、白木の箱で帰る英霊、村葬、と続く戦前、戦中の写真。

熊谷さんの写真に写る村人がわれわれのカメラ前で語る戦争体験は悲痛とも無残とも言いようもないものでした。

戸数一六〇〇のこの村から、村の男の半数の一五〇〇人が兵隊に取られ、開拓と戦争であわせて四八〇人も死んだのです。

戦後二十八年。一見、戦争の痕はどこにもないように見えても、一歩家の中に入ると阿智村でまだ戦争は終わっていなかったのです。

熊谷千鶴さんは昭和十九年夏、海軍に志願した十七歳と十八歳の二人の息子が相次いで戦死し、公報が来た日のことを、深夜静かに話してくださいました。

「葬式が終わっても雨が降ると濡れては可哀想だと思い、雨が降るたびに二人の息子のお墓に傘をさしかけに行きました。雨の中でずっとふたりの子と話をしていました。そんなことをして変に思われるからお止しよ、と言われてもどうしても止められませんでした」

野中章さんは阿智郷開拓団の小学校三年生でした。親たちが幼な子を川に流し、次々に子供の首を絞めて集団自決して行く中で、十九歳の上の姉は家族を救うためソ連兵に連れてゆかれました。収容所で母も兄も弟も次々に死んでゆきましたが章さんは「日本のタンポポをひと目見てから死にたい」の一心で生き延び、下の姉とふたりで帰国しました。いまも毎月のそれぞれの命日に墓参りを欠かしたことはない、と語りました。

黒柳忠勝さんは戦犯としてサイゴンのフランス軍刑務所に捕らえられ、無期懲役の判決でした。そこで偶然、同じ阿智村出身の憲兵、笹邦義さんに出会ったのです。彼は死刑の判決でした。二人は独房のコンクリートの壁を釘で開け針金に「こより」を巻いて手紙のやり取りをしました。「村に帰ったら墓はいらない、代わりに桜の木を一本植えてくれるよう家族に言ってもらいたい」処刑の朝、笹さんは黒柳さんにそう言い遺し引かれてゆきました。

われわれが笹家の墓地を訪ねたとき、桜の木は身の丈を越えて伸び、すでに花は散って葉桜にな

っていましたが、その光る若葉の先に白い蝶が一羽じっと止まっていました。

夫は必ず還ってくる、それまでは、と密かに「茶断ち」をしている人さえまだ居られたのです。無理もないのです。「未亡人」が手にしたのは「戦死公報」の紙切れ一枚だけだったのですから。

当時の村の様子をうかがえるものに戦時中『会地村役場日誌』があります。

それを見ると昭和十九年秋ごろから二十年夏まで、ほとんど連日「英霊迎う」の記述があります。そして、最後に当番職員の筆で「本日異常なし」と書かれています。

戦死者の霊が還ってくるのが当たり前の日常になっていたのです。

熊谷さんの写した五万枚の写真。

戦争と満蒙開拓、戦後の農地改革、食糧増産、減反、そして出稼ぎ。私はこれら一連の写真にムービーカメラのカラーフィルムに結ぶ開発の激流に翻弄される阿智村の姿を重ねてゆきました。しかし、毎月一週間ずつ村に通い三カ月、フィルムを山ほど回し、それを古いモノクロの写真に重ねても番組は少しも面白くなりそうにない。

せいぜい週刊誌のグラビアでよくやる、日本橋のセピア色の写真に高速道路の下の現代の日本橋のカラー写真を並べて〝ここはこうだった〟と見せている類のもので、アアそうですか……で終わってしまいそうなのです。番組に息が吹き込めない。

撮影を始めて三月も経って、私はようやくその事に気がつきました。

新宿から飯田駅まで列車で片道七時間、阿智村ロケの行き帰りどうしたら面白くなるか、そればかり考えていました。そして取材を始めて半年も過ぎたある日、まったく唐突に、

「古池や蛙飛び込む水の音」

の一句が頭に浮かんだのです。

この芭蕉の句が、ひとの心をうつのはなぜかを考えてみました。

深い森の中、小さな薄暗い池。静寂そのものの世界。

池の端で何かが動き、かえるが一匹、池に飛び込む。

ポチャン！という高い水音が静寂を破り、一瞬、水面に波紋が拡がってゆく。

水音はそれきりで、やがて波紋も消え、古池の水面は何事もなかったようにまた静寂がもどる。

ただ池があり、池の端に蛙がいるだけではなんという事も無い。その蛙が飛び込み、音がして、波紋が拡がるから画にも音にもなるのだ。

番組に息を吹き込むには、この「水音」を録音し、「波紋」を映像化すればいいのではないか、と考えたのです。今考えると可笑しいのですが、その時は番組つくりの極意を発見したような気持

ちになりました。

阿智村という池に一石を投じ、そしてその反響を撮る。

つまり、熊谷さんの写真に写っている旧満州開拓団員の「生存者」がひとり阿智村に帰ってくれば、その瞬間、過去と現代が一気に結びつく、と考えたのです。

しかし昭和四十八年（一九七三年）春、「日中国交回復」からのようやく半年が経ったばかりで、大陸に残った元満州開拓団員の帰国など夢のまた夢でした。

「中国人殉難者慰霊実行委員会」

撮影は完全に行き詰っていました。何をどう撮ればいいのか分からなくなっていたのです。ロケの現場で、撮影、照明、録音など何人ものスタッフに囲まれ、何を撮るか決められないディレクターほど惨めなものはありません。

その日も撮影機材などを置いて取材班のベース・キャンプのように使わせていただいていた長岳寺の本堂で、買ってきた焼き芋を新聞紙の上に広げて食べながら、みんなで行きづまっている番組の今後の撮影方針を話し合っていました。

口には出さないけれどみんなの目が、お前が何とかしろ、と責めています。

その時ふと、私が大きな声でこういったのです。

「満州から誰か一人帰ってくれれば一発で上手く行くんだがなあ……誰かこの辺に毛沢東か周恩来を

知っている奴は居ないのか！」

もちろん冗談。やけっぱち一言だったのです。そんな人が、この村に居る訳はない。しかし、その時、庫裏から本堂に歩いてきた住職の山本慈昭さんが、焼き芋に手を伸ばしながら、こう言ったのです。

「わしは、毛沢東さんは知らないが、周恩来さんはよく知っています」

聞いた瞬間そこにいた全員が転げ落ちそうになりました。

いくらなんでも、こんな信州の山奥の、檀家八〇戸ばかりの小さな寺の、〝もんぺ〟をはいた坊主があの有名な周恩来首相を知る訳がない。

しかも友達のように親しげに「周さん、周さん」と言うのです。なんというほら吹きだ。

しかしその山本慈昭さんの話は嘘ではなかったのです。話を聞いて私は魂消《たまげ》ました。


話は、それよりおよそ三十年も前に遡ります。

戦争の末期、阿智村の隣、天竜村の天竜川にかかる平岡ダムの建設現場には「電力増産」のために強制連行された三五〇人の中国人が文字通り〝投入〟されていました。

過酷な労働と栄養失調に加え、無理な突貫工事からくる事故などで連日死人が出ていたそうです。

昭和十九年春から翌年八月までに死んだ中国人は推定一一〇人。遺体ははじめ河原で焼かれ、山中に埋められていたそうですが、そのうち天竜川の河原に生焼けのまま放り出されたままになったそうです。

間もなく終戦。工事責任者は直ちに中国人の名簿を焼き捨て行方をくらませました。二十二年秋、シベリヤの抑留から帰ってしばらくしたある日、山本慈昭さんは天竜川の河原を歩いていて、野ざらしになっているその遺骨を見たのです。

祖国や肉親を思いながら異国で無残な最期を遂げた中国の人々。

それは、満州で、虫けらのように死んでいった同胞とまったく同じではないか……。

山本さんはすぐ近在の寺の住職たちに呼びかけ「中国人殉難者慰霊実行委員会」を組織して、連日天竜川の河原に通い読経しつつ遺骨を拾い集めました。六二柱に上ったそうです。そしてその遺骨を一体ずつ骨箱に納め、自分のお寺の本堂に安置し、以後十七年間朝夕線香と水を供え、経を上げ、供養し続けたのです。

そして昭和三十九年夏、当時の日中友好協会会長であった労農党の代議士黒田寿男氏を団長とする訪中団が組織され、その一員として山本さんは殉難者慰霊実行委員会を代表して訪中しました。六二柱の中国人の遺骨は二十年ぶりに祖国に還り、北京の人民大会堂で山本慈昭さんから周恩来首相に直接、手渡されたのです。

感動した周恩来首相は政界の松村謙三、経済界の岡崎嘉平太氏らと並んで、日本の民間人では山本慈昭さんを中国の友人として、非常に高く評価していた、というのです。

世の中には、時に想像を絶するすごい人がいるのです。

周恩来への手紙

その周恩来さんとのいきさつを聞いたひと月あと、再び村を訪れた私に山本さんは一通の中国からの航空便を見せてくれました。

差出人は阿智村出身で元満州開拓団員の妻、高坂米、あて名は阿智村に暮らす母親でした。

手紙によれば、米さんは昭和二十年五月、二十四歳で、結婚したばかりの夫とともに渡満。しかし、到着直後、赤紙が来て米さんの夫も招集され、程なく敗戦。

逃避行で周りが次々に死んでゆく中で、乳飲み子を抱えた米さんは奇跡的に生きのびていました。その後、夫の消息も知れぬまま、助けてくれた中国人と結婚、二十八年間を旧満州で生きてきたのです。しかし、国交回復の話を聞くと矢も盾もたまらず「四人の子供を二人ずつ分けて離婚、なんとしても帰国したい」というものでした。

手紙は中国東北部ハルピンで投函され、着くまでに一ヵ月かかっていました。受け取った母親からすぐ長岳寺の山本さんの元に届けられたのです。

山本さんはその手紙を私に見せた後、筆を執り、巻紙に中国宛の手紙を書き始めました。

内容は、日中国交回復の喜びに始まり、高坂米さんが大陸に残ったいきさつ、その後の暮らしと夫との合意の離婚、そして故郷の阿智村でひとり娘の帰りを待つ七十歳の病弱な老母のこと。

あて名は「中国国務院総理周恩来閣下」でした。

その手紙は八年前ＮＨＫにあの「農民画家」のハガキをくれた阿智村の郵便局長矢沢昇さんが上

京して、東京駅前の東京中央郵便局に直接持ち込みました。

一月後の昭和四十八年三月末、何の前触れも無く厚生省から阿智村の母親の元に、米さんの帰国を伝える通知が届きました。

そして昭和四十八年（一九七三年）五月三日、憲法記念日の午後三時、元満州開拓団員高坂米さんは紺無地の人民服を着て、一年生の男の子と四年生の女の子とを連れ、風呂敷包みひとつもって羽田空港に降り立ったのです。二十四歳で村を出た彼女は五十二歳になっていました。「特別の計らいだそうで……」と出迎えの山本さんになんども頭を下げました。

そして、新宿から飯田線に乗り二十八年目の帰郷を果たしたのです。

〝影か、柳か勘太郎さんか、伊那は七谷糸引くけむり、……〟

伊那谷は有名な「勘太郎月夜唄」の舞台です。大陸に渡る当時、日本で大流行していたこの歌を米さんは満州の荒野で歌いつづけて、ひとり望郷の寂しさに耐えたのです。

〝棄てて別れた故郷の月に、
偲ぶ今宵のホトトギス〟

〝なりはやくざにやつれていても、
月よ見てくれ心の錦

生まれ変わって天竜の水に
映す男の晴れ姿……〃

二十八年ぶりに帰る飯田線の車中から、線路に沿って流れる天竜川が見えてくると、米さんは人目もはばからずこの「勘太郎月夜唄」を大きな声で歌い続けました。

私はこの高坂米さんの帰郷を軸に、熊谷さんの写真に米さんの眼の前に展開する現在の阿智村を重ね、ドキュメンタリー「阿智村――ある山村の昭和史」を構成しました。

米さんの帰郷という「一石」が投ぜられ、ようやく番組は完成することが出来たのです。熊谷元一さんの写した五万枚の写真は、日本の山村にとって昭和がどういう時代であったかの鮮やかな証になっていました。

この米さんの帰国が、山本さんの手になる中国からの帰国第一号となりました。

そしてこれをきっかけに山本さんは長岳寺の門柱に「日中友好手をつなぐ会」の看板を掲げ、中国残留孤児と国内の肉親を再会させる活動を開始したのです。

しかし、悲願である中国東北部に残留孤児を探す旅が実現するまでには、それからさらに七年の歳月が必要でした。

昭和四十八年六月、NHKに「スペシャル番組部」が新設され、私は「阿智村」取材の途中からそこに異動していました。

当時のＮＨＫの大型企画番組「七〇年代われらが世界」と「未来への遺産」それにＮＨＫのすべての「海外取材番組」を統括する部でした。

日本はすでに世界最大級の食料輸入国となり、増え続ける人口や進む肉食化の陰で世界の食糧危機が叫ばれていました。西アフリカは厳しい飢餓に襲われ、夥しい餓死者が出ていました。私はアフリカの飢餓、アメリカの食糧戦略、そして東アジアの農業開発などを取材して日本人の飽食の陰にある世界の農と食の現実を伝える番組を作り続けました。

一方、テレビは放送開始二〇年を迎え、新しい展開の時を迎えていました。

磯村キャスターの「ニュースセンター九時」が始まり、「ＮＨＫスペシャル番組部」は新しい大型企画番組の開発を進めていました。

ディレクター、記者、カメラマン、アナウンサーなど各部局の精鋭が「Ｎスペ」に集められ連日企画会議が開かれました。そんな中「シルクロード」の放送が始まり「ＮＨＫ特集」が生まれたのです。

第十六章　三十五年目の大陸行

満州帰りの変人坊主

昭和四十七年（一九七二年）。世界史が大きく動きました。

一月二十四日、元日本兵横井庄一さんがグアムの密林で保護され、独りぼっちの二十七年後の終戦を迎えた後、二月二十日アメリカのニクソン大統領は北京入りし、出迎えた周恩来首相と歴史的な握手を交わしました。

五月十五日、沖縄県と九五万県民が二七年ぶりに祖国に復帰し、佐藤内閣が退陣。

七月六日、田中角栄内閣が成立、二カ月後の九月二十九日、田中首相と大平外相が訪中し、ついに日本と中国の国交回復が成りました。

半年後、山本さんが周恩来首相に手紙を送り、高坂米さんの帰国が実現したのですが、その直後からポツリポツリと山本さんの元に中国の孤児たちからの航空便が届くようになってきました。

山本慈昭氏

尊敬する山本慈昭先生　大変お忙しいところ手紙でお邪魔しますがお許しください。

私　名前は張永興。一九四〇年ごろ生まれた日本人孤児で、黒竜江省ジャムス付近で父は開拓団員だったそうです。家族は村に住み、村の脇に川が流れていて父に連れられ身体を洗いに行ったとき若い衆が相撲を取っていました。

乳牛が飼ってあり、母が乳を搾りまた母は時々おむすびを作ってくれ、塩味があって私はそれが好きでした。

一九四五年何月かわかりませんが、父が帰ってくると「兵隊に行かなければならない」と別れの言葉を云いました。母は私とひとかたまりの人たちと一緒に村を離れ、馬車で撤退をはじめ、そのあと汽車に乗りました。汽車の上で足を釘で刺し、その傷が今もあります。その後、新京に来て八道の小学校の難民収容所に入ったが、幾日もたたないうちに母はそこで死亡しました。私が外から帰り、「お母さん!」と呼んだが返事がない。

母は手で頭を押さえ、身体を斜めにして横たわっていました。私は手で押したが母は動かない。その時、そばにいた婦人が「お母さんはもう死んでしまった。ここにお前を養って呉れる人はいない。行きな!　中国人のところへ行きな!　あの人たちはお前を養って呉れるかもしれない」と云いました。

そのあと、収容所の前のやきもち屋の火に一人であたっているとき、今の養父に呼びかけられ私は身の上を話し、養父は私を拾って呉れました。この日は一九四五年十月三十一日でそれから養父の家で生きてきたのです。

その時、私は無帽、上は青色の洋服、その下に幾いろかの毛糸で編んだセーター、黄色のズボンにゴム長靴姿。上着のポケットには馬肉の干したものが入っていました。

私の身体の特徴は右耳の前側に小さいいぼ、左頬下に軽い傷跡があります。身長は一七〇cmです。私は一刻たりとも肉親のことを思わない日はありません。

山本先生どうか父を探してください。桜の木の下で父と再会した時、私は身体を大地に投げ出して、先生に感謝します。

日本人孤児、張永興

＊

私は日本敗戦後の三日目、開拓民の乗った逃げるトラックの上で生まれたそうです。

ソ連のトラックが来たとき、お父さんは飛び降りて逃げてしまい、お母さんはソ連兵に殺されて、投げ出されている傍らで姉は私を抱いていてくれました。間もなく帰ってきたお父さんはお母さんの死体を担いで、姉が私を抱いて、日本の方へ歩き始めましたが、川原の窪みに来た時お父さんはお母さんの死体を降ろし、そこで自分も自殺したそうです。

その時そばにいた人のお世話で姉も私も中国人の康さんの家に拾われ、その後わたしは黄さんの養子として育てられ、現在に至りました。私の日本名は川野三郎だそうです。

日本人として証明になるようなものは何もありません。

私の身体は磁石で吸い込まれたように中国に残った日本人です。

鶏西市　黄金濤

どの手紙も悲痛な叫びをあげ、山寺の一住職に過ぎない山本さんに藁をもつかむ気持ちですがっていました。

孤児たちがどんな気持ちで生きてきたか、どれほど肉親に恋い焦がれてきたか、祖国が手を差し伸べてくれるのをどれほど待っているか。

「あの時放り出された子供たちはいまなお、大人たちが勝手に始めた戦争と戦っている」・

封を切って読むたびに、悲しみの底から怒りがこみ上げてきたといいます。

「何とか国の力で、中国に残してきた子供たちを迎えてほしい」、と訴える山本さんの〝役所行脚〟が始まったのです。

厚生省、外務省、法務省、地元選出の代議士の〝つて〟を頼りに山本さんは歩き始めました。伊那谷の阿智村から東京の霞が関まで片道たっぷり七時間、七十歳を超えた住職が腰弁当で毎月、毎月通ったのです。

だが「孤児たちにせめて一度祖国の土を踏ませてほしい」と訴える山本さんに厚生省の係官の答えは「勝手に大陸に渡っていった開拓民と、お国の為に応召した軍人を一緒に扱えるか！」というものでした。そして法務省の役人は「戸籍上死亡となっているものを今更掘り起こして何になる！」と怒鳴りました。

そのたびに山本さんは「大陸開拓者は食糧増産、北方守備という〝国策〟に従って海を渡ったのではなかったのか？　死亡宣告を受けたというが、八万人の開拓者の死は誰が確認したのか？　ただ戸籍を抹消しただけの話ではないのか」と強く問い返したのです。

しかし誰も本気で相手になろうとはしなくなりました。

五百人を超える全国会議員に実情を訴える手紙も書きましたが、返事を呉れたのはわずか三人だけでした。

当時役所の統計には中国に残留する日本人孤児など、唯の一人もいなかったのです。

山寺の老住職にはとりつく島もなかった。いつしか霞が関で山本さんは「満州帰りの変人坊主」と呼ばれるようになってゆきました。

山本さんが孤児たちからの手紙を読む長岳寺の庫裡の長押には「僧坊夢」と書かれた小説家、今《こん》東光《とうこう》さんの書が架けられています。

山本さんは明治四十三年八歳で出家得度、大正十年京都の比叡山に上り、十二年間本格的な修行を積み、将来を嘱望されたこの世界のエリートでした。

しかし昭和八年エリートコースをガクンとはずれています。

話は昭和初期の京都にさかのぼります。山本さんによれば、当時仏教界の堕落、形骸化はその極に達し、格式や門閥が大手を振ってまかり通っていました。

昭和五年、比叡山に学ぶ青年僧が「仏教改革」を叫んで立ち上がり、それに大谷派の学僧が加わり、総勢五〇人に達し、呼応して全国各地の青年僧が立ち上がり、デモや集会がくり返されたそうです。その京都の中心が山本慈昭さんでした。そして関東で立ち上がったのが当時茨城県の名刹安楽寺にいた修行僧、今東光さんだったのです。

結局、山本さんたちの運動は厳しい弾圧を受け僅か三ヵ月で挫折しました。昭和恐慌のあおりを受け、労働争議や小作争議が頻発していた時代、世間知らずの青年層の運動は弾圧の前にひとたまりもなかったのです。

しかしその時、山本さんはそれぞれの寺を追われた同志に全国の「無住の寺」を見つけては「就職」を斡旋しました。この時今東光さんに紹介したのが河内の貧乏寺「天台院」でした。彼はそこで小説を書き始めたのです。しかし山本さん自身はホノルルの延暦寺別院に飛ばされ、昭和八年帰国後行かされたのが岐阜県の「大日坊」。寺名と墓地だけの庫裡も本堂もない〝青天井〟の寺でした。そして昭和十二年故郷伊那谷に帰って来たのです。

以来四十年、直木賞作家となった今さんと山本さんの親交は続きました。齢は今さんが五歳上でしたが彼は生涯山本さんに兄事したといわれます。

昭和五十一年春、今さんは山本さんが関係する仏教会に招かれ飯田市を訪れ、その時始めて「中国残留孤児」の話を聞いたのです。

四十五年前京都で見たのと同じ熱い血が山本慈昭さんの中に燃えているのを見て感動し、今さんは傍らの筆を執ってサラサラと書きました。それが「僧坊夢」だったのです。

山本さんの役所行脚は続きました。八年間に七〇回を超えたそうです。

わずかな老齢年金と、時々頼まれて書く、かけ軸用の「般若心経」が資金源でした。

昭和四十八年夏、そんな山本さんの姿がＮＨＫのラジオの国際放送で紹介されました。

その直後から山本さんの元に中国の孤児たちからの手紙が殺到するようになりました。そしてそれを追いかけるように、中国に置き去りにしてきた子を探す国内の親からの手紙も届くようになっていったのです。

昭和五十四年（一九七九年）秋、久しぶりに村を訪れた私に山本さんはそんな孤児たちからの手紙の束を見せました。

その手紙を読んで、私は次のような企画を書きました。

NHK特集「再会」――三十五年目の大陸行

伊那谷の山村の小さな寺に、毎日かかさず一〇数通の手紙が届く。

今年は元旦から十月二十日までに二八七〇通、この六年間で一万通を超えた。

「長野県阿智村　山本慈昭様」宛のこれらの手紙は、敗戦の逃避行の中で中国に置去りにしてきたわが子を探す親と、その親にひと目会いたいと願う中国からの孤児たちの悲願にうずめられている。山寺の七十八歳の老住職が三八〇〇人、といわれる「中国残留孤児」と日本の親を結ぶただ一本のパイプなのである。

五十五年七月、この山本氏を団長とする二六名の元開拓者の一団が、戦後初めての旧満州訪問の旅に出る。吉林、長春、ハルピン、瀋陽の町と周辺の旧開拓地で日本から持参した手紙と孤児との照合の面接が行われる。三十五年ぶりの親子の再会が実現する。

「王道楽土」の建設を旗印に戦雲の大陸に展開し、墓標なき八万の死者と三八〇〇人の孤児を今に残した満州開拓とは何だったのだろうか。「幻の大地」をめぐる三十五年目の人間ドラマを描き出すことによって、今日の日本の平和の意味を確かめたい、というのがこの番組の狙いである。

この企画を元に一九八〇年（昭和五十五年）夏、私はかって「満州」と呼ばれた中国東北部に入りました。

七月十二日から十二日間、山本慈昭さんを団長とする、北海道から沖縄まで二十六名のわが子を探す親たちの、三十五年ぶりの旧満州行に同行したのです。

日中国交回復から八年、中国当局との長い取材の交渉の末、ついにＮＨＫのカメラとマイクが戦後初めて旧満州に入ることになったのです。

山本さんとの初対面から十五年が経っていました。

再会

内戦、朝鮮戦争、文化大革命。

彼らは中国の激動の現代史を〝侵略者日本人の鬼子〟と罵られ、生きてきたのです。

吉林、長春、ハルピン、瀋陽、と中国東北部の四つの都市を回り一人ひとりに直接会い当時の事情を聞き、山本さんが八年かけて調査した資料と付き合せて、親と子を「再会」させようという旅でした。

彼らは自分の名前も忘れていました。日本語はもう一言も話せない。

子の口を押えて殺し、自らも発狂した母、縋りつく幼子を木に括り付けて置き去りにした母、列車が坂にかかり速度が落ちる、その時を待っていたかのように、中国人の農家めがけて子供を列車から突き落とす母たち「いい人に育ててもらうんだよ！」

助けたい一心だったのだろうか、子供たちの首には父母の名を書いた札がつけられていました。

そんな中で生き残った孤児たちが初めて日本人の前で口を開き、絞り出すように三十五年前の悪夢から話し始めました。

それを訪中団の元関東軍嘱託、山城龍さんが通訳してゆきました。

長春市　王鳳雲

山本先生は此の訪中団の人たちは自費で来たと言われました。国家も、民族も忘れていない、と云いながら、政府は？

私たちの政府は？

まさか日本の政府は責任を感じないわけではないでしょう。義務を感じないのでしょうか。三十余年もすぎているぞ！と私は考えます。

日本はいま世界の経済大国と云われ強国であり、生活水準は大変高い。しかし今、私が慕い求めるのはこれらの繁栄ではありません。中国での私の生活も収入は少ないほうではありません。中程度です。中国は偉大だ。民族は優秀だ。

しかしつまりは自分の国、自分の民族ではないのです。人は自分の群れの中で生きなければならないのです。

お判りでしょうか。

これは心の声なのです。

私は自分の国土を踏んだことがない。日本はこうもあろう、ああもあろう、と思い煩う。富士山はどんな雄大な山なのか、同胞はどんな日々を過ごしているのだろうか。奇跡と云われる経済や技術はどのように創造されているのだろうか。民族は真実優秀なのであろうか。私を生んだ祖先の住む国土をこの目で親しく見てみたい。先生、どうか力を貸してこの宿願を実現させていただきたい。一目見れば、死んでも瞑目出来るのです。

私は親の名も自分の名も知りません。養父の話によると、桂木斯市福豊街三抱連付近に住んでいた時、養父は子供がないので私を連れて帰ったそうです。その時の私の服装は図案付き模様のスカートをはき、二、三歳で、ただ泣いているばかりで何もわからない者だったそうです。いま年齢は三十八、か九になります。

この不幸だった私の運命は誰を責めるべきでしょうか?

戦争の罪悪！　それが日中両国民に数知れない災難を作った。百万家庭の崩壊、離散、殺人。私はその被害者であり、辛くも生き残った一人なのです。よくぞここまで生き残ってこられた。これは一つの小さな奇跡であり、人類は相親しくあい愛すべきことを物語っていると思うのです。

＊

肖　文天　吉林市

山本先生、私たち孤児の名は日本各県には残っていないのでしょうか。私たちの肉親は私たちの名前を政府に届けてはいないのでしょうか？　中国に置いてきた我子の名前を！

私が二、三歳の頃、銃声の強い夜、母に抱かれて、他の婦女達と行動を共にしました。泣くと母は私の口を押えて声を立てないようにしました。養父に渡った時、軍服色の服を着ていました。

養父は王書修と云い気が荒く、天秤棒一本の貧しい労働者でした。

しつけは厳しく、残酷で、三、四歳のころ発熱の病気中、床の中に便をしたのを怒り雪の中に放り出されました。五、六歳のころ友達と水辺で遊びズボンを濡らし、水の中に投げ込まれた。七、八歳のお正月の夜、一、二、三、と数を数えさせ、居眠りをすると打ちのめした。数えたトウモロコシの粒を食べたところ、怒ってかまどの中に押し込められやけどをしました。農業の手伝いをするようになったが、気に入らないと打ったり、罵ったりは常の事、ますます憎みました。友達が快活に遊ぶのを見て、どうして自分だけこんなに苦しいのかと、毎日死を考えました。

ある時、こん棒で叩きました。その時、本当のお父さんでないからこんなに憎むのか、と反論したところなお叩きに叩きました。私が跪いて許しを乞うと、丸裸にして雪の中に追い出しました。そんなとき何時も近所の人が助けたり、匿ったりして、生き延びてきました。いま結婚して十年、三女の父です。

勝手なお願いですが先生、古くてもいいです、お帰りになったら懐かしい日本、わたしの祖国日本の全面地図がございましたら、一枚送ってください。

第十七章　馬場周子の証言

麻山

北海道から参加した岩崎スミさんは列車のカーテンを閉め、独り孤児から来た手紙を読んでいます。彼女は戦後一度もパーマをかけたことがない、中国に行ける日が来たら真っ先に行こうと旅費に積み立ててきたのです。

スミさんは哈達河《はたほ》開拓団の小学校の先生でした。

彼女もこの大陸に、深い悲しみを残して戦後を生きてきました。三十五年前、父母も兄もここで死んだ。最愛の教え子たちもここに眠っている。

満州の開拓農業は初め、大豆、コーリャン、粟などの三年輪作を基幹に、トウモロコシ、小麦などを作る「主穀式農法」を行っていました。しかし、それは低温で降雨量がすくなく広大で粗放的な畑作作業に合わないことが分かってきました。そこで登場したのが明治時代から、先駆的な北海道の開拓者によって体系化された「北海道ブラウ農法」でした。

北海道の優秀農家が北海道開拓の技を満州に伝授する目的で次々に大陸に渡ってゆきました。岩崎さん一家が仏壇と家財道具、馬二頭、綿羊一〇頭、犬二匹を連れ渡満して「哈達河開拓団」に入ったのは昭和十三年の春でした。

昭和十六年四月、十七歳の彼女は教師の免許を取るとすぐ父母と兄のいるこの哈達河開拓団の教師として渡満しました。

昭和二十年四月、四十五名の一年生が入学し、彼女は一年生の担当になりました。

夏休みに入り八月九日、彼女は軍による手旗信号の講習会に参加させられ東安の町にいました。講習会が終わるのを待っていたかのように東安の町でも爆撃が始まったのです。

親や教え子たちはどうしているだろうか、スミさんは必死に開拓地へ戻ろうともがいたが、避難してくるひとの群れに押し戻され、南へ逃げたのです。

その頃麻山の開拓団で惨劇が始まろうとしていました。

『満州開拓史』は次のように記しています。

団は東海駅から北方一・八キロの地点にあり、団長貝沼洋二。総人口は一〇二二（うち応召一六八名）であった。八月十日午前八時数十台の馬車を連ね団は出発したが、城子河、鶏寧、平陽は爆撃を受け全焼中であった。先頭約八〇名は原住民の襲撃を受け武器を奪われた。八月十一日夜は大雨のため前進できず、路上で夜を明かした。

八月十二日正午、麻山に到着した頃ソ連の戦車隊と日本軍の激戦があり、団員も軍と共に応戦したが戦死者多く日本軍は敗退。婦女子二〇名はソ連軍に連行され、団は支離滅裂となった。後方からも戦車隊迫る、の報に接し、進退ここに極まり、切り込み隊三十七名をのみ残し貝沼団長以下四六五名は非業極まる自決を遂げた。

この時、スミさんの父母も兄も教え子たちも最期を遂げました。
この三十五年間、彼女は死んだ家族と教え子たちのために祈り続けました。
西国八十八か所の巡礼の旅にも出ました。

麻山谷短き命立たれたる
　教え子思えば雪降りしきる

昭和五十五年一月、北海道のスミさんの元に中国から一通の手紙が届きました。
手紙は片時も忘れることのなかった一年生の教え子、馬場周子さんからのものでした。集団自決で全滅したと思っていた四五人の教え子の何人かが生きていることが分かったのです。

中華人民共和国黒竜江省鶏西市鶏冠区　呂桂芹（馬場周子）
尊敬する先生

私たちはとうとう幸福の日を迎えることが出来ました。先生たちは初めて祖国日本から来られる私たちの親です。

過ぎ去った私の幼年時代。

その頃私は本当に天真爛漫で、ロマンに満ちた幸福な時を過ごしていました。

私の家は敬愛する父や、善良な母、活発な姉妹たちの一家七人裕福でした。毎日お米の御飯を食べ牛乳を飲み、時にはリンゴやミカンも食べ恵まれた生活でした。

私はみんなより早く起きて食事を作っているお母さんのそばで、笑ったり、お喋りをするのが大好きでした。父は諄諄と私たちに教えてくれました。

「喧嘩をしてはいけない。人と争ってはいけない。人のものを盗ってはいけない。衛生に注意して、学習に努めて、いい生徒になりなさい。将来はお前たちを日本に連れて帰るのだ。」

私の父母はお互いを尊敬しあいとても仲が良く、言い争ったのを一度も見たことがありませんでした。

七歳になって私は学校に入りました。先生は貴女でした。

温和でやさしい先生でした。私の覚えているのは夏の暑い日、運動会が開かれ、家族も皆で参加したことです。母も妹も来ました。お昼になると生徒とたくさんの家族が一緒に食事をして、大変にぎやかでした。

先生、あなたは良く忍耐することを教えてくださいました。私たちに、規則を守り、皆で団結をしてよく勉強するのがいい生徒だと云われました。

思い出すあのころ、いま考えるとあれもこれも私にとっては、自分の幸せな歴史の一コマでした。しかしこうした幸せも暫しの間でした。

敬愛する先生、決して忘れることのできないあの時の記憶と、母や姉の悲惨な最期を目撃した一人の私が、その後に過ごしてきた苦難の全過程を、先生にお会いした時、お話ししたいと思っています。

私は初めて自分が云わなければならないことが沢山あることに気がついたのです。

七月先生にお会いできる日を一日千秋の思い出待っています。敬礼

一九八〇・一・六

あなたの教え子　周子

友好の架け橋

あれから三十五年間スミさんはひたすらこの日を待ちつづけてきました。

別れた時七歳の一年生は四十二歳になっている筈です。

岩崎さんがホテルの玄関のドアを開けた瞬間でした。突然「ワーッ」という声がしてどこから現れたのか五、六人の中年の男女がスミさんのところに殺到してきました。

「周ちゃん!」というスミさんの叫ぶ声が聞こえ、へなへなと倒れ掛かったスミさんを左右から抱

き留め、彼女たちはオイオイと泣き始めました。ハルピン国際旅行者招待所の玄関前はたちまち、黒山の人だかりとなりました。

「周子です……」

「麗子……」

「満昭……」泣き声の中から途切れ、途切れにそんな声が漏れてくる。

「ああ！　満昭ちゃん、おおきくなって……」

一年生と二十歳の先生の三十五振りの再会でした。

「哈達河開拓団」に近い鶏西市から十五時間も汽車に乗り岩崎スミさんを訪ねてきたのは集団自決の際生き残った馬場周子さん、滝沢麗子さん、渡辺満昭さん、黒川猛夫さん、坂井容子さんの五名でした。「哈達河開拓団員」の妻で中国に残った白岩ときさんという老婦人が同行していました。

ロビーの長椅子の真ん中に岩崎さんが座りその周りを五人が取り囲んで白岩さんが岩崎さんと教え子たちの会話を通訳する。

会ったら、これも話したい、これも聞かなければ、と考えてきました。しかし何から話せばいいのか、何から聞けばいいのか、お互いが分からない。

そのうち、孤児たちは次第に先生に甘える昔の一年生に戻り、岩崎さんの表情もやさしい先生に戻ってきました。手を握って離さない者、頬に触れる人、髪に触る人。教え子たちは何かを確かめるように岩崎さんの何処かを触っている。そのたびに新たな涙が頬を伝わる。

この孤児たちは、この世で自分の親に会える夢はない。二十年四月から八月まで一学期間教わった岩崎先生が彼らにとってただ一人の懐かしい日本人なのです。
一段落した時、それまで皆の話を黙って聞いていた馬場周子さんが話し始めました。

三十五年前の八月ある黄昏時、私は一人で外であそんでいました。すると突然男の人が訪れ、「即刻避難移動せよ！」と母に言いました。母は急いで私たちに洋服を着せ、馬車を用意すると私たち五人の姉妹と麗子の一家三人を載せ手綱を取って、一路林口の方向を目指して出発しました。麗子の父も私の父も兵隊にとられ不在だったのです。

その時持ち出したものは、ゆで卵と着ていた服、ズボンと履いていた靴、それに二袋のお米だけでした。道路は避難する人で一杯でした。時々ソ連の飛行機が来て爆弾を落しました。私はたった一日で私たちが平和から戦争の渦中に巻き込まれてしまったのが理解できませんでした。夜になって雨が降り私たちは身体の芯まで濡れてしまいました。ただ私の傍らには愛に満ちた母がいてくれました。母は何時間も飲まず食わずで、私たちに持ってきたゆで卵を食べさせてくれました。

その時日本兵を満載した軍用トラックが来て兵隊さんが飛び降り、私はその時嬉しかった。父もこの兵隊さんのようにどこかにいる筈だ、会えるかもしれないと思ったからです。兵隊さんは、トラックの上から私たちにビスケットやミカンの缶詰、お菓子などを呉れました。私たちは腹一杯食べました。しかし母は少しも食べていません。

「お母さんはお腹がすかないの」と云いますと母は「私はいいからお前たちお腹いっぱいお食

べ」と云いながら母は私の頭を優しくなでてくれました。

皆が食べ終わった頃、一人の男が話を始めました。

「前方で両軍が交戦中で、われわれはこれから先に進むことも後退することも出来ない。どうするか？」

皆が云いました。「私たちは上からの命令に従うだけだ。ソ連兵の手に落ちて殺されるのは嫌だ、この上は生きるも死ぬも一緒だ」

その時、誰一人逃げ出す者はいませんでした。少しも死ぬことを怖れませんでした。

それから白いタオルが配られ、皆はそのタオルで目隠しをしました。母は私に目隠しをしてくれ「お父さんは生きているのか、死んだのか分らない」と云いました。

母は私たち五人の手を固く握って時の来るのを待っていました。

私は好奇心からタオルを下げてみました。私の前に黒く光る機関銃が据えられ、上には弾丸が一杯詰まっていました。そして命令が発せられたのです。討て！

どのくらい時間がたったのか分かりません。私は目が覚め、身体がだるく口の中はカラカラに乾いていました。弾丸の入った右の腕が疼きました。私はたくさんの死体の中に、うずもれていたのです。気が付くと七人の子供がいました。全員血まみれでそのほかに足の骨がぐちゃぐちゃにおれた男の生徒がいました。

私はこの時母を思い出しました。血の海から這い出して母と姉を捜しはじめ探しました。そして大声で「お母さん！お母さん！」と泣き叫びましたが、お母さんたちは、もうこの世の人ではなかったのです。

先生どうぞ見てください。この傷がその時の弾の後です。これらはすべて我々日本人がやったことです、私がその目撃者です。

そのとき、ひとりの中国人が日本人の荷物を盗みに来ました。

その男張学政は私たちを拾った荷物と一緒に乗せ青龍屯に連れて帰りました。

「日本人の子供はいらないか！　男も女も、どちらもいる。一度見てみろ！　日本人の子供はいらないか！」

呂という老婆が私を馬車から降ろし、家に連れて帰ってくれました。この家は村一番の貧乏で朝食べれば、夕食が食べられないような状況で、家も二年後に倒れてしまうほどでした。十七歳の時王士清と結婚し、いま仲良く生活をつづけています。

先生。いま私はこう考えています。

中国はここまで育ててくれた国です。しかし、私は大和民族の血を受けています。

私の祖国は日本です。そして私の故郷は中国です。

私の子供たちは両国に共通の親を持っています。両国はこれから永遠に発展し、両国民の間に友好が進むことを私は心から願っています。私はその懸け橋になりたいと思っています――」

必死に訴えるさまはすさまじい迫力でした。

およそ二十分間一人で話し終えると彼女は長い間背負ってきた重い荷物を降したようにさばさば

した表情になって、

「先生、大きい馬、小さい馬の歌を歌いましょう…はっきり覚えているかわからないけど……」大きい馬、小さい馬の歌とは何だろうか。

岩崎さんはすぐ「お馬の親子」だと気が付きました。

　お馬の親子は仲良しこよし、

　いつでも一緒に

　ポックリ、ポックリ歩く。

「ポックリポックリのところは全員が覚えていて声をそろえて、一段と声が大きくなりました。

「サシスセソ、ナニヌネノ、アイウエオ……」

その、順序がバラバラなアイウエオを聞きながらロビーの隅で、山本慈昭さんがうずくまって泣いていました。

彼もまた開拓団の小学校の先生だったのです。

帝国ホテルの食事会

最後の訪問地は、かつて奉天と呼ばれた瀋陽でした。

その瀋陽で我々は数人の孤児の方々に「瀋陽館」という、木造二階建ての小さなホテルの一室に案内されました。そこが、かつて、板垣征四郎や石原莞爾など関東軍の参謀が「満州事変」の謀議をくりかえした部屋だったのです。

こんな十五畳足らずの小さな部屋が日中十五年戦争の、ひいては太平洋戦争の震源地かと驚きました。関東軍の参謀たちが座っていたという椅子を指さす中国残留孤児。

「五族協和」だ「王道楽土」だといって始めた戦争の五十年の結末がそこにありました。


結局、中国東北部の四つの都市を回り、三一五人の孤児と会い、二組の親子と、元教師と五人の教え子が再会したこの番組は昭和五十五年(一九八〇年)九月十九日夜、NHK特集「再会――三十五年目の大陸行」のタイトルで放送されました。その日は奇しくも昭和六年(一九三一年)九月十八日の「満州事変から五〇年」の翌日でした。

「中国残留孤児」の存在を初めて世に知らせたこの番組は大きな反響を呼び、放送直後から一週間だけでNHKに一、二〇〇〇通もの手紙や電話が殺到しました。

人々は三十五年も前に終わったはずの戦争が、まだ終わっていないことに気づき、愕然となったのです。

世論は政府を動かし、一九八〇年十二月一日、時の厚生大臣園田直氏は山本さんに感謝状を贈りました。そして、帝国ホテルでの食事に招待したのです。

その席で山本さんは〝この運動に予算をつけよ、返事をもらうまで食事には手を付けない〟と迫りました。園田大臣は自らの悲痛な軍隊体験を語り、それに応じました。

そして翌春三月から中国残留孤児の「訪日調査」が始まったのです。

山本慈昭さんが伊那谷から手弁当の夜行列車で片道七時をかけた〝役所行脚〟は八年間に凡そ七〇回。その間、厚生省や外務省や法務省に陳情して「満州帰りの変人坊主」と罵られ、相手にされなかった「訪日調査」がついに実現したのです。

ＮＨＫは「中国残留孤児プロジェクト」を立ち上げ、局を挙げて残留孤児探しキャンペーンを展開しました。作家の山崎豊子さんはその後八年をかけ「大地の子」を書きました。

それを「終戦五〇年」の記念番組としてＮＨＫがテレビドラマ化して、大きな反響を呼んだことは、周知の通りです。

孤児たちにとって中国とは棄てられた敵の子を育ててくれた国でした。そして、孤児たちにとって日本とは、そんな自分たちに、戦後三十五年間、手をさしのべ得なかった「祖国」でした。

「三十五年目の大陸行」からさらに三十五年、二六〇〇人の孤児と六八〇〇人の家族が日本への永住帰国を果たしました。しかしいまその六割が生活保護を受けています。

失われた歳月は取り返しがつかなかったのです。

戦争は最も弱い者に、最大の犠牲を強いたのです。

終章　阿智郷開拓団始末

「開拓」とはそもそも原始の森や、不毛の大地をひとクワひとクワ掘り起こし何年も、何代もかけて美田に変える崇高な行為の筈です。

しかし、日本の「満州開拓」と呼ばれるものの大半は現地の人々が拓き、耕した土地から軍刃をかざして彼等を追い出し、その跡に入っただけのものでした。

土地を奪われた人々にとって「開拓者」は関東軍の虎の威を借りた「侵略者」そのものだったのです。そのうらみの爆発が「悲劇」を一層大きなものにしました。

『満州開拓史』よれば、「敗戦時の満州開拓団関係者二七万人（応召者四万七〇〇〇人を含む）。うち死亡七万八五〇〇人、未帰還者四五〇〇人」と推定されています。三人に一人が死んだのです。

さらに、昭和七年の最初の満州開拓団「大日向村」から最後の「阿智郷」まで長野県下から満州開拓に参加した者は総勢三万三〇〇〇人。うち死亡一万三六〇〇人、未帰還、行方不明合せて一〇〇〇人。二人に一人が死んだのです。

山本慈昭さんの調査資料から作製した阿智郷開拓団の最後は次の通りです。（年齢は終戦時）

氏名	性別	年齢	生死	最終消息
小笠原正賢	男	51		二一・六　満州より帰還
内田博史	〃	41		〃
石原康平	〃	37		二三・八　シベリヤより帰還
小木会道男	〃	36		二四・七　シベリヤより帰還
荒井茂	〃	41	死	二〇・九・七　ソ兵に依り佳木期へ連行途上銃殺
みちゑ	女	34	死	二〇・八・三　中共軍補助看護婦としていた由
豊	男	13	死	二〇・八・六　ソ兵により殺害
仁	男	11	死	二〇・一〇・六　佳木期市栄養失調症死
弘子	女	7	死	二〇・八・二七　倭江山中栄養失調症死
仁子	女	6	死	二〇・八・二七　倭江山中栄養失調症死
勢子	女	2	死	二〇・八・二八　倭江山中栄養失調症死
原　庄司	男	24	死	
鈴木正治	男	31	死	
眞	女	26	死	二一・一二・一〇　新京室町小学校分娩後死亡

渥美眞二	男	51	死	二〇・八・二七　勃利県佐渡開拓団にて戦死
いきゑ	女	48	死	〃
渥美定夫	男	27	死	二一・四・七　ハバロフスクソ連病院栄養失調症死
カツヱ	女	22	死	二〇・八・二七　勃利県佐渡開拓団にて戦死
正司	男	13	死	
利博	〃	9	死	
田中興一	男	43		二三・五　満州より帰還
フサヱ	女	48	死	二〇・一一・一八　勃利県佐渡開拓団戦死
全子	〃	20		倭江方面満人八部落にて生存
民子	〃	15		中共軍看護婦として生存
つや子	〃	13	死	勃利方面にて死亡
庸皓	男	9	死	二一・八・二七　浜江省哈爾浜市花園収容所
清介	〃	9	死	二〇・一一・一〇　勃利県佐渡開拓団にて戦死
田島豊一	〃	32		
塩澤家乃	男	45	死	二〇・八・二七　勃利県佐渡開拓団にて戦死
愛子	女	45	死	二〇・一二・二〇　宝清街の郊外発疹チフス
いち	〃	67	死	二〇・八・一二　宝清街の郊外戦死
兼代	〃	20		二一・八　満州より帰還

塩澤智春	男	16	死	二〇・八・一二	宝清街の郊外戦死
三郎	〃	14	死	〃	
志げ子	女	12	死	〃	
みよし	〃	9	死	〃	
兼三郎	男	73	死	〃	
あきゑ	女	25	死	〃	
荒井博次	男	44	死	二〇・一二・一九	
志を	女	35	死	二〇・一一・一五	
敏	男	14		二三・八	満州より帰還
洋行	〃	3	死	二〇・一一・一五	
上田今朝雄	男	45	死	二〇・八・二七	
かの	女	42	死	二〇・八・二七	
むつ子	〃	15	死	二一・四・七	倭江同徳会栄養失調症
始	男	12	死	二〇・八・二〇	勃利県佐渡開拓団病死
山本慈照	男	45		二三・四・一四	シベリヤ帰還
千ひろ	女	32	死	二一・八・二九	長春市邦人避難病院栄養失調症
啓江	〃	5	死	二一・七・二六	哈爾浜病院疫痢
純江	〃	2	死	〃	

原　岩雄	男	51	死	二〇・八・一二　宝清街の郊外戦死
きのゑ	女	33	死	二〇・八・二七　勃利県佐渡開拓団にて戦死
房子	〃	13	死	〃
日出夫	男	10	死	〃
初子	女	15	死	〃
小林　作三	男	32	死	西索倫勤報隊と同行以後消息不明
井原勝造	男	46		二一・一〇　満州より帰還
金田修一	男	46	死	引揚途上溺死
野中忠一	男	44		二三・四・一四　シベリヤより帰還
寿家お	女	39	死	二〇・九・一〇　矮江にて自決
菊美	〃	19		二〇・八・二九　佐渡開拓団連行され以後不明
幸一	男	15	死	二一・三・一二　勃利県矮江収容所栄養失調症
貞江	女	13		二一・一〇　満州より帰還
章	男	11		〃
由枝	女	9		二一・三・一二　勃利県矮江にて満人に貰はる
文子	〃	7		二〇・一二　〃
秀雄	男	4	死	二〇・一〇・八　勃利県矮江収容所栄養失調症
田中直隆	男	31		二一・八　満州より帰還

しまゑ	女	24	死	二一・八・二九　長春市室町少学校にて大腸炎
木下敏美	男	25		二一・五　満州より帰還
くわ	女	25		〃
伊原正二	男	34		？
羽場崎清志	男	31	死	二二・七・一三　シベリヤホルモンにて肺炎
宇良	女	31	死	二〇・九・一〇　矮江にて自決
一代	〃	10	死	二〇・一二　矮江にて発疹チフス
弘子	〃	7		生存し居る由
修	男	3	死	二〇・九・一七　勃利県矮江収容所栄養失調症
きたゑ	女	34	死	二〇・一二・一六　阿城県東大榮発疹チフス
高坂正人	男	21		二〇・五　歩兵方二七一郷隊第七中隊へ入隊　消息不明
矢津温夫	男	20		二一・一〇　満州より帰還
上原廣彦	男	19		二一・一〇　満州より帰還
園原永市	男	21		〃
原　彦男	男	20	死	二〇・八・二五　佐渡開拓団でソ兵に依り銃殺
井原武夫	男	24		
安藤三郎	男	44	死	二〇・一二・二九　勃利懸収容所発疹チフス
ふじゑ	女	41	死	二一・一・八　〃

寛史	男	17	死	二一・一・二四　栄養失調症
要	〃	15	死	二一・一〇・一八　福岡国立築き病院栄養失調症
ちひろ	女	14	死	二一・一一・九　勃利県収容所栄養失調症
代三郎	男	9	死	二〇・一二・二四　哈爾浜花園小学校にて衰弱
ちさと	女	7	死	二一・五頃　〃
井原茂一	男	42		二三・六シベリヤより帰還
千春	女	42	死	二〇・一二・二五　勃利県収容所栄養失調症
藤次郎	男	74	死	二〇・一二・四　矮江の宿屋で衰弱死
千代美	女	20		二一・八　帰還
孝	男	18		勃利県倭江附近にて行方不明
里美	女	14		勃利県倭江附近にて行方不明
澄子	女	10	死	倭江にて病死した由
崎子	女	6	死	二〇・一二・一〇　勃利県収容所発疹チフス
高坂　幸	男	47	死	二〇・九・一〇　矮江にて自決
みよし	女	42	死	〃
昇平	男	15	死	二〇・一一・三〇　〃
智	〃	10	死	二〇・一二・一　栄養失調症
栄一	〃	7		不明

高間良比古	男	21	死	二一・三・一　倭口にて発疹チフス
けい	女	42	死	二〇・九・一〇　矮江にて自決
加代子	〃	16	死	二一・二・七　〃
國明	男	13		倭江にて満人宅に
勝雄	〃	5	死	二〇・一二・一二　倭口にて発疹チフス
安藤三幸	男	40	死	二一・六・一〇　哈爾浜花園小学校発疹チフス
末太郎	〃	64	死	二〇・八・二五　勃利県鹿島台
さかえ	女	36	死	二〇・一二・二一　発疹チフス
房雄	男	15		二一・九　満州より帰還
みすえ	女	13		〃
久江	〃	11		〃
きしゑ	〃	9	死	二一・一・一三　勃利県連珠収容所発疹チフス
義夫	男	7		二一・九　満州より帰還
幸夫	〃	3	死	二〇・一〇・六　勃利県収容所衰弱
井原長次	男	54	死	二〇・一〇・二五　〃
むねよ	女	53	死	二〇・九・一〇　矮江にて自決
時彦	男	13		二一・九　満州より帰還
牛山八千	男	25		哈爾浜にて生存の由

節	男	4	死	二〇・一一・一八　勃利県倭江栄養失調症
安藤亀雄	男	45	死	二一・六・二〇　勃利県収容所発疹チフス
勝江	女	41	死	二〇・一二・二〇　〃
安藤ゑみ子	女	41	死	二〇・一二・二五　〃
井原久雄	男	37	死	二一・二・一一　哈爾浜発疹チフス
みさゑ	女	31	死	二一・二・一一　〃
安藤和子	女	8		満人の子供になった由
慎治	男	6	死	二〇・七・三一　哈爾浜発疹チフス
田中なか	女	43	死	二〇・九・一〇　矮江にて自決
久三	男	25		二三・八　シベリヤより帰還
光男	〃	20		二一・八　満州より帰還
きよ子	女	18		哈爾浜収容所にて病人看護をしていたが不明
章司	男	15		二一・八　満州より帰還
所澤辰治	男	30		二三・六　シベリヤより帰還
芳子	女	28	死	拉古にて病死
瓜生譲	男	28	死	二一・三・一　審陽市浜発疹チフス
島岡弘	男	43		二三・七　シベリヤより帰還
巴	女	39	死	二〇・一〇・五　勃利県矮江収容所発疹チフス

きさほ	〃	18		二一・九	満州より帰還
善人	男	17		二一・九	満州より帰還
儀巴	〃	14	死	二〇・一一・一五	勃利県矮江収容所栄養失調症
武	〃	11	死	二〇・一〇・一〇	〃
利明	〃	8	死	二〇・一〇・五	勃利県矮江収容所栄養失調症
竹村二郎	男	44	死	二〇・八・二七	ソ連兵により殺害
ひろゑ	女	36	死	二〇・八・二七	〃
浩之	男	13	死	二〇・八・二七	〃
子	女	10	死	二〇・八・二七	〃
拓子	〃	7	死	二〇・八・二七	〃
？	男	5	死	二〇・八・二七	〃
安藤長一	男	39	死	二一・三・一五	浜江省哈爾浜にて発疹チフス
いちゑ	女	35	死	二一・五・二〇	
徳子	〃	25	死	二一・五・三〇	
幸平	〃	11		勃利附近満人宅生存	
義一	男	6		〃	
公子	女	3	死	二一・三・一〇	浜江省哈爾浜にて発疹チフス
増田義美	男	20		二四・九	シベリヤより帰還

矢澤義人　〃　31　死　二一・九・二二　満州より引揚中急性肺炎にて死亡

阿智郷開拓団勤労奉仕隊員

池田　林　男　45　死　二一・一・二一　新京室町小学校にて栄養失調症
熊谷賢吉　〃　41　死　二〇・一〇　新京西大房身収容所にて栄養失調症
中島　民人　〃　19　死　二〇・九　牡丹江市拉古収容所にて栄養失調症
牧野氏司　〃　19　二一・八　満州より帰還
山田小春　女　21　二一・二　新京収容所満人に連行され以後不明
須田クニ江　〃　17　死　二〇・八・二八　三江省鹿島台附近にて餓死
木下福恵　〃　22　二一・九　哈爾浜で中共兵看護婦として勤務
堀田サトシ　〃　17　二一・八　満州より帰還
佐々木よしみ　〃　16　二一・八　〃
下田稔　男　22　二三・八　シベリヤより帰還
高坂登　〃　17　二一・八　満州より帰還
小池きみ　女　22　二一・八　〃
塚田利　男　16　二一・八　〃
樋口治　〃　20　死　二〇・一〇・二九　満州特別市難民収容所栄養失調症
小池八千江　女　23　生死不明

肥後菊枝	〃	20	死	二一・一〇	満州より帰還
遠山よしゑ	〃	20	死	二一・八	帰還　長崎病院に入り死亡
小林五十鈴	〃	23	死	二一・一・一五	哈爾浜にて死亡
福岡かつみ	〃	18		二一・九	佳木則第十病院に看護婦として勤務
長谷川吉見	〃	18		二一・一〇	満州より帰還
遠山清美	〃	22	死	二一・二・二〇	藩陽市にて発疹チフス
遠山りつ子	〃	28	死	二〇・八・一三	難西ムーリ河にて餓死

「勤労奉仕隊」の二二名を含め阿智郷開拓団総員一七二名のうち、死亡一一八名、消息不明二〇名、生還わずか三四名でした。八〇%の人が死んだのです。

山本さんの教え子四五名のうち帰国できたのはわずか六名でした。そして、荒井茂一家八名、上田今朝雄一家四名、渥美真二一家七名、原岩雄一家五名、安藤三郎一家七名、安藤亀雄一家三名、竹村二郎一家六名の七家族が全滅しました。

エピローグ　過去に目を閉ざす者

二〇一三年（平成二十五年）四月二十五日長野県阿智村の長岳寺の門前に木造平屋建て四四〇平方メートルの「満蒙開拓平和記念館」が完成しました。〔写真〕

日本で唯一つの満州開拓に特化した記念館です。

満州から帰ったお年寄りたちがその「体験」を語りはじめたのは戦後六十年もたった最近のことでした。

「歴史が風化する前に自分たちで建てよう」と地元の有志が、手記や写真、証言の映像など、展示する資料を集め、語り部を招いて集会を開き、自治体の協力も得て七年間の募金活動の末、一億二〇〇〇万円を集め、記念館はようやく完成したのです。

展示では集団自決の悲劇と共に、土地を収奪した事実も伝えています。

「振り返りたくない史実でも、誤った国策とそれを国民が支持した過ちを繰り返したくないから」と関係者は話しています。

一昨年四月の開館からこの十月末までの凡そ二年半の間に来館者は七万五千人を数えました。「山本慈昭記念室」もあり、中国残留孤児から山本さんにあてた二十年間の四万通の手紙も翻訳付きで全部保存されています。


そして昨年暮れ「望郷の鐘――満蒙開拓団の落日」と云う山本慈昭さんを主人公にした映画が完成し、戦後七十年のこの春から、東京をはじめ全国で一般公開されています。

山田火砂子監督、内藤剛志主演のこの映画には製作費のカンパやエキストラ出演などで阿智村をはじめ下伊那地方の人たちが全面協力しました。

東京大空襲の地獄をみた経験を持つ八十二歳の山田火砂子監督は自身も子供時代、日本の勝利を信じて疑わない軍国少女でした。

「戦争のむごさを伝えるのが私たち世代の務めだ」

との一念でこの映画を作ったのです。

映画はいま世にうけいれられ、上映会場はどこも立ち見が出るほどです。

映画の中で、シベリヤから帰国した山本慈昭さんが満州から生きて還ってきた教え子に「先生、僕たちは負ける戦争の最後に満州に行かされて、国の宣伝にだまされたんですね」と迫られるシーンがあります。

山本さんはこう答えます。


そうだ、その通りだ。

だがな、だます者とだまされる者がそろっていなかったら戦争は起こらなかった。

だまされた自分自身のことも反省して二度と、二度とだまされないように努力しよう。


当時の為政者にとって満州開拓団員などは道端の石ころ程度のものだったのかもしれません。

「満州開拓」を推進した当時の日本の指導者は誰一人責任をとっていないのです。

民間で強力に推進した男は、昭和四十四年天皇の園遊会に「開拓功労者」として招かれ、出席しました。本來なら、人前に顔を出せない立場の人が、堂々と永らえたのです。

学者も官僚も無責任でした。
満州開拓の最高ブレーンであった東大教授は戦後インド駐在大使となり〝文化使節〟と呼ばれました。そして満州開拓を推進した官僚は間もなく農林大臣となり、戦後農政のカジを切ったのです。
しかしそれ以上に驚かされるのは、命からがら引き揚げてきた彼らが戦後、頼り、支持したのは彼らを死の淵に追いやった側の人たちだったことです。

その間の事情を「満州開拓青少年義勇軍」の隊員として十五歳で満州に渡り、戦後元満州開拓団員の為に献身的な活動をつづけた全国拓友協会副会長兼事務局長の原田要氏に聞いたことがあります。彼はこう言いました。


戦後我々が運動を始めた時、真っ先に頼りにしたのは当時社会のオピニオン・リーダーと呼ばれていた、いわゆる〝進歩的文化人〟の方々でした。

しかし彼らは口々に『満州開拓者は日本のアジア侵略政策の直接の担い手であり、中国農民への加害者であった』と云い、無一文で引き揚げてきてワラにもすがりたい我々に救いの手を差し伸べるどころか、励ましの声一つかけてくれなかった。ただ貧乏百姓、貧乏職人の子が勝手に行って死んでしまった、と云わんばかりの対応でした。

我々は保守派の人々にすがるしかなかったのです。


昭和の戦争はわれわれに、明治維新以来昭和の初めまでの七十年間に作りあげられた日本人の精神風土がいかに貧しく、いかに身勝手で、独りよがりであったかを、そしてそれを正すべき側が、いかに非力であったかを教えました。

戦後七十年の歳月はそれを正す時間だった筈です。

にもかかわらず、われわれは過去の過ちに真剣に向かい合おうともせず、日本はいまこれに急激右傾化と好戦的風潮で応えています。

日本を代表する憲法学者がこぞって「違憲だ」と指摘し、国会議事堂前を埋め尽くした数万人の市民をはじめ、全国各地で反対の集会やデモが繰り返される中で、この九月一九日、参議院本会議は「安全保障関連法案」を可決、成立させました。

憲法九条の元では集団的自衛権は使えない、とする従来の解釈は何十年間にもわたる国会論戦の中で確立されてきたものです。その積み重ねをヤジと怒号のうちに一気に吹き飛ばした「解釈改憲」の暴挙です。


《国権の発動たる戦争と、武力による威嚇又は武力の行使は、国際紛争を解決する手段としては、永久にこれを放棄する》

と定めた日本国憲法第九条は、戦争の悲惨さを経験した人類の英知が作った宝です。

日本は「五族協和」を標榜してアジア諸国を侵略した。戦後日本国民はその反省に立ち、武力に依らない国際紛争の解決を世界に誓ったのです。

「まだ侵略の定義が定まっていない」などと嘯き、口を開けば「愛国心」だ「国家の尊厳」などというが、戦後七〇年たっても、大陸で死んだ開拓者や南の島のジャングルで飢えて死んでいった何十万人の兵隊の遺骨を野ざらにしておく国家に、それを言う資格があるのでしょうか。

統一ドイツの初代大統領リヒャルト・フォン・ワイツゼッカーが今年一月三十一日九十四歳で世を去りました。メディアは一斉に彼がナチの所業を回顧して、一九八五年五月八日の「ドイツ敗戦四〇周年」にあたり連邦議会で行った有名な演説の一節を紹介しました。


過去を修正したり、過去を無かったことにする訳にはいかない。

過去に目を閉ざす者は、結局のところ、現在にも盲目となる。

あの当時の非人間的行為を心に刻みつけようとしない者は、また同じ危機に陥る。


過去に厳然として存在した事実を、今日からみて都合悪いなどと勝手な理屈をつけ「自虐史観」であるとして排除することは断じて許されない。

「過去に厳然として存在した事実」を心に刻みつけ、忘れたものには想い起こさせ、知らない者には教えることこそが、あの戦争の死者に対する、生き残った者の最低限の責任だと思うのです。

もし日本人があの戦争から何も学ばず、何の教訓も得られないならば、われわれは永久に「満州の悲劇」の段階に止まることになるのではないか。

あとがきに代えて

私はNHKの放送が最も華やかな時代に「紅白歌合戦」とも「大河ドラマ」とも無縁の、最も地味なセクションで農業や食糧問題、昭和史などをテーマにドキュメンタリー番組を制作してきました。

前半の十年間は「明るい農村」で、出稼ぎ、離農、減反など高度経済成長下で苦闘する日本の村と農民を、後半の二十年間は「NHK特集」で農産物自由化など海外からの攻勢に翻弄される日本の農と食をテーマに、海外に取材した番組を制作してきました。

じりじりと追い詰められ、衰退してゆく日本農業を、村と農民の側に立って伝えようと努めましたが、それは厳しく、辛い仕事でした。

しかし、それを三十年間も続けてこられたのは、そこに、ほかの仕事では出会うことのできない想像を絶する出来事や素晴らしい人物との出会いがあったからです。

実際、ドキュメンタリー番組の取材で出会う現実の世界は下手なドラマより遥かにドラマチックでした。「事実は小説より奇なり」でした。

そのひとつがこの本に書いた満州開拓と阿智村の方々でした。

この本を書いたきっかけは、孫からの人間魚雷「回天」の手紙でしたが、それに先立って次のよう記事を目にしたからでもありましした。

二〇一五年（平成二七年）七月三十日付の朝日新聞朝刊は社会面の隅に二段、四〇行の次のような記事を載せました。

デモ「村でもやるか」——満州開拓団の歴史胸に——長野・阿智

南アルプスを望む長野県南部の阿智村。

かつて養蚕の盛んだった人口六千人余の山あいの村で、数十年ぶりのデモがあった。

安保法案が衆議院を通過した翌十七日、約一三〇人が法案反対を訴え村役場隣の診療所駐車場から国道脇を歩いた。

村は戦前、国策として旧満州（中国東北部）へ送られた満州開拓団の歴史を刻む。

全国から渡った開拓団二七万人のうち長野県からは三万三千人が満州にいった。

養蚕業の衰退と耕地面積の狭さがその一因と云われる。そして、その半数近くが敗戦の混乱の中で亡くなった。

歴史を伝えようと二年前の春、村役場近くに開拓団の記念館が開館した。

そんな村だからこそ、今行動しなければ——。元村議の井原正文さん（五六）はテレビで流れる若者のデモに背中を押された。「村でもやるか」。

仲間と開催を決め、新聞折り込みのビラを作り、ツイッターでも呼びかけて周知した。メンバーはデモ初体験。前の晩に動画投稿サイト「ユーチューブ」を見て、かけ声を勉強した。主婦の奥沢明子さん（六〇）は「戦争止めまい（やめよう）」と初めて外で声をあげた。前村長の岡庭一雄さん（七二）も「国のやり方がおかしい時は地方からストップをかけなければ」と列に加わった。頭をよぎったのは、かつて国策に従い自治体が多くの住民を送り出した満蒙開拓団の歴史だ。

村はこれからお盆を迎える。先祖の霊を送り火で見送った後、有志は再び活動を考えている。

記事には思い思いの手づくりのプラカードを掲げて行進する若者や子供連れの主婦などの名刺大の写真が添えられていました。

その国道沿いの道は、七十年前の五月一日朝「満州分村・阿智郷開拓団」の三九家族一四二人の本隊一行が満州へ向かって、運命の第一歩を踏み出した阿智村・駒場のメイン・ストリートでした。

私は改めて、全国各地で渦巻く「安保反対」のデモや集会の陰には阿智村と同じ、痛切な昭和の歴史があったに違いない、と確信したのです。

命からがら故郷に引き揚げることが出来た元開拓団員の戦後もまた悲惨なものでした。文字通り裸一貫からの再出発でした。

彼らは渡満に際して、小作で借りていた田畑は地主に返し、自作の農地は一枚残らず譲り、家屋敷から家財道具までのすべてを金に換え、「満州に骨をうずめる覚悟」で出発したのでした。村に残る農家の耕地面積の拡大も満州行の目的だったからです。

従って戦後の「農地解放」の恩恵も、「不在小作」の彼らには何の恩恵も齎さなかった。人々は、「戦後の緊急開拓」に志願せざるを得なかったのです。

昭和二十七年三月、元阿智郷開拓団員伊原正二さんは下伊那地方からの一〇名の方々と共に〝決死の覚悟〟で大分県耶馬渓の不毛の大地に戦後の人生をかけました。満州で死んだ仲間の為にも負ける訳にはゆかない。歯を食いしばっての挑戦が始まりました。

翌年、役場職員が現地を視察し、村長に報告した「大分県開拓地現地視察復命書」の写しが残されています。

それによれば開拓地は「大分県上毛郡中耶馬渓村にあり、国鉄日豊本線中津駅より耶馬渓鉄道に乗り換え一時間十分の位置にあり、標高四〇〇メートル。安山岩の露出した断崖の上に南北に伸びた起伏に富んだ丘陵地帯で草生地六〇％、山林四〇％にして、ススキは五、六尺位に成長している。北面には松と雑木の、三、四十年の生木が密生している土地で、開墾可能地数か所からの土を調査の結果酸性度は六、気温は冷涼で日照時間は平坦部に比して長く、台地にある関係上風当たりは強い」。

「総合的に判断して家畜を取り入れ果樹、蔬菜を主とし、甘藷、馬鈴薯、陸稲、豆等の多角経営を目標に努力すれば、母村の零細農より数段有望である」とし、「入植者全員が団結して〝下伊那魂〟

を発揮し、入植後僅か一ヵ年にして完全自給体制を確立し九州の一角に楽土建設のため邁進しつつある現況を目近にして、視察者一同、驚嘆と深い敬意の念を抱きつつ帰郷した」とあります。

耶馬渓は菊池寛の小説『恩讐の彼方に』で知られる「青の洞門」の在るところです。

苦節三十年。元満州阿智郷開拓団員伊原正二さん達の目指した「豊かなミルクの流れる郷」は見事に実現して、いま孫の代に引き継がれています。

「手記」を残してくださった小林軍三さん。

昭和二十年八月十五日「ジャングルに空からビラが降り、投降を呼びかける日本語のマイクの声が聞こえて」軍三さんは米軍の捕虜となり、セブ市の捕虜収容所に入れられました。「あと三日も遅かったら死んでいたかもしれない」とよく言っていたそうです。

敗戦から半年足らずで彼は復員船に乗り祖国日本に帰れることになりました。しかし、捕虜収容所の門の外では敗残兵たちに最後の試練が待ち構えていました。

一列に並んで歩かされ、その両側に現地の住民がずらっつと並んで〝首実検〟をした。住民に指をさされた人は、隊列から引きずり出され、どこかにつれて行かれた。あとはどうなったか分からない……

昭和二十一年一月末、小林軍三さんは米軍の迷彩服を着て、三浦半島浦賀の浜に上陸、出征から一年半ぶりに復員しました。

左耳の上のこめかみに鉄砲の弾が掠った跡があり、左わき腹にも銃弾の傷跡がありました。一歩間違えればそれですべては終わっていたのです。その強靱な生命力と類まれな幸運が彼を生還させたのです。

彼は神奈川県伊勢原市の農家の四男に生まれ小学校を出ると竹屋の親方に弟子入りして十年間修後、三浦市に住みそこで漁船の為の竹道具を編む職人でした。

帰国した時、三崎の浜は魚景気に沸いていました。仕事はすぐ軌道に乗ったのです。

マラリアには苦しめられていましたが、「みんなの分まで、長生きするのだ」と健康には人一倍気を使っていました。

しかし軍三さんが竹材店の仕事をメ一杯やれたのは戦後わずか十年でした。

オイルショックの影響から、一九七六年には二〇％の「減船」を強いられ、さらに一九七七年「二〇〇海里漁業専管水域」が設定され、遠洋漁業は大きな打撃を受けたのです。竹代金が回収不能になり、一家夜逃げの寸前までいったこともありました。

そのたびに軍三さんは言っていたそうです。

「セブで拾ってきた命だ、生きて還ってこられただけでいい」

その頃から軍三さんは時々厚生省や市役所に呼ばれ、セブの戦争について聞かれるようになりました。しかしどこでも、かつて階級の上だった将校や参謀の話には耳を傾けるが、彼の話は真剣に聞こうとせず、それに腹を立ててそれ以降は呼ばれても、聞かれても応じようとはしませんでした。

「参謀などに兵隊の苦労が分かるか」と言っていたそうです。

「虫けらのように死んでいった」戦友のためにも軍三さんには言いたいことが山ほどあったのです。

昭和五十六年の夏、軍三さんは自分の体験した戦争を書き始めました。三年間書きためた文章は大学ノート四冊分にもなったそうです。それを近所の娘さんが整理して和文タイプで清書してくれました。それがあの「レイテ・セブ戦記」だったのです。

平成二十年暮、前の晩まで元気にしていましたが、朝家族が気付いたときはタンをのどに詰まらせこと切れていました。あと四カ月で一〇〇歳になるところだっつたそうです。この朝、昭和十九年六月十五日東部八部隊に召集された神奈川県下五〇〇人の農民兵士の最後の一人が世を去りました。


「お前が定年になったら、一緒に作った米を食べたい」と口癖のように言っていた母も、平成八年八月二十一日、ささやかな夢も叶わぬまま、八十八歳で父の所に旅立って行きました。先立たれてからちょうど五十年目の夏でした。

それから九年後、私は退職してすぐ、長い間ひとに預けていた田を返してもらいました。

そして、ほぼ四十五年ぶりに、わが田に立ったのです。

遠くにかすむ富士山も箱根の山々も悠然と迎えてくれました。

田から出て、田に帰るまでの歳月は一夜の夢のようにも思えました。

母はよく「何のご馳走がなくてもいい。家族みんながそろって温かいご飯とみそ汁がいただければ、それが最高の幸せだ」と言っていました。

子供たちは、又か、とうんざりしたような顔で聞いていましたが、私には母の気持ちが痛いほど解りました。母は「家族そろって暖かいご飯を食べる」、ただその日を夢見ながら、長い戦後を生きたのです。

家に戻って、初めてわが田で作った新米を仏壇に供えたとき、私はしばらく顔を上げることが出来ませんでした。

私はいま、まったく化学肥料や農薬を使わず、むかしの農家と同じようにヤギや鶏などの家畜を飼い、落ち葉を積み、一年かけてたくさんの堆肥を作ります。

たった一反だけれど、春になるとその堆肥を田んぼに撒き、稲苗を植え、痛い腰をさすりながら手で田の草を取り、鎌で畔の草を刈り、炎天下で稗を抜き、刈った稲は全部かけ干しにして、脱穀も、籾摺りも、精米も全部自分の手でやります。

父は一日も早く家に還って、わが家の田んぼで妻や子と一緒に働きたかった。フィリッピンのジャングルで、その日をなんど夢見たことか……。

いま自分が田んぼに立つのは、そうすれば少しは父の慰めになるかもしれない、と考えるからなのです。

もうひとつは、母に対する、いわば罪滅ぼしです。

あの戦争でわが家の最大の犠牲者は母でした。まさに筆舌に尽し難い苦労をしました。

父の戦争は一年でした。母の戦争は父の死後四半世紀も続いたのです。

母の苦労がどれほど大変なものだったか、この歳になってようやく、少し分かるような気がします。もっと大事にすればよかった、と親不孝者はいま後悔しているのです。

〝いまさら、何になるのだ〟

という天の声はいつも聞こえてくるけれど、炎天下で暑ければ暑いほど、腰が痛ければ痛いほど、すこしは罪が軽くなるよう気がしてがんばっているのです。

昭和48年5月5日　内孫の初節句の祝い

　フィリピンの父の元に行った一昨年九月はじめ、わが田の稲はまだ実ってはいなかったけれど、青い穂は出始めていました。

　私はその青い稲穂を一本抜き、フィリピン行の鞄の中にいれたのです。

　幼い日の出来事や空襲の晩のことを書いた大部分は二人の姉から聴き取ったものでした。敗戦時五歳の幼い身には断片的な記憶しかないのです。

　八十歳を超えてなお姉たちの記憶力は抜群で、戦中、戦後に見、聞きしたをこと細かに覚えていました。それを聴きながら私は改めて戦争が、ふたりに、いかに深い傷を残したかを感じたのです。

娘盛りを来る日も来る日も田畑に出て、家を守った上の姉。

不自由な体で生き抜いた下の姉。

その中で末っ子の自分一人が皆に守られ好きなことをして生きてきたのです。


戦後七十年も経って、また、「満州開拓の悲劇」を伝える本は数多刊行されているのに、今更このような本を上梓する意味があるのか、とも考えました。

しかし、当時の村長が命がけで秘匿していた開拓団の資料を、見せて下さったのは、そして、山本慈昭さんが、長年かけて調べた資料や大陸で最期を遂げた方々の名簿まで渡して下さったのは、ただただ、この日の為ではなかったのか……。

そんな思いに駆られて、この夏、私は七十年前の「翼賛信州」や「常会資料」をめくり始めたのです。

五十年前、机の上にすべり落ちた一枚の絵はがきは、単なる偶然ではなく、いまは宿命であったような気がします。


執筆、出版に際しては大勢の方の援けをいただきました。

関孝夫さんは目黒の防衛省防衛研究所の戦史センターに一緒に二カ月間に十回も通い、レイテ、セブ戦の戦闘記録を読み説いて下さいました。妻野海郎さんと三好達夫さんは拙稿を何度も読み、有益な助言を、また萩原秀信さんは郷里九州宇佐の近郊耶馬渓の戦後開拓について調査報告をして下さいました。渡邉博さんはシステムの専門家として懇切な指導をしてくださいました。ノンフィクション作家として活躍される中田整一さんからは、執筆中の超多忙な折にも拘わらず、プロの目で見た貴重なアドバイスをいただきました。

幻戯書房を紹介して下さったのも中田さんでした。

その幻戯書房代表取締役田尻勉さんと編集部の方々に深く感謝申し上げます。

父が亡くなって七十年、母が旅立って二十年。

このささやかな書を、父母の霊前に捧げます。

平成二十七年十一月二十三日

原　安治

参考文献

『惨！ムーリンの大湿原』第五次黒台信濃村開拓団同志会（広角印刷　昭和四十八年）
『阿智村史』上・下巻　阿智村史刊行委員会　黒柳忠勝（昭和五十九年）
『平和の礎　殉国の誌』阿智村遺族会編（平成八年）
『会地村――一農村の写真記録』熊谷元一（朝日新聞社　昭和十三年）
『長野県政史』第二巻（昭和四七年）
『満州開拓史』全国拓友協議会復刊委員会編（昭和五十五年）
『長野県満州開拓史・総編』長野県自興会・開拓史刊行委員会編（昭和五十九年）
『満州移民の村――信州泰阜村の昭和史』》小林弘二（筑摩書房　昭和五十二年）
『朝日新聞に見る日本の歩み――破壊への軍国主義』　昭和十二―二十年（昭和四十九年）
『日本帝国主義下の民族革命運動』浅田喬二
『満州開拓論』喜多一雄（明文堂　昭和十九年）
『昭和恐慌下の農村社会運動』西田美昭（お茶の水書房　昭和五十三年）
『帝国陸軍の最後』終末編　伊藤正徳（角山文庫　昭和四十八年）
『連合艦隊の最後』伊藤正徳（光人社　昭和五十五年）
『ソ連が満州に侵攻した夏』半藤一利（文藝春秋社　平成十一年）
『満州帝国Ⅱ』児島譲（文春文庫　昭和五十八年）
『史説・山下奉文』児島譲（昭和五十四年）
『茨の道――私の五十年の記録』野中　章（日中友好手をつなぐ会長野県支部　平成八年）
『再会――中国残留孤児の歳月』山本慈昭　原安治（日本放送出版協会　昭和五十六年）

『歴史と旅』第一八巻一四号「太平洋戦争総覧」（秋田書店　平成三年）
『張学良　昭和史最後の証言』ＮＨＫ取材班　臼井勝美（角川書店　平成三年）
『雪は汚れていた――昭和史の謎二・二六事件最後の秘録』澤地久枝（ＮＨＫ出版　昭和六十三年）
『平塚市戦没者名鑑』平塚市教育委員会（昭和三十四年）
『昭和史』半藤一利（平凡社　平成十六年）
『兵士たちの戦争1』七巻　ＮＨＫ戦争証言プロジェクト（ＮＨＫ出版　平成二十一年）
『東京大空襲――昭和二〇年三月一〇日の記録』早乙女勝元（岩波新書　昭和四十六年）
『空爆の歴史――終わらない大量虐殺』荒井信一（岩波新書　平成二十年）
『遺骨　戦没者三百十万人の戦後史』栗原俊雄（岩波新書　平成二十七年）
『満蒙開拓の手記――長野県人の記録』ＮＨＫ長野局編野添憲治（ＮＨＫ出版　昭和五十四年）
『大興安嶺死の八〇〇キロ』吉田知子（新潮社　昭和五十四年）
『望郷――開拓団長野村誌』満蒙長野村同志会編（昭和五十五年）
『戦争は未だ終わらない――中国残留孤児肉親探しの記録』山本慈昭編著（昭和五十三年）
『日中戦争下の外交』劉　傑（吉川弘文館　平成七年）
『ミヤオハイの満州』江成常夫（集英社　昭和五十九年）
『一億人の昭和史――日本の植民地　満州』（毎日新聞社　昭和五十八年）
『植民地――帝国五〇年の興亡』マーク・ピティ　浅野豊美訳（読売新聞社　平成八年）
『昭和史の軍人たち』秦郁彦（文藝春秋　昭和五十八年）
『昭和陸軍の研究』保坂正康（朝日新聞　平成十一年）
『古老は語る』阿智村老人クラブ　矢沢昇編（昭和四十三年）
『レイテ戦記』大岡昇平（中央公論　昭和四十七年）
『大地の子と私』山崎豊子（文藝春秋　平成八年）

『凍土からの声――外地引き揚げ者の実体験記』浅見淑子（昭和五十一年）
『さようなら楡の街はるぴん』溝口節（平成七年）
『父よ、母よわが祖国よ――中国残留孤児の手紙』山村文子ほか（朝日新聞昭和五十六年）
『ドキュメント・日本人 五――棄民』谷川健一、鶴見俊輔ほか（学芸書林 昭和四十四年）
『終わりなき旅――中国残留孤児の歴史と現在』井出孫六（岩波書店 平成三年）
『麻山事件』中村雪子（草思社 昭和五十八年）
『墓標なき八万の死者――満州開拓団壊滅』角田房子（番町書房 昭和四十二年）

資料

『会地村報』
『会地村常会資料・昭和一八年～二〇年』元会地村長・原弘平
『翼賛信州』大政翼賛会長野支部（昭和十九年）
『阿智郷開拓団建設組合関係綴』（昭和十八年）
『満州国興農部開拓総局関係資料』（昭和十八年）

防衛省 防衛研究所関係資料

「セブ島第一師団資料 昭十九末～二十末」（比島―防衛―四二）
「第一師団作戦行動の概要 昭二十二・三」（比島―防衛七四〇）
「第一師団作戦主任 須山参謀日誌」（比島―日誌回想―三九）
「レイテ戦従軍記昭和十九年八月～終戦時」（比島・日誌回想―一三六）

「セブ島の戦闘」（比島・日誌回想――一三七）
「比島独立混成第五十四旅団復員者報告綴」
「独立混成第五十四旅団資料」
「独立混成第五十四旅団編成・作戦記録」
「第百二師団現地戦術資料」
「比島百二師団復員者報告つづり」昭和二十～二十一
「第百二師団作戦経過の概要」昭和十九・七～二十・九　百二師団参謀金子中二
「第百二師団の戦闘に関する陳述書」　百二師団参謀金子中二
「第百二師団討伐日程概見」　陸軍中佐　渡辺英海
「第百二師団作戦経過の概要」　師団司令部
「主要部隊長、参謀一覧表」昭和二十・三　大本営陸軍部
「セブ戦の回顧――戦況報告」　第七十八旅団長　万城目武雄

謝　辞

お世話になった方々（敬称略）

資料・談話提供者（故人）

山本慈昭　熊谷元一　矢沢　昇　熊谷善弘　原　隆夫　原　好文　黒柳忠勝

取材協力者

野中　章　岡庭一雄　矢沢正之　吉田秀夫　上原士郎　渋谷允男　斎藤四郎　鵜川宏子　吉野徳子

原美耶子　原　伸介　原　知美

原　安治（はら・やすじ）
一九三九年神奈川県生まれ。早稲田大学卒業、同大学院修士課程修了。一九六二年NHK入局。プロデューサーとして農業、食糧問題、昭和史などをテーマにドキュメンタリー番組を制作した。文部省芸術祭優秀賞、放送文化基金賞など受賞。編成部長、衛星放送局長、福岡放送局長を経て、二〇〇二年から一三年まで早大客員教授を務めた。著書に『再会――中国残留孤児の歳月』『人間は何を食べてきたか――食と文明の世界像』『巨大穀物会社――アメリカ食糧戦略の陰に』（監訳）。

還らざる夏
二つの村の戦争と戦後　信州阿智村・平塚

二〇一五年十二月二十四日　第一刷発行
二〇一六年　三　月　十　日　第二刷発行

著　者　原　安治
発行者　田尻　勉
発行所　幻戯書房
郵便番号一〇一‐〇〇五二
東京都千代田区神田小川町三‐十二
電　話　〇三‐五二八三‐三九三四
FAX　〇三‐五二八三‐三九三五
URL　http://www.genki-shobou.co.jp/

印刷・製本　中央精版印刷

ISBN978-4-86488-088-6　C0095

満州国皇帝の秘録

ラストエンペラーと「厳秘会見録」の謎

中田整一

百年に一度の資料が明かす新たな満州国像。溥儀と関東軍司令官らとの極秘会談記録から、溥儀が自伝で隠した帝位継承の密約とその謎に迫り、傀儡の真相を暴く。満州国崩壊から反省記超、「歴史に消された《肉声》再発見の書」（保阪正康氏）。

毎日出版文化賞、吉田茂賞受賞　二八〇〇円

戦場の聴診器

中田整一

太平洋戦争の激戦地ニューギニアから、六度の「死」をさまよいながら奇跡的に生還した軍医の「戦争」。トムの死闘、入江山の激闘、マラリアとのたたかい、そして、見捨てられた「雪部隊」……今も現役でありつづける齢九十を越えた医師の戦中と戦後。「医療の現場も戦場だ」。

一八〇〇円

写真の裏の真実

硫黄島の暗号兵サカイタイゾーの選択

岸本達也

彼らは皆、狂っている——。激戦地・硫黄島から生還した「最も重要な捕虜」。敗戦から占領政策へ、一枚かんだ男の葛藤。太平洋戦争における、ひとつの「闇」を追跡する。文化庁芸術祭優秀賞（テレビ部門）ほか数々の賞に輝いた番組を元に、異色のドキュメンタリストが、そこでは描ききれなかった深部を抉り出す。

二五〇〇円